读者丛书
DUZHE CONGSHU
百年辉煌读本

一声到，一生到

读者丛书编辑组 / 编

读者出版传媒股份有限公司
甘肃人民出版社

图书在版编目（CIP）数据

一声到，一生到 / 读者丛书编辑组编. -- 兰州：
甘肃人民出版社，2021.4（2022.5重印）
（读者丛书. 百年辉煌读本）
ISBN 978-7-226-05674-5

Ⅰ. ①一… Ⅱ. ①读… Ⅲ. ①散文集－中国－当代
Ⅳ. ①I267

中国版本图书馆CIP数据核字(2021)第047714号

出 版 人：刘永升
总 策 划：刘永升　马永强　李树军
项目统筹：宁　恢　高茂林
策划编辑：高茂林
责任编辑：高茂林
助理编辑：马元晖
封面设计：裴媛媛

一声到，一生到
读者丛书编辑组　编
甘肃人民出版社出版发行
（730030　兰州市读者大道568号）
北京洲际印刷有限责任公司印刷
开本 710毫米×1000毫米　1/16　印张 15.25　插页 2　字数 226 千
2021年4月第1版　2022年5月第3次印刷
印数：12 021~32 020
ISBN 978-7-226-05674-5　定价：32.80元

目　录
CONTENTS

阿妈拉巴的酥油灯

丹　增

1982 年，我在西藏日报社任副总编辑，一个偶然的机会让我听到一个关于酥油灯的故事。几十年来，这个故事始终萦绕在我的脑海中，挥之不去。

一天，天寒地冻，路面因积雪而变得很滑。部队的三辆军车前往当雄雷达站运送物资。在一个转弯下坡处，第一辆车忽然发现坡下来了一群牛羊，司机连忙踩下刹车，结果车轮在冰上打滑了，碰巧放牧的小伙子冲上道路驱赶牛羊，失控的汽车撞倒了小伙子。后面的军车立即掉头将受伤的小伙子送往当雄县医院。遗憾的是，小伙子因伤势太重、流血过多，没能抢救过来。

出事后的第二天，八名解放军把死者的遗体送回阿妈拉巴家，她才知道自己的儿子出事了。

不久，拉萨西郊大站的副站长带着几个干部，汽车连的连长带着肇事司机和其他几名士兵来到阿妈拉巴家。肇事司机手捧哈达、身背大米、肩扛茶砖、怀揣一万元现金，连长带头跪在阿妈拉巴面前赔罪。阿妈拉巴连忙将连长和士兵们一一搀扶起来，说道："你们是解放军，过去进藏受了苦，现在运送物资还是辛苦，你们已经够好了。你们送来的东西我一概不能要。这钱若是国家的，请用于军队开支；若是你们个人的，建议拿到寺庙供灯吧。"

事故发生后的第四天，阿妈拉巴依照藏族习俗为儿子举办了丧事。她把儿子放牧的牛羊卖了三十多只，换得的钱除用于丧事开销之外，大多布施给穷人。剩下的牛羊交给亲戚代管，她则在家中默默地为儿子点上了一盏常明的酥油灯。

我们驱车来到阿妈拉巴的家。她是一位朴素谦和得没有任何特点的老人，瘦小，黝黑，背已经很驼了。她的家是一栋牧区特有的矮小土坯房，只有一扇窗户，屋子里很暗，却有一盏明亮的酥油灯供在佛龛前。灯光照亮整个屋子，一位喇嘛盘腿坐在藏式木床上，闭目专注地祈诵着超度经。

阿妈拉巴请我们在屋外坐下，由于她认识尼玛，误以为我是公安局的领导，还没来得及端上茶就一再向我解释道："我的儿子死了，我不希望再有一个人失去儿子。哪家小孩不是父母的心头肉？无论什么人，痛苦越少越好。一棵树死了，你不能把另一棵树的根也刨掉吧？我原谅了肇事司机，你们也要宽恕肇事司机。"说着说着，她匍匐在地，双手合十，磕头。

肇事司机叫刘志，出生在气候温和、物产丰富的人口大省河南。出事后，他的父亲专程从河南赶来，坐火车、搭汽车、走山路，用了整整二十五天才赶到当雄。他给阿妈拉巴带了一堆河南的土特产和一万块赔罪钱。当时，这可不是一笔小数目，刘志家是普通的农民家庭，这笔巨款是他父亲东挪西借凑来的。

刘志的父亲来到当雄县，心里忐忑不安：儿子酿成大祸，人家又是独子，见了这个藏族老太太，她会不会放声大哭？会不会跺脚骂人？最终他还是鼓足勇气、壮着胆子，找了一个翻译来到阿妈拉巴家。没想到，阿妈拉巴热情地接待了刘志的父亲，还让他住在自己家里，每天为他打酥油茶。她对刘志的父亲说："你拿来的钱我一分也不会要，如果是你借来的钱，以后要还债，你还债就等于我在还债。请放心吧，我会帮忙保你儿子出来。我的儿子不在了，你的儿子不能再失去。我已经把他也看作我的儿子了。”

阿妈拉巴料理完儿子的后事，就提着酥油茶、带着风干牛肉，跑去看望拘押在看守所的刘志。后来阿妈拉巴又跑到拉萨西郊大站、拉萨市交警队挨个儿给刘志求情。刘志还是被判了刑，在阿妈拉巴的苦苦哀求下，判了当时最轻的处罚——劳教五年。

我再去拜访阿妈拉巴是车祸发生四年之后的一个夏天，阿妈拉巴家的老房子还在，里面的那盏酥油灯仍然摇曳不熄，喇嘛的念经声时断时续地传到屋外，不同的是在老屋的另一头，一座新房的地基已经打好。一个精壮的小伙子，穿着一身藏族服装，正在那里打土坯。阿妈拉巴看见我后，便向那小伙子招呼道：“阿吾，快来见见客人。”“阿吾”在藏语里是儿子的意思。原来，这个小伙子就是刘志，他已经提前一年结束劳教，自愿来到阿妈拉巴家。他的父亲告诉他，阿妈拉巴是菩萨心肠，住在她家，他的心里很温暖，可是屋子里一入夜就冷得不得了。他牢牢地记住了这句话，在心里默默地想，为了报答恩情，将来一定要为阿妈拉巴盖间房子。为了实现这个愿望，他在劳教所专门学了打土坯砖，还跟藏族伙伴学会了藏语。

我们聊天时，阿妈拉巴在一旁给我们打酥油茶。一个藏族大妈，一个汉族儿子，两个人时不时地轻声交谈几句，真是一对和睦、默契的母子。

我最后一次去看望阿妈拉巴时，改革开放的春风已经吹遍了整个藏族地区，农牧民们逐步走上劳动致富的道路，生活设施齐全的砖房取代了简陋的土坯房。阿妈拉巴家周围有了好几家邻居，住的都是崭新的房子。我去的那天，门口站满了大人和小孩，都穿着藏族服装，只有阿妈拉巴身边的一对男女穿着汉装。那男的是刘志，那女的长发披肩，穿白色短大衣、黑色百褶裙，面颊红润，在草原上显得十分时髦和抢眼。阿妈拉巴像对待自己的女儿似的，牵着她的手，笑眯眯地向我介绍说，她是刘志的女朋友，从河南过来的。

更让我惊讶的是，刘志靠着一手打土坯砖的好手艺，组织了几十个藏族青年成立了砖厂。牧民有了钱，都在盖新房，土坯砖的需求量大，正是刘志大显身手的时候。他本人勤劳又能吃苦，加上阿妈拉巴和他未婚妻的支持，在不长的时间里，刘志一跃成为当雄县的首个万元户。阿妈拉巴家的新房里，沙发、桌椅、黑白电视机、卡带收录机、太阳能小型发电机……一应俱全，拉萨城里许多工薪家庭还没这么气派。

环顾草原，唯一不变的是，阿妈拉巴家原来低矮的老屋依然还在，那盏酥油灯的光明和僧人的朗朗诵经声依然还在。往事历历，我心潮澎湃，不禁由衷地祈祷：油灯不灭，用慈悲喜舍的光芒，照耀苍生之爱；油灯永明，用互敬利他的光芒，激发人性之善。

（摘自《读者》2018 年第 9 期）

最后八小时

童　村

他一定不会想到，在吕家菜园子，当那几个身背长枪的日伪军七手八脚把他抬到爬犁上的时候，他的时间还剩下最后的 8 小时。8 小时之后，他的生命将像停摆的时钟，戛然而止。

大雪覆盖的山路上，那匹紧拉着爬犁的老马，在马鞭的催促下，一边喷着浓重的雾气，一边吃力地向前奔跑着……

他能够猜得出来，接下来到了分驻所敌人要对他做些什么。那些没完没了的严刑审讯，无非是故伎重演，为了让他带领抗联缴械投降。

对于审讯，他是不怕的，他早已做好了赴死的准备。1941 年 10 月，他带着仍然愿意跟随他的最后 5 名战士，越过波浪滚滚的黑龙江，再次踏上祖国的土地。当他看到被日军铁蹄肆意践踏的这一片白山黑水，就已经暗暗在心中发誓，从此之后宁肯死在东北抗日的战场上，死在故乡的土地上，也坚决不再回头。

自然，那个时候，他还想了很多。此前，不知究竟多少次，他曾反复告诫战士们，在防奸反特这件事情上不得有半点马虎大意。但是他怎么能想到，虽然倍加小心，却还是跳进了他们的陷阱。

尽管那个名叫刘德山的陌生人，曾经一度让他产生过怀疑。事到如今，也只能责怪自己求胜心切，没有早些识破袭击日军分驻所的计划从一开始就是一个大骗局。午夜时分，当那一记枪声从吕家菜园子猛然响起，一瞬间，他便一切都明白了。子弹从他的后腰穿进去，又从他的下腹蹿出来，在轰然倒下的一刹那，他侧身拔枪，连连回击，那汉奸即刻毙命于雪野之中，但一切还是都晚了。

这是 1942 年 2 月 12 日午夜，距离春节，仅仅只有两天时间。

当密探带着那队日伪军飞速赶到现场，并将吕家菜园子团团围住后，又经过整整 15 分钟的激烈交战，直到打光了枪里的子弹，他这才无力地坐在那里，面对着一拥而上的敌人，一边捂着血流不止的伤口，一边轻蔑地笑笑：“我是赵尚志，你们可以绑去请功了……”一句话没说完，便倒头昏迷过去。

雪色无边。那匹老马，终于把雪爬犁拉到了目的地。

紧接着，那几个背着长枪的日伪军，又七手八脚地把他抬到一间冰冷的囚室里。不知多久之后，昏迷之中的他醒了过来，强撑着身子从地上爬起来，倚着一面墙坐在那里，然后他长长地吁了一口气。抬头望去，透过那一扇小小的窗口，他看到外面的世界又下雪了，好大的雪。

审讯开始了。审讯官问他，你到底是不是抗联的赵尚志？你们有多少人？在什么地方活动？

一阵剧痛袭来，下意识中，他皱了下眉头。

审讯官说，只要你老实交代，皇军马上就可以给你治疗，保住你一条性命。

他不屑地笑笑，摇摇头拒绝了，捂着枪伤骂道：“你们不同样是中国人吗？现在你们在卖国。我一个人死不要紧，现在我就要死了，还有什么可问的！”

这个曾经一度让日军头疼的“大匪首”，说完这话，不论再问什么，一概冷眼斜视，闭口不语。原本，在一次游击战中，他的那只左眼就是被弹片击伤导致失明的。现在，从那只眼睛里，他所看到的，只有黑暗。

窗外的雪，仍在疯乱地飘着。

陡然之间，他想起了1933年的那个春天。为了抗日，他只身从哈尔滨来到宾县，投奔了孙朝阳的义勇军。义勇军的人见他个子矮小、身体单薄，不想收留他。可他并不灰心，他说，别看我个子矮，可啥都能干，当兵打仗、挑水做饭，样样都行！

在随后的一次战斗中，日军企图在宾县东山围歼孙部。危急时刻，他果断献策，先是率队攻城、猛打猛冲，迫使敌军放弃对义勇军的包围来增援宾县；继而杀出重围、化险为夷，取得大胜……

他想起就在那一年，26岁的他早过了谈婚论嫁的年龄，难为父母抱孙心切，隔三岔五地催他抓紧时间结婚生子，可是他却当成了耳旁风。“匈奴不灭，何以家为？”为此他发下誓言，不驱逐日寇决不成家！

多少次的林海斡旋，多少次的雪原决战，无论日军如何铁壁合围、重兵讨伐，都以失败而告终。为了拔掉他这根“眼中钉”“肉中刺”，日伪当局曾经开价一万元通缉他，并多次派遣日本特务混入抗联内部，企图暗杀他。可是，在一次一次的失手之后，他们对捉拿他的悬赏不断加码，“一两肉一两银，一两骨头一两金”。

今天，他们终于得手了……

审讯一直没有停下来。于歇斯底里的叫嚣声中，他的耳畔还在一遍又一遍响起林海雪原上破碎的马蹄声、密集的枪声，还有那一首含仇带恨的《调寄满江红·黑水白山》：血染山河尸遍野，贫困流离怨载天。想故国庄园无复见，泪潸然。争自由，誓抗战，效马援，裹尸还……

如果最初不是叛变的抗联某军师长陈绍滨从苏联带回的那个口信，让他越境共商抗日大计，也许作为北满抗联总司令的他就不会过江。一年多的时间，不明不白地被扣留在异国他乡。他终于获得了一次率队返回东北的机会。紧接着，在黑龙江岸的佛山一带，他们先是攻打了乌拉嘎金矿，后又袭击了日本武装测量队，但是随着战斗形势越来越残酷，部队的伤亡也越来越惨重，任务执行到最后，他又不得不再次返苏。

但毕竟他乡非故乡。当机会再次来临，让他终又回到了梦寐以求的东北战场上。可是这遍地的陷阱与雾障，让他最终没能逃过那一双双沾着鲜血的魔掌……

审讯最终失败了。

时间一分一秒地流逝。就在这间冰冷的囚室里，那个长一张娃娃脸，眉毛粗重，眼睛不大却灼灼逼人，嗓音洪亮而能言善辩，性子直、脾气暴，个子只有一米六的赵尚志，在最后的 8 个小时，自始至终怒视着眼前的敌人，直到流尽最后一滴血，仍然是紧咬牙关、闭口不言。这一年他 34 岁。

为了验明正身，确认死者身份，日军很快便指令叛徒李华堂前来辨认。这个曾经追随他多年，却又最终因贪生怕死而投降的男人，一脚门里一脚门外地只朝地上的那具尸体瞅了一眼，眼泪就下来了，一边止不住声音哽咽，一边喃喃自语："司令，你到底也这么着了。"日本兵没有让他继续站在那里号哭，接着就把他推了出去。

从李华堂那里得到证实，关东军当局大喜过望，为了请功领赏，他们立刻决定将他的遗体从梧桐河运到佳木斯，又从佳木斯运到了长春……

生命停止的那一刻，尊严依然耸立。

（摘自《解放军报》2020 年 8 月 12 日）

唯一能为她做的

莫小米

许多年以前，他从抗美援朝战场上下来的时候，是不折不扣的英雄。他以一等功臣的身份登上天安门城楼，受到国家领导人的接见。即将保送军校学习的他，年轻、英武、前程似锦。

不料，入学的体检结果犹如晴天霹雳。在通过所有常规项目检测后，医生随口问了句："可有别的不适?"他随口应道："身上总有些痒痒。"于是，他多了一纸化验单，他没有去军校而去了麻风村。

当我见到这位昔日的英雄时，他已在那个与世隔绝的幽深山谷里生活了40多个年头；他心目中的"小姑娘"，也已经死去整整10年了。这一天，他像往常一样走出麻风村，走向修竹万竿的后山。由于病菌作怪，他的双眼几乎看不清墓碑上她发黄的照片，但他残损的手指仍能一寸一寸地抚摸高耸的坟头，并向她行一个标准的军礼。

他来麻风村不久，她就来了。那时她才17岁，是从学校分配来的护士。

第一眼看见他和他们那个群体时，她美丽的脸因恐惧而变了形。

麻风村后的竹林里有一个深潭，有一天，他与她在那里相遇。本来他是想去了结自己的——既然活着已无任何意义可言。没想到，他在潭边遇见了她。当时，她来麻风村正好一年，一起来的同学都通过各种关系陆续调离，她却因家庭成分不好只能留下来，男友亦与她断了来往，所以她也来到了深潭边。

他与她坐在了潭的两边，他及时发现了她的企图。她倒也不惧怕他，一个打算死的人，还怕什么？

隔着深潭，他对她说："千万别……"她说："我要……"他说："你下去我会救你的，我曾是军人，我的水性很好。"她终于退缩了，她不怕死，但怕麻风病人救自己。就在这一天，他发现了自己活下来的意义。

接下来，他明察秋毫地发现一位医生爱上了她，又明察秋毫地发现她在确定与医生的关系之前曾非常伤心。他能揣摩出她伤心的缘由：若嫁了医生，她便失去了调离麻风医院的最后机会。

她终于结婚了。他有一点点高兴——他仍然每天可以看见她，但担心比高兴多：怕她在工作中受委屈，怕她婚姻不幸福，怕她很快变老，而自己没有任何能力帮助她。

成为妇人的她对他非常亲切，就像对每一个麻风病人。他确信，她会记得那一汪深潭，那是属于他们两个人的秘密。

他的病情反复无常，好几次到了死亡边缘，每次都是她护理他。每当幻觉出现时，他总是觉得自己与她在深潭边相向而坐。于是，他咬紧牙关不让自己死去，因为这是他唯一能为她做的。

她 50 岁时得癌症死去，坟就筑在后山。他的担心也就此画上了句号，他甚至觉得自己终于等到了什么。不是吗？现在，他可以每天见到她，并且触摸她。

世间真有一种不计得失、无论生死的恋情吗？当我在她的坟前听完了他的叙述后，我相信在我面前的这个老人仍是不折不扣的英雄。

只有英雄才会酿就如此的恋情——即使完全落空，它仍是无私，执着，一往情深。

（摘自《读者》2010 年第 22 期）

血战长津湖

许　晶

1950 年 11 月 1 日，北方深秋的空气中已透出丝丝寒意，此时，第 9 兵团 27 军的指战员乘着夜色登上了军列。

直到此时，战士们方才得知，这次紧急行动，不是南下，而是北上。11 月 1 日当天，行进途中的中国人民解放军第 9 兵团番号改为中国人民志愿军第 9 兵团。

志愿军第一次战役结束后，西线美军被迫后撤，但东线美军仍继续向北推进。

为改变东线战场态势，第 9 兵团陆续前往战区，以在东线寻机逐个歼灭韩军“首都师”、第 3 师、美陆战第 1 师和步兵第 7 师为目标。

组建于 1941 年的美陆战第 1 师，在太平洋战争中经历过炼狱般的夺岛血战，齐装满员 2.5 万人，堪称王牌中的王牌。

11 月 24 日，美陆战第 1 师全部进入长津湖地区。战至 11 月 28 日清晨，志愿军第 9 兵团已完成对长津湖地区美军的分割包围。

11 月 29 日上午，被围于下碣隅里的美军向南突围。坚守在下碣隅里 1071.1 高地东南小高岭的，是第 20 军 58 师 172 团 3 连连长杨根思带领的 3 排。

战斗一开始，美军就疯狂地向 3 排阵地发起猛攻，白雪皑皑的山头被打成一片焦土。美军罕见地连续发起了 8 次冲锋，都被 3 排打了下去。

阵地上只剩下连长杨根思和两名伤员，所有的弹药已经打光。生死时刻，杨根思命令两名伤员带着重机枪撤离阵地。

孤身一人的杨根思面对美军的第 9 次进攻，临危不惧，沉着应对。他抱起最后一个炸药包，拉着导火索冲向敌群，与敌人同归于尽。杨根思牺牲时，年仅 28 岁。

1950 年 11 月 30 日，第 27 军 5 个团对被困于新兴里的美步兵第 7 师部队发起总攻。

当时，27 军 80 师 239 团 4 连被安排的任务是连夜穿插，直插到美军 31 团团部。第 239 团 2 营直捣黄龙，冲进敌人的指挥所。

更为传奇的是，战前，营部炊事班班长交代的一项特殊任务，竟让志愿军获得了一件意想不到的战利品。

战前，营部的炊事班班长给 3 营的一个通信班班长交代了一项任务，说“打仗的时候，找一块布，我好蒸馒头”。战斗结束以后，这个通信班班长就到处找布。最后，他发现一块质量还不错的布，就拿了回来。有人发现并报告了领导，领导出去一看，说这可千万不要乱动，这是美国“北极熊团”标志性的一面旗子。

接下来，“北极熊团”团部被端，新兴里美军全面崩溃。战至 12 月 2 日凌晨，“北极熊团”美步兵第 7 师 31 团覆没。

这一战，创造了志愿军在整个抗美援朝战争中唯一一次全歼团建制美军的战例。从此，在美军的序列中就没有“北极熊团”了。

新兴里的美军被歼，东线美第 10 军全线动摇。美第 10 军军长阿尔蒙德命令所有部队向咸兴、兴南地区实行总撤退。

为免于全军覆没，美陆战第 1 师师长史密斯不断呼叫航空兵进行空中支援，连停泊在附近海面上的航空母舰舰载机也全部出动，掩护美陆战第 1 师撤退。

美陆战第 1 师从来没打过败仗，在朝鲜战场东线，有人说这是他们第一次用到“撤退”这样的表述，可见对他们的心理影响非常大。

水门桥，位于古土里以南 6 公里处，桥下是悬崖峭壁、万丈深渊，这里是美陆战第 1 师南撤的必经之路。

这一天，长津湖的气温骤降至零下 38 摄氏度，志愿军第 20 军 58 师 172 团部队担负在水门桥边的高地上阻击美军的任务。

当美陆战第 1 师先头部队侦察至此时，眼前的一幕让他们惊呆了。许多志愿军战士呈战斗队形散开，卧倒在雪地里，人人都是手执武器的姿态，怒目注视前方，没有一个人向后，士兵们冻僵在雪地上。

当后续部队前去打扫战场的时候，他们从一位叫宋阿毛的烈士上衣口袋里找到一张卡片，上面写道：“我爱亲人和祖国，更爱我的荣誉，我是一名光荣的志愿军战士，冰雪啊，我决不屈服于你，哪怕是冻死，我也要高傲地耸立在我的阵地上。”

就这样，在极端恶劣的自然环境下，志愿军 100 多人的连队，与阵地永恒地坚守在一起。

美陆战第 1 师突围南撤，一路丢盔弃甲，损失过半。美第 10 军一路跌跌撞撞，乘船从海上撤离。

抗美援朝战争第二次战役，从 11 月 6 日到 12 月 24 日，连续作战 49 天，志愿军以减员 3.07 万余人的代价歼敌 3.6 万余人，其中美军 2.4 万余人，挫败了“联合国军”在圣诞节前结束朝鲜战争的“总攻势”。

志愿军第 9 兵团在东线严寒中的殊死决战，将“联合国军”从鸭绿江边打回到三八线，从根本上扭转了朝鲜战局。

青山处处埋忠骨，何须马革裹尸还。在异国他乡的土地上，在距离长津湖战场遗址不远处的烈士陵园中，安葬着 9867 名中国人民志愿军烈士。为了抗美援朝保家卫国，他们将自己年轻的生命永远定格在 1950 年的冬天。

英雄不朽，人民永记！

（摘自《读者》2020 年第 23 期）

绿色皮诺曹

毕淑敏

我从小就很想当兵，最主要的动机是喜欢绿色。小时候，每逢妈妈要给我买衣服，我就大叫，要绿的。妈妈生起气来，说，你也不看看自己，毛衣毛裤围巾手套都是绿色，再套上一件绿外衣，活像一只青蛙！我低头一瞧，说，哪怕就是像只绿豆蝇，我也还要绿衣服。

当兵多好啊！从此，可以名正言顺地一年到头穿绿衣服，再也没人说你一句闲话。可那时候要当女兵也挺难的，想当的人太多了，僧多粥少。听说男兵和女兵的比例是千分之二点五，也就是说，征一千名男兵，才要两个半女兵，女兵简直像空气中的惰性气体。身体检查严格极了，差不多和当女飞行员同样标准。幸好我那时身高一百七十厘米，两眼裸眼视力二点零还有富余，心、肝、脾、肺、肾全像刚从工厂造出来一样合格，属于特等甲级身体，经过了一轮又一轮的淘汰，我终于过五关斩六将，拿到了入伍通知书。

我几乎不相信自己的好运气，连连问妈妈，您说，事情到了这个份儿上，还会有令人悲痛的变化吗？

妈妈说，不会吧。你就把通知书放在枕头底下，安心睡个好觉。

我说，没穿上绿衣服之前，我可放心不下。

妈妈说，要变，你穿上军服还会让你脱下，担心也没有用。解放军应该是说话算话的。

发衣服的时候，穿着五颜六色家常衣服的新兵，排成一队，依次从司务长面前走过。司务长像大商场的成衣售货员，眯起眼睛打量着走过的小伙子和姑娘，大声地说，帽子二号……衣服三号……蹲在一旁的上士，就像老鹰抓小鸡一样，手疾眼快取出相应号码的衣物，把衬衣铺在最下面，其余所有东西都堆在上面，一时间好似平地起了一座绿色的小山，然后麻利地把衬衣的两条袖子抻出来，把它们打个结，怀抱里就塞满了崭新的衣物。领了军衣的人，就快乐地抱着这个绿色的半截人，走进一间密闭的小屋。再走出来的时候，就是一个英姿勃勃的兵了。

好不容易轮到我的时候，司务长目测了一下，自言自语说，这个兵啊，长得不合尺寸。穿一号的小，穿特号的又大……

我赶紧说，您甭为难。我要特号的。

司务长说，咦？女孩子都愿意穿得比较秀气，你这个兵倒奇怪。发给你特号的衣服，到时候裤腿踩到脚底下，窝窝囊囊，一不留神摔个大马趴，可别怪我。

我忙说，不怪不怪，绝不找你。我妈说过，衣服是会缩水的，当然是大点好了。裤腿长了可以裁，要是短了，就得自己找布接，多不合算！

司务长说，看不出来，你小小年纪，还挺会过日子的。好吧，依你，给特号。

我欢天喜地地去换衣服，一试之下，特号衣服果然名不虚传，上衣还凑合，裤子好像是给跳高运动员预备的，腿长无比。我把裤脚挽起来两折，自觉比较利索了，抱着旧衣服正准备从更衣小屋往外走，先换好军衣的一个女孩端详着我说，你像一个打鱼的。

我看了她一眼，屋里光线不好，看不清眉眼，只觉得军装好像是特地比量她的身材做的，妥帖极了。我愤愤地说，你的意思是我不像一个兵？

她轻轻笑笑，露出雪白的牙说，你还是像一个兵的，只不过是个邋遢兵。

她的口气很老练，虽然军装同我一样没钉领章，军龄倒好像已有一百年。我没好气儿地说，兵工厂的人太没有节约观念了，裤子做得这么大，让人穿上像皮诺曹。

她说，皮诺曹是谁？是咱们一块儿当女兵的吗？我叫小如，你叫什么？

我说，你就叫我小毕好了。咱们就甭理那个姓皮的家伙了，反正三言两语也说不清它的来历，还是讨论这条讨厌的裤子吧。我想把它剪掉一截，哪儿有剪刀？

小如说，剪了不好。一剪子下去倒是痛快，以后要是觉得短了，或者你再长个儿了，就没法补救了。不到万不得已，还是别干一锤子买卖的事。

我不耐烦了，说，你倒是想得蛮周到，可大道理以后慢慢说，现在要解决的问题是，我怎么走出这间房子？

小如笑起来，说，真是个急性子。一条裤子少说要穿一年，可你连这么几分钟时间都不愿等，活该你像那个姓皮的。

想起木偶皮诺曹的狼狈样，我只好安静下来，听小如的主意。

小如不说话，往外走。我说，你干吗去？

她说，我去找司务长借针线。

我忙拦住说，使不得。

小如说，为什么呢？

我苦着脸说，你不知道，我刚才跟司务长夸了口的，说衣服大了和他没关系。现在你去求他，不是太丢我的面子吗！

小如说，你就放心好了。

我竖起耳朵听外面小如和司务长的对话。小如说话的声调带一点乡下口音，但是很甜，好像那种高高地长在地里的玉米秸，清凉而柔韧。她说，司务长，借我一根细细的针、一条长长的线，好吗？

硬邦邦的司务长好像被糖醋过了，声音变得软绵绵，说，针啊有，只不过又粗又大，你就凑合着使吧，留神别扎了手。只是你要针线干什么？

缝衣服啊。

缝什么衣服？司务长立刻警觉起来。

缝你发给我们的衣服啊。小如很机智地回答。

我发给你们的衣服都是新的，哪里用得着缝？莫不是有什么破损的地方，你拿来，我给你换。然后再找被服厂的人理论。司务长很负责地说。

小如笑笑，说，没那么严重。我只不过是想把衣服改一改。

司务长如临大敌，严肃起来，说，你是新兵，我是老兵，必要的规矩要告诉你。军装是不能任意改的，大家是个统一的整体。

小如不理这一套，说，衣服太肥了，你总不能让我们一甩袖子，就像舞台上唱戏的青衣啊。

司务长嘿嘿笑着说，袖子改得太瘦了，打靶的时候弯不过肘子来，小心吃鸭蛋。

小如说，鸭蛋多了就腌起来呗，腌得蛋黄流红油，就着馒头吃，香死个人！

司务长说不过小如，就把针线给了小如。小如进了屋，拿过我的裤子，开始飞针走线，一会儿就把裤腿改得熨熨帖帖。我穿上后，举手投足，再不拖泥带水。

我说，小如，谢谢你。

小如说，不必谢，我们乡下的女孩子，从小就要学会使针线，要不长大了，没人娶你做媳妇。

我说，哎呀呀，像你这样的一手好活计，岂不是说媒的要挤破门！像我这样的，只好像个坏橘子一般，剩在筐里没人要了。

小如说，小声点，这种玩笑还是少开的好。你知道吗？当兵的时候是不准谈恋爱的。

我连忙闭了嘴，要晓得为穿上这套绿衣服，我是多么费尽心机，哪能稀里糊涂地就叫人打发回家了。

等我们走出密闭的小屋时，司务长看了看我的裤子，叹了口气说，你是特号的身子一号的腿。

我听了怒火中烧，这意思不就是我身子长腿短吗？哪个女孩子爱听这种话！我狠狠地瞪了他一眼，可惜司务长正瞧着别的地方，对我的愤怒没反应。不管怎么说，从今天开始，我成为一个真正的兵了。

（摘自湖南文艺出版社《白云裁剪的衣服》一书）

百年革命　三封家书

梁　衡

我从百年历史烟尘中捡出三封革命家书。写信者都是当时为自己的理想而奋斗，准备牺牲的热血青年。其结果，一个成了名垂青史的烈士，一个成了共和国的元帅，一个没入历史的烟尘，代表着那些无数的无名英雄。细看就会发现，三封家书，一条红线，舍己为国。

有事去福州，公余我又去拜谒了一次林觉民故居。林觉民的《与妻书》是辛亥革命的重要文物。黄花岗 72 烈士，其事迹大多湮灭，幸有这篇美文让我们能窥见他们的心灵。

《与妻书》我不知读了多少遍。印象最深的是“即此爱汝一念，使吾勇于就死”“当亦乐牺牲吾身与汝身之福利，为天下人谋永福”。他反复给妻子解释，我很愿与你相守到老，但今日中国，百姓水深火热，我能眼睁睁看他们受苦、等死吗？我要把对你的爱扩展到对所有人的爱，所以才敢去你而死。家人在门缝里发现有人塞进来的《与妻书》，同时还有给父亲的一封信，只有几十个字："不孝儿觉民叩禀父亲大人：儿死矣，惟累大人吃苦，弟妹缺衣食耳，然大有补于全国同胞也。大罪乞恕之。"其壮烈而平静之举概如此。

福州之后又两月，有事去重庆之江津，这是聂荣臻元帅的家乡，便去拜谒纪念馆并故居。故居前庭的正墙上有一封放大的家书手迹，是聂荣臻 1922 年 6 月 3 日写给父母的：

父母亲大人膝下：

不得手谕久矣。海外游子，悬念何如？又闻川战复起，兵自增而匪复狂！水深火热之家乡，父老之苦困也何堪？狼毒野心之列强无故侵占我国土。"二十一条"之否认被拒绝，而租地期满又故意不肯交还。私位饱囊之政府，只知自争地盘，拥数十万之雄兵，无非残杀同胞。热血男儿何堪睹此？男也，虽不敢以天下为己任，而拯父老出诸水火，争国权以救危亡，是青年男儿之有责！况男远出留学，所学何为？决非一衣一食自为计，而在四万万同胞之均有衣食也。亦非自安自乐以自足，而在四万万同胞之均能享安乐也。此男素抱之志，亦即男视为终身之事业也！……

男荣臻跪禀

六月三号

拜读这封 89 年前海外游子的家书，我不觉肃然起敬。那个时代的有为青年留学到底为了什么？"决非一衣一食自为计，而在四万万同胞之均有衣食也。亦非自安自乐以自足，而在四万万同胞之均能享安乐也。"这与林觉民"为天下人谋永福"何其相通。

要考察一个人的思想，家书大概是最可靠的。因为对亲人可以说真话，而且他也想不到日后会发表这信件。我又联想到五年前在河北涉县参观八路军 129 师师部旧址时见到的另一封家书。那是一个普通八路军战士（或干部）在大战前夕写给妻子的。从重庆回来我就赶快翻检资料，终于找出那张发黄的照片，但手迹大部分清晰可辨，全信如下：

喜如妹：

我俩要短期分开了。这是我们的敌人给我们的痛苦，只有消灭了我们的敌人，才能消除这个痛苦。

我的病暂时也没有什么要谨（紧），因病得很长，一时亦难除根。我很高兴在党和上级爱护之下给我这五个月的时间休养很不错。我这此（次）决心到前方要与我们当前的敌人搏斗，拿出最大决心和牺牲精神与人民立功。我第二个高兴是你很好，特别是对我尽到一切的关心和爱护。同时我有两个很天真活泼的小孩，又有男又有女。你想这一切都使我很满足，永远是我高兴的地方。

战斗是比不得唱戏，不是开玩笑，是有牺牲的精神才能打垮和消灭敌人。趟（倘）我这次到前方或负伤牺牲都不要难过，谨记我如下之言：

无产阶级的革命一定会成功的，只是时间之长短，但也不是很长的。家人一定要翻身。要求民主与独立，这是全世界劳苦大众都走革命这条道路，苏联革命成功是我们的好榜样。

就是我牺牲了也是很光荣的，是为革命而牺牲，是有价值。在任何情况下我是不屈不挠，坚决□□□部队与敌人战斗到底。一直把敌人消灭尽为止。望你好好保重身体，多吃饭，不生病，我就死前方放心。同时希你好好扶养丰丰小儿、小女雪雪，长大完成我未完之事。一直完成社会主义革命到共产主义社会。谨记谨记。

我生于一九一九年十月，家居安徽省霍山县石家河保瓦嘴。

茂德

一九四七·四·二·于魏

这封信写得很镇静、乐观又有几分悲壮。这个署名“茂德”的作者，是刘邓领导的129师的普通一员。也许他真的已经在战火中牺牲。这封上战场前匆匆写给妻子的信，让我们看到了那个时代的人的真实生活。

（摘自《读者》2011年第17期）

一个骆驼连长的故事

佚　名

在新疆一片沙漠深处，驻守着一支特殊的连队。连队四周，除去茫茫的沙漠，还是茫茫的沙漠。连队的主要交通工具，就是两辆汽车和 16 只骆驼，偶尔发现一两株盛开的骆驼花，才知这里也有顽强的生命。

连长是个典型的北方黑大个，整天带着兵们骑着骆驼，巡视在千里边防线上。这几天，黑大个连长心情格外好，因为两年没见的妻子，就要来队探亲了。

连长嫂子要来的消息，首先在连部传开了，连指导员半开玩笑地对连长说："两年没见嫂子了，到时我叫通讯员将你的行军床加宽加固。"

兵兄弟们知道了，便七手八脚替连长收拾好了"二人包房"，还破例用木栅栏，围起了个女厕所。通讯员没有将行军床加宽，却将床的四支脚加固了。

黑大个连长根据妻子从老家北京发来的起身电报时间推算，最多再过两天，妻子就会到达连部，到那时，他可要好好和妻子温存温存，说说心里话，说说淘气的儿子……

可谁知，这时，全国上下，“非典”疫情扩散开来。团首长给骆驼连下了死命，任何家属来队探亲，先要隔离 15 天，确诊没有“非典”等传染病后，方可进驻连队。

黑大个连长接到命令，心情复杂极了。但军人以服从为天职，况且妻子又是从疫情严重的老家北京赶来，到时妻子真有个“非典”，传染给战友，自己岂不成了千古罪人。

眼看妻子还有一天就要到连队了，于是黑大个连长命令士兵们加班加点，一天内，在女厕所旁加搭了一个临时隔离房。连指导员要求通讯班在隔离房内，安一部专用电话，好让连长和他妻子热线联系。

连长妻子来了，指导员准备的连队欢迎仪式也因此取消。妻子被团卫生队的军医，用骆驼驮着，送进了隔离房。

按规定，连长没有去见妻子，但他们在专线电话里，说起了家，说起了相思之苦，说起了儿子，说起了才入伍到这里的新兵蛋子如何哭鼻子……连长和妻子，就这样手拿着电话，说了一夜。

第二天，连长在电话里告诉妻子说，反正你现在也在隔离期间，我正好带战士去边防线巡逻，到时回来，你隔离期也满了，我们好好团聚团聚。

连长妻子说，那你可要保重，等你回来，我把你身上的军衣，好好洗一洗。

新疆沙漠天气就是怪，忽而晴天大太阳，忽而漫天大风还夹杂沙尘暴，遮天蔽日，令人窒息。

连长带领的兵们，骑着骆驼，在千里边防线上，巡视着祖国的一草一木。渴了喝点袋中的水，饿了咬几块压缩饼干，累了困了，就和衣躺在骆驼身边睡上一觉。

一天、两天、三天，一个星期过去了，黑大个连长和兵们巡逻完了边防线，起程往回赶了，连长掐指一算，回去时，妻子也将解除隔离。

然而，就在他们往回赶的第三天，天气突然变了，狂风席卷着黄沙，像要把人要吹倒似的，巡逻队员们只好从骆驼背上下来，牵着骆驼，深一脚浅一脚往连部赶。突然，连长在一个沙坡上一脚踏空，顺着沙坡往下滚去，滚到底，连长的头重重碰在了一块岩石上，血立刻喷溅出来。

巡逻队员们哭着、喊着，连滚带爬赶到连长身旁，大个子班长扶起连长，手忙脚乱地给他止血，可是，伤口太大了，血怎么也止不住，在大家的呼唤声中，连长永远闭上了双眼。

连长的骆驼也不知啥时，悄悄来到连长遗体旁，用嘴不断地拱着连长，像在说："连长，你起来，我驮你走。"

巡逻队员们分明发现，连长骆驼的眼中，闪着泪花。

巡逻队员们带着连长的遗体回来了，连长的妻子也经军医观察，排除"非典"，身体正常，解除了隔离。

但她千里迢迢来看到的，却是丈夫的遗体。

连长妻子哭得昏了过去，醒来时对指导员说，能不能让战士们将连长的衣服脱下，我说过，回来时，我要帮他洗干净这身巡逻衣。

指导员说，怎么不可以。我们还要列队欢迎你来队探亲，列队欢迎连长巡逻归来。

随着哨令的吹响，大漠深处一百多名军人，一百多条汉子，齐刷刷站成两排，一百多条枪对天鸣放，欢迎他们连长归来和他妻子的到来。

（摘自《读者》2004 年第 8 期）

长在树上的国旗

王宗仁

汽车在唐古拉山北侧的一个洼地里抛锚后，我鼓捣了近三个小时也没有排除故障。我对还趴在引擎上苦苦修车的助手昝义成说："别折腾了，省些力气今晚当山大王吧！"

当山大王，是指我们汽车兵遇上车子抛锚，在荒原野岭守山看车，忍饥挨饿受冻，这是很辛苦的差事。听我这么说，小昝笑着回敬我："今晚还真轮不到我们当山大王，你没看我们到了什么地方？"

我顺着小昝指的方向望去，不足百米处的路边，类似小方桌一样的石头堆上，端端地放着一个铁皮暖水瓶。啊，格桑旺姆阿妈的拥军爱民茶水站！汽车抛锚后，我只是急头巴脑地顾着修车，竟然没有留意到了什么地方！格桑旺姆阿妈，一提到她的名字，高原军人滚烫的心就仿佛回到了故乡！这时，我再抬头望了望稍远处的山坡下，一棵不算很高的白杨树举着一面红旗，卷着高原的风一阵高过一阵地飘荡着。对于来往唐古拉山的人，特别是军车的司机们，那面红旗是插在他们心中的锁眼上的呀！就在红旗的后面，阳光充足的山洼里，有一顶黑色的牦牛绳编织的帐篷，那是阿妈的家。心不在这，肯定在那。阿妈的帐篷不仅能歇身，更是心灵的安歇之处。我们在高原跑车，千里万里，阿妈无处不在，好似从未离开。

往事引我回望，那是故事的起点……

从山中延伸至公路边的那条并无野草掩盖、只有砂石蹭脚的崎岖小路上，一老一少两位藏族妇女背着一大一小两个酥油桶，心急腿慢地匆匆而来。格桑旺姆和她的女儿卓玛每天都会数次往返于这条路。公路边终年厚积着冻雪冰碴，然而却袒露出一块光溜溜的地面，那就是母女俩放置酥油桶及她们容身的露天茶水站。当然，有时候遇上风雪天，或是盛夏烈日的曝晒，她们的头顶也会撑起一把伞，那是汽车兵心疼母女俩，留下来的一块无风无雨的天地。过后，她们总会千寻万找地把伞捎给主人。有什么办法呢，领了情绝不欠债，她们祖辈都是从风风雨雨中走出走进的硬硬朗朗的实诚人！

公路在茶水站旁突然变得平缓，前面不远处便是下山的陡坡了。司机们总是会在这里停车检查一下车辆，尤其要看看刹车灵不灵，才能放心下山。这也是母女俩将茶水站设在此处的因由。一杯酥油茶，甚或一杯白开水，都会让人品味到人间的温馨，大大缩短人与人之间的距离。

格桑旺姆记得很清楚，那天是藏历年的清晨，阳光少有的丰沛，她家的院子、水缸以及帐篷前的草场，一切都显得格外宁静、美好，汽车连的那位沈连长带着两个兵，把一面国旗送到了她和女儿手中。连长对她们说：“高原上有战士的家，家中有亲人。战士和牧民都是国家的好儿女。”随后，两个战士在帐篷前挖了个坑，将他们带来的一根木杆栽下，足有 10 米高。于是，那面国旗就神采飞扬地飘在了木杆顶端。

太阳照在国旗上，国旗闪射出光亮，照在藏家母女的脸上，照在她们每天跋涉的那条山路上——不是一家一户，散落在周围的许多牧民都赤裸着心灵迎着光亮。母女俩瞬间感觉到，生活了多少年的这个帐篷成了世界屋脊的中心，脚下的草原和紧挨着帐篷的那片湖水，成了她们新的出发地。

奇迹发生在第二年夏天。那根旗杆原本是战士们从昆仑山中的纳赤台兵站挖来的一棵正在蓬勃生长的白杨树，他们的初心当然渴望这棵移栽的树能够成活，但是说句掏心窝的话，这只是可望而不可即的事，不是有句话，“树挪死，人挪活”吗？何况是把一棵好不容易在海拔3000米的地方成活的树，移到海拔5000多米的雪山上，想成活？太难太难了！然而，天意遂人愿，白杨树旗杆在格桑旺姆摇着转经筒默念着“六字真言”的诵经声中，在卓玛勤快的浇水施肥中，居然抽出了嫩芽，一瓣、两瓣、三瓣……抽出了春天！好个有生命力的白杨树旗杆！霎时，整个唐古拉山都变得鲜亮鲜活起来！

国旗长在树上，树根深深扎入大地。杨树之根亦是国旗之根、人心之根。这不是一种艺术表达，而是军人对边疆藏族同胞的满腔热爱，是祖国对西藏地区神圣疆土的深情信赖！它传达出一种无与伦比的美妙！

清晨，格桑旺姆母女俩升起国旗，傍晚，她们并不降下国旗，而是在旗杆顶端挂一盏马灯，让灯光映亮红旗。随风飘扬的红旗，猎猎吹起号角，猎猎发出呼喊，拂动了公路上奔忙的各色目光，把他们招引过来——人们肯定不是为了一杯酥油茶，而是要把藏族母女用激情和生命点燃的信仰，把这些美丽的故事珍藏起来，诉说给世界。

（摘自《光明日报》2017年9月8日，有删改）

我站立的地方

张　国

一

现代文明一定是吃尽了苦头，才走到我国西藏边境这个叫“陇”的地方：2018 年 1 月，在电灯被发明出来近 140 年之后，这里的灯丝终于接入了国家电网。

对 4000 多公里外的北京来说，陇只是西南偏南方向上一块毫不起眼的石子，却嵌在一道不可忽视的屏障上：中国与 14 个陆地邻国中的 12 个划定了约两万公里的边界线，占陆地总边界的 9/10，而陇所拱卫的部分属于另外的 1/10。猿猴在崇山峻岭间来去自如，它们脚底携带的泥土，牵动着两个大国的相处。

1960 年，中国人民解放军的一支队伍经过长途跋涉，来到这里扎下营地。

这支戍边队伍如今叫六连。连里的一名年轻人看过这几年热播的电视剧

《权利的游戏》，剧中的“守夜人”，让他想起了自己的身份——相似之处在于，他们都是在一个令人畏惧不前的冰封之地，一个近乎与世隔绝的地方，守护着一个庞大的国家。

“这个国家的绝大多数人不知道我们在巡逻，我们也不会到处去说。”这个名叫刘东洋的年轻人说。他们的守护范围大都是无人区，其中一个地方的地名翻译过来叫“魔鬼都不愿去的地方”。

“长夜来临，守望开始，至死方休……我是黑暗中的刀剑，城墙上的岗哨。我是御寒的火焰，启明的光线，醒世的号角，护国的盾牌……”“守夜人誓言”这样说。

对生活在陇的边防官兵来说，特殊的边情时常提醒他们，自己置身于真正的边防线。“提高警惕，保卫祖国”8个字刻在山南军分区大门两侧，门内第一块石头上则是5个大字：“站在最前线”。

陇这个地方不存在绝对的安静，这里的夜晚适合孕育“铁马冰河入梦来”式的梦境。距离宿舍不到10米是水声隆隆的甲曲河，河流的喧嚣和雪山的沉默在士兵的床头对峙。

“有人说，在这里，即使是睡觉，也是在守卫边疆，在保卫自己的祖国。”21岁的士兵卢盛玉说。

他们在开饭前经常合唱的歌是《当那一天来临》。没有人期待“那一天”真的到来，或者说，他们今天厉兵秣马的一切努力，都是为了避免“那一天”来临。

峡谷密林间，这个小小连队里，每个人都熟记一句话：决不把领土守小了，决不把主权守丢了。

二

这里没有界碑，也没有“您已进入中国”的边境警示牌，有的只是脚印。在这儿留下脚印最多的，是个头儿不足 1.7 米的杨祥国。

杨祥国是部队里著名的开路先锋。他走过的巡逻路最多，多数时候，他都腰系绳索、手持砍刀，走在最前面。

他负责开路。在这里，他见识到什么叫“走的人多了便成了路”。有的路线往返要在野外行进六七天，沿途是峭壁、冰河、雪山和森林。山与山之间断了一截，就“抬几根棒棒”搭上梯子，手拉绳索，从空中走过去。一条巡逻路线曾被统计出 200 多处危险路段，但杨祥国说，统计数据永远无法做到精确——这一次是坦途，下一次就可能变成天险。

在超过 2000 米的海拔落差里翻山越岭，人体受到挑战最多的是肺和脚。肺的体验众人一样——整个途中都像是快要被拉破的风箱，脚的感觉则因人而异。

杨祥国被称为“巡逻王”，但他也免不了濒临崩溃。他形容，每一次巡逻后都会“对人生多一些领悟”。最长的连续行军会从凌晨走到傍晚，人到后来连话都不想说，只是跟着前面人的脚步，机械地移动。

恐怖的路段各有各的恐怖：刀背山、刀锋山、老虎嘴、绝望坡，这些非正式的地名出处已不可考。绝望坡最好是埋头去爬，抬头看一眼就会失去前进的勇气，“越看越没力气”。刀背山的山脊只有沙发椅那么宽，侧面坡度接近直角，下面照例是深渊。

最受欢迎的地方，无疑是卧在河里的一块“两间房子大小”的石头，离宿营点不远。“我们叫它‘挪亚方舟’。”杨祥国解释，“看到‘挪亚方舟’，就看到了希望。”

当一次巡逻终于完成，远远望见平地，有经验的军官会转过身，退着下坡以保护膝盖，毛头小子则恨不得一步冲下去。

从最长的那条巡逻路返回，有些人会瘦好几斤。刘东洋比较清楚这一点，他受过高等护理教育，在连队里做卫生员，他与这里的伤痛打过很多交道。

三

如果换一种心情，这一路的不少景致其实是诗情画意的。他们在轰鸣的水声中穿过竹林，绕过瀑布，跨过乱石，从五六个人才能合抱的参天大树下经过。他们会与猴子、黄羊、野猪、松鼠和小熊猫打照面，会见到质地密实、刀枪难入的稀有树种红豆杉。他们头顶有不见身影但歌喉动听的鸟儿，也有美貌惊人但叫不出名的鸟儿。

但是，那种对风光的好奇早在第一次巡逻中就消磨殆尽了，所有人提起这些路，都会使用一些描述炼狱的词语。因为等在前面的，也许是世界上最可怕的事情。

这是国家无战事但边关有牺牲的年代。六连有据可查被追认为烈士的就有 14 位，因公牺牲者更远多于此。

杨祥国曾 47 次与死神擦肩而过，救人 13 次，也被人救过。他曾从山上摔下被树接住，透过树枝只看得到崖下细细的水线。战友张威被他救过多次。有一次张威丢了墨镜——这可能导致雪盲症进而遇险，杨祥国与他轮流戴一副墨镜，手拉着手行军。

“巡逻路上你把手伸出去，就相当于把生命托付出去了。”杨祥国说，他跟这些人平时连电话都不常打，但彼此在心里是抹不去的。大家曾生死与共。

这条路上的一个传统，不知始于何年，一直传到今天：巡逻者每人左臂会系一根红布条。红布条从实用角度看是一个便于辨认的记号，同时在心理上是一个寓意平安的标志。

前些年，连里的一个习惯是巡逻前让战士们写遗书。遗书存在留给家人的“后留包”里。

杨祥国忘了写过多少封遗书。他 18 岁那年第一次留下遗言，很慎重地写了两封，一封给父母，一封给暗恋过的中学同学。18 岁的遗言里其实没什么大不了的事情：嘱咐爸妈保重身体，以及告诉那个有点像演员李若彤的女孩，他曾是那样自卑和懦弱，一直没有向她表白。

天长日久，他很快写到“没什么感觉了”。到后来不知还能写些什么，就照抄过去的遗书，换个日期。他记得别人的一封遗书里只写了5个字：“我一定回来。”

四

对所有人来说，巡逻之路最具吸引力的地方莫过于终点，他们所说的“展国旗”——也就是上级所确定的宣示主权的地方。

杨祥国说，走到那里，再苦再累，腰杆会不自觉地挺到最直，军姿也站得最标准，因为战士们清楚地知道自己代表的是中国。

“展国旗”的时刻，所有人集合，拉开一面国旗，打开摄像机。指挥官在镜头前向上级报告：“现在是北京时间某年某月某日某时某分，巡逻分队经过几天几夜到达指定地域。”那一刻到来时，每个人会自觉或不自觉地整理武器装备和着装，他们会拉好拉链，翻出领花，以最佳形象示人。

“展国旗”时，从大学休学入伍的士兵李声松会有身后有十几亿双眼睛看着自己的感觉。即使不远处的情况不明，气氛十分紧张，但“整个中国在当我的后盾，我后面有13亿人，有什么可怕的”。宣示主权时，指挥官会带领大家喊一些口号，诸如“祖国万岁，人民万岁”“祖国必胜，人民必胜”。

在2017年一个这样的时刻，指挥官带头喊了一句：“我们站立的地方是——”“中国!”战士们高声回答、敬礼。

五

每个人都知道，在最好的青春留在这里之后，自己迟早会与西藏告别。

多数人将到中小城市谋生，重新汇入城市。

每一年，新兵穿上军装时，也是老兵摘去帽徽的时刻。在六连，“欢迎新战友”的横幅背面可能就是“欢送老战友”，送来新兵的汽车掉个头就接走老兵。

有人尝试将营区的野牡丹种子带回家，令人惊讶的是它们的倔强——在别处基本不会成活，成活了也不开花。那些碗口大小的花朵是点亮整个营区最富色彩的事物。

当他们最终离开，许多人没有见过山南“站在最前线”的那块大石，没有见过拉萨布达拉宫的喇嘛。他们只是凑近飞机的舷窗，俯瞰过亚洲中部这个一望无际的“屋脊”。他们只是在巡逻之路有限的半径里踏过西藏的土地，吹过印度洋送来的季风。

（摘自《读者》2018 年第 19 期）

生死雷场

赵飞鹏

浓雾笼罩着老山西侧的坝子雷场。

正是在这块地雷、炮弹密集的雷场，南部战区陆军云南扫雷大队四队中士杜富国在处理一枚 67 式加重手榴弹时，突遇爆炸，为保护战友，失去了双手和双眼。

杜富国受伤的 2018 年 10 月 11 日是一个大雾天。经过 3 年的奋战，中越边境第三次大面积扫雷行动已经接近尾声，坝子雷场是需要他们人工搜排的最后一块雷场。当天上午，扫雷四队进行了爆破作业。中午休息时，杜富国还到山坳里的小溪边摘折耳根，洗净切好拌上作料，大伙儿一尝，都说味道好。

坝子雷场是当年老山主战场的阵地前沿，如今生长着茂密的竹子，除了地雷、子弹、迫击炮弹、手榴弹，官兵们还扫出过钢笔、记录本和水杯。下午的作业开始后，杜富国和同组的战士艾岩沿着被爆破筒炸得虚松的山坡从下往上搜排，他们的身旁倒着一棵一人合抱粗的水冬瓜树。

山顶上是一片计划永久封围的雷区，竹林里立着一块漆有骷髅头的雷区警示牌。下午 2 点多，在靠近坡顶的位置，他们两个在搜排时发现一个露出部分弹体的爆炸物，初步判断为一枚加重手榴弹。

这是老山雷场常见的一种爆炸物，含 TNT 炸药 56 克，密集杀伤半径 7 米~9 米。“发现一枚 67 式加重手榴弹。”“检查一下有无诡计装置。”艾岩记得，杜富国例行向分队长报告，接到上级指令后他说：“艾岩，你后退，由我来处理。”

他们两个虽是同年入伍，但艾岩到扫雷队晚了一年，杜富国手把手地教他扫雷技能。他们作为搭档，遇到复杂情况，身为组长的杜富国总是习惯性地说“你后退，让我来”“离我远一点”。执行任务 3 年来，杜富国进出雷场 1000 多次，已经成功拆除了 2400 多枚爆炸物。

那天，正当杜富国按照作业规程，轻轻剥开伪装层的时候，突然发生了爆炸。杜富国脱离危险以后回忆说，爆炸发生那一两秒，“我感觉艾岩没有走多远，那个时候我还是清醒的，就下意识地往艾岩的方向侧过去了”。

爆炸发生在 14 点 39 分，艾岩那时刚刚转身走出三四步，就听到一声巨响，一股热浪冲过来，身后火光冲天，他的脸颊被飞溅的沙石打出了血。回过头，他就发现杜富国仰面倒在地上，胸前的迷彩防护服被炸成棉絮状，头盔掉了，面部血淋淋的。相距仅 2 米，而他只是受了点皮外伤。

“他救了我一命。没有他挡一下，我可能已经不在人世了。”艾岩心情沉重地说。

出生于 1991 年的杜富国微信名叫“雷神”，QQ 昵称是“征服死亡地带”，3 年来，他“征服”过不少险情。

扫雷场上，人们对声音非常敏感。杜富国遇险时，扫雷四队队长李华健在四五十米外听到爆炸声，他立即通过对讲机下令“停止作业，退出通道”。然后一路跑过来，就看到一名战士仰面倒在地上，手没了，脸上黑黢黢的，眼睛血肉模糊，他竟一下子没认出是谁。

“医生！医生！担架！担架！”很多人都听到了李华健焦急的呼喊声。

扫雷作业时，按照操作规程，救护车一直在雷场边待命。几名战士和军医迅速赶过来，他们除去杜富国的防护服，找来背爆破筒的安全绳将他的大臂捆扎起来止血，只用几分钟就将他抬到了救护车上。

“富国，富国，挺住！挺住！”一段晃动不止的短视频记录下了当时的紧张情形。李华健迅速打电话通知猛硐瑶族乡卫生院派出医生和救护车接应，给大队首长报告情况后，又通知在麻栗坡县城的战士赶快去县医院，准备好手术室。

“扫雷第一天就知道可能会有人员伤亡，但事故发生在自己身边的战友身上时，还是难以接受。”李华健难过地说。

扫雷是和平年代最危险的军事任务之一。在雷患严重的地区，学生们见了军车都会停下脚步站在路边敬礼，扫雷官兵也会庄重地回礼。

扫雷作业被定性为“作战行动”，每次上雷场都是在和死神较量，杜富国和战友们不敢有一丝大意。

杜富国被战友们称为“雷场小马达”。在扫雷四队的临时营区，简陋的营房门前整齐摆放着两排防雷靴。大家都知道，第一排第二双那两只泥巴最多、鞋跟磨出洞的就是杜富国的，因为他执行任务最多。

扫雷队的官兵相处久了，彼此喜欢叫昵称，战友们亲切地喊杜富国“阿杜”，有时叫他“富贵”。“因为他特别能存钱。”艾岩不好意思地解释说。

扫雷作业压力大，抽烟算是一种减压方式。战友们大多抽 23 元的“软云”，杜富国只抽 10 元一包的“紫云”或者“红河”。还有战友看到杜富国在用 502 胶水粘拖鞋，破得无法粘了就用铁丝绑上。可当艾岩的父亲生重病住院时，杜富国二话不说，从工资卡里转出 1.2 万元，让艾岩先用着。

在医院的重症监护室里醒来，杜富国首先问的是：“艾岩怎么样了？”意识清醒以后，他总是不停地活动手臂，还跟战友说：“能不能不给我截肢？你们给我多送点肉、牛奶，让我早点长好肉，好早一点回到雷场作业。”

得知失去双手以后，他又问，能不能给他装“智能手”，“这样我就能做个有用的人，为大伙儿多做一点事”。

杜富国入伍前学过木工、修车，战友们都说他手很巧。雷场上排出来的爆炸物，需要转运到安全地带销毁，但山路陡滑，搬运中爆炸物发生碰撞也很危险。杜富国就在木制运输箱内根据炮弹的尺寸设计弧形卡口，有效防止了炸弹晃动。

他还给临时营区宿舍的后窗钉上“米”字形防盗窗，宿舍里的空调也是他按照图纸安装的。作业一天很累，战士们回来后有的打篮球，有的玩游戏，杜富国的休闲方式是到处转，看看水龙头是否漏水、椅子腿是不是松动了。

得知杜富国受伤的消息后，猛硐瑶族乡的群众自发推选代表，带上土鸡蛋、芭蕉，冒着瓢泼大雨，颠簸了 7 个小时到医院来看他。猛硐乡的山林地适合种植茶叶、草果，但全乡 2 万亩茶园，有 8000 亩分布在雷区。如今，2/3 的雷区土地已经移交给村民耕种。

2018 年 11 月 19 日，扫雷队的官兵又一次来到老山坝子雷场。3 天前，他们手挽手唱着军歌蹚过这片雷场，以中国扫雷兵特有的方式将彻底清除雷患的土地移交给地方政府。

在杜富国负伤的地方，还能找到黑色的防护服碎片。周围被爆破筒炸黑的土地上，到处是裸露的竹根，但这里已经没有危险的地雷，更远的地方，已经栽上了绿油油的杉树苗。杜富国和战友们洒下鲜血、汗水的土地上，会栽上成片的茶树、草果、水杉，将来，这里会是满眼翠绿，一片生机勃勃。

（摘自《读者》2019 年第 3 期）

青藏墓碑，延伸到遥远的天边

王宗仁

我认识昆仑山下的这片墓碑，是在40年前的一个隆冬。但是，我真正懂得死亡的重量，却是在40年后的今天。这是世界上罕见的大墓地之一，面积有多大，谁都难以估算。它被格尔木河拽到遥远的天边，被阿尔顿曲克草原扩展到了昆仑山的山脊。没有围墙，没有护栏，也没有守墓人，只见那墓地一年比一年扩大。这里掩埋着七百四十多名军人的遗骨，他们献身国防，献身西藏，死在了阳光灿烂的和平年代。他们不朽的骨骼里有唐古拉山的石头，也有拉萨河谷的草原。

那些无边无际的，被岁月几乎荡平的坟堆，终年泡在朔风，冷霜，苍凉之中。六月天坟顶上也盖着冰霜。

昆仑墓地深藏于世界屋脊一隅，整个青藏高原就是它的墓碑。

我已经上百次地踏上青藏高原，每次上山必定祭坟。此刻，我站在墓地，感到世界在这里睡去，只有他们醒着，自己跟自己交谈，或相互交谈。

孤寂里，我体会到了一种沉甸甸的成熟。人的灵魂在这里得到升华。蓬勃在坟顶的每一株荆刺，都能称出一片大海的重量。

我阅读先烈们的经历，想把他们一一唤回尘世。我从墓堆前那一个个排列得并不整齐的，已经被无情风雪吹打得七扭八歪的或木板或水泥的墓碑上，寻找那些用血肉和灵魂铸成的我熟悉的故事。我的战友，亲爱的战友，墓地上那些随风摇曳的野草，是你们不甘寂寞向远方亲人昂起的头颅，还是你们举起的手臂？

这是一座新坟，坟上的土刚刚经过一场春雪的抚摸，蓬松，清新。这里掩埋着一位40岁的团政委，他叫左自行。2004年春节，他发给我祝福，新年的短信还停留在我的手机上，我没有想到这之后不到一个月他就走了，他走得太突然，没有来得及给他的同志，有的家人，他的领导打一声招呼就永远地离开了青藏线。他当兵22年，在风雪高原走了22年，他还没走够，他想走得更远，远到黄羊也不去的地方，他还没有走高，他还想走得更高，高到比珠穆朗玛峰更高的高处。他得的是高原人最容易得染上，却很难治愈的肝病。

也许从他走进雪线的那天起，病魔就开始侵入他的体内了，只是他没有告诉任何人，也不想告诉别人。因为他要做事情总是那么多，哪里还顾得上？他走了已经半年了，他的妻子还让屋里的一切陈设保持原样，床前放着他的拖鞋，衣钩上挂着他换洗的衬衣，他们的结婚照还在屋中最显眼的墙壁上。她对我说，自行还会回来的，他只是带着车队到可可西里值勤去了，我一定要等着他回来。此刻，我站在左自行的墓前，也在等待遥远的他归来。云静了，风安静了。他的妻子和女儿思思栽的那棵让他乘凉的小树也安静了，可他却躁动不安，挣扎着要从墓地起身。他说，部队的任务那么紧，我这个政委怎么能躺在这里睡大觉？我想安慰他，但我却无法劝止他。因为血气方刚的他总是有抱负的，他手掌里拽的不是昨天的芬芳，他有着美好的明天，明天的鲜花会把整个春天的花园开满！

这里安葬着一位在进藏路上献出生命的女卫生员。叛徒用子弹穿透她的胸膛时，再有三天就是她的 18 岁生日了。她是随着一车进藏老兵奔赴边防的。这些老兵都是她的爸爸一样的年龄，可是大家都听她的话，她是老兵们的保护神。她手中的针和包里的药能保证每个老兵无病无灾地跨越世界屋脊。她唱歌时像快活的山雀，只有在下令让老兵吃药时稚气的脸才像个老司令：不行，像牦牛一样的身体也得吃药！她是为了保护一位首长，才用自己瘦小的身体挡住了流弹。她死时没有留下一句话，只是脸上的笑容没有消失，那是她唱歌时的表情，那是她和老兵逗乐时的神态，所有的欢乐都是完美无缺的，而所有的痛楚都在光明的阴影里，50 年过去了，她就是带着这样的笑容一直孤零零地躺在昆仑山下。坟前的那块汉白玉墓碑在这里可以说是绝无仅有的，这是和她一同进藏，后来转业到江南某市当了市委书记的战友在退休后专门为她立的。白发苍苍的女书记面对女卫生员的坟墓说：好姐姐，我已经老了。你还是那么年轻，永远 18 岁！

这是一座合葬坟墓，入葬者是一对很要好的战友，同年入伍后又分到同一个连队。他们两个人，背朝北京城，同开一台车，面向西大门。那年，在西藏救灾运输中，意料不到的雪崩夺走了他俩年轻的生命。两位遗孀毅然决定合葬他们。墓地远离军营，远离家乡，太寂寞，太寒冷，让他们睡在一张床上相互做伴，也有个说话的人，想家的时候还可以一起遥望故乡的月亮。

我站在昆仑烈士墓前，崇敬多于怀旧，珍惜大于痛楚。

墓地四周一片寂静。我无法控制纷飞的思绪，更难以离开这个思念的季节。我想，那些衰老得不能走路的人，不管是身体衰老还是精神衰老，只要到昆仑山来看看这片墓地，他们就会变得年轻，他们就会懂得人活着可以拒绝死亡！

（摘自《读者》2005 年第 12 期）

雪花承受不了阳光

林　军

今年春节，一位从北疆边防回来的朋友给我讲了一位老军人的浪漫爱情故事。

男孩，某军医科大学硕士研究生，外科专业，曾成功地完成多项高难度的手术，是全校最年轻的具有“实战”经验的外科医生。女孩，某军医科大学硕士研究生，护理专业。从高中开始便与男孩相识，经过三年的感情培养，成为男孩的第一位也是最后一位女友。女孩有一双水汪汪的大眼睛，清纯而柔情，很让男孩心动。男孩发誓，将来一定要为女孩的眼睛写一首天下最美的诗。高中毕业后，他们相约走进了同一所医科大学。男孩曾对女孩说，你是我一生的唯一。女孩一直没有回应，只是默默地幸福着。

男孩选择了外科专业，他说他要女孩一生健康。女孩选择了护理专业，她说她要永远陪着男孩，做男孩的左右手。他们不仅关心着对方，同时也和当时的大部分热血青年一样心怀社稷，他们说年轻是需要激情的。于是，揣着爱情与憧憬，他们同时考取了某军医科大学硕士研究生，成为共和国军人。爱情和理想给了他们无穷的动力，双双成绩骄人。

男孩和女孩从小在“天涯海角”长大，在海南上学，一直没见过雪。女孩曾有一个很美的梦想，她很想到北国去看雪，去看银装素裹的世界，去躺在雪的怀抱里，让雪在她的唇上慢慢融化。男孩答应他毕业后的第一件事就是带她到北国去看雪。

难道说上天也是有私心的？也会嫉妒？不然怎会有“天妒红颜”一说。在临近毕业前的一次实战演习中，作为“战场”救护员的女孩舍下男孩永远地走了。

一切来得如此突然。

生是那样令人费解，死也是同样不可思议。女孩走了，走得那么平静，那么仓促。作为一个坚定的唯物论者，男孩子不相信人是有灵魂的，但是，自从失去了女孩，他却宁可信其有。

男孩毕业后，主动申请去了祖国的最北疆。征得女孩父母的同意，男孩带上了女孩的骨灰盒。

营房在一座雪山脚下。报到的那天，男孩来不及走进营地，便带着女孩来到了山顶。第一次置身于白雪的世界，没有女孩在身旁，男孩没有兴奋，没有愉悦，没有体验到久违了的白雪感觉，有的只是悲伤、只是眼泪。

“辰，你看到了吗？这就是北国的雪，多美的雪呀！以后我会天天来看你，陪你聊天，陪你一起看雪，我不会让你寂寞的……”男孩深深地吻了一下骨灰盒，然后把它放在一棵针叶树下，覆上一层薄薄的白雪。

男孩在雪山下待了一辈子，拯救了无数痛苦的灵魂。

无论是刮风还是下雪，男孩起床后的第一件事就是爬上山顶，轻轻扒开覆在女孩骨灰盒上的白雪，和女孩说上两句曾经说过得悄悄话，到日薄西山的时候，男孩再爬上山顶，给女孩覆上白雪做的被褥，送女孩进入曾经去过的梦乡。几十年如一如，男孩一直这样坚持着，这在当地已成为一个美丽的

“童话”。直到有一天，男孩上去后一直没有回来。后来战士们在那颗针叶树下找到了男孩，此时的男孩已是白发苍苍的老人。男孩静静地坐在树下，双手放在女孩的骨灰盒上，背靠着参天大树，眼睛紧闭着，嘴角带着微笑，一脸的安详，男孩一定在另一个世界见到了女孩。当时正下着雪，雪花在阳光下闪着晶莹剔透的光，原来雪花是承受不了阳光的。

战士们在准备抬男孩下山的时候，在他的手心里发现了一张满是雪花水印的纸片，上面写着一首诗，看得出来者是男孩的笔迹，题目是《你的眼睛》。

隐隐的，
你含忧的瞳眸；
脉脉的，
你深情的眼睛。
清纯的月牙泉，
我渴望成为你的倒影，
又怕投入无底的回音。
柔情似水，
我恋人的眼神。
我渴望把一颗心融入你的深井，
又怕打破含泪的宁静；
好想把你的温柔捧在手心，
又怕玷污你的圣灵。
哦，我的天真，
投入你黑水晶波动的深井，
期待着爱的回音……

人生只不过弹指一挥间，真爱才是永恒不变的，男孩终于用对她一辈子的爱实现了他年轻时的诺言。

后来战士们根据男孩的遗嘱，把男孩的骨灰盒和女孩的骨灰盒放在了一起，因为男孩曾说过，他要永远陪着女孩看雪。以后，每天早上都有一名战士早早地上山扒开盖在男孩和女孩骨灰盒上的白雪，到日落西山的时候，再去把它们盖上。日复一日，年复一年，战士们走了一茬又一茬，但此举一直没有中断过。每当有姑娘来营地看小伙子的时候，小伙子总要给她讲男孩和女孩的故事，然后早带姑娘上山扒开男孩和女孩的骨灰盒上的白雪，傍晚时再去盖上。每次小伙子和姑娘都会感动得热泪盈眶，再后来他们也都变得更加相爱。

我朋友说，男孩叫凌君仁，女孩叫刘晓辰，在今天乌苏里山上还留有他们的墓碑。

爱出者爱返，福往者福来。生命因爱而精彩，人生因爱而完满。

（摘自《读者》2004 年第 10 期）

用青春铸造“生物盾牌”

牙谷牙狗

陈薇接受新华社采访时，哭了。那时，她刚刚被授予“人民英雄”国家荣誉称号，与她一起领奖的还有钟南山、张定宇等人。他们在抗击新冠肺炎疫情中，做出了杰出的贡献。

那天的采访是从陈薇的头发说起的。新冠肺炎疫情暴发时，她还满头乌黑，短短半年，头发白了很多。陈薇的母亲也在电视上看到了女儿的变化：“她变老了，都有白头发了。以前在抗击非典和埃博拉病毒的时候，头发都还是黑的，没一根白的，这次她是真操心了。”说完，老人家又颇为骄傲地说，“没事的，为人民服务嘛。”

目前，全球进入Ⅲ期临床试验阶段的新冠肺炎疫苗有 8 种，中国占了其中 4 种。2020 年 9 月，在中国国际服务贸易交易会上，中国企业展出了 3 种新型冠状病毒灭活疫苗。

采访过程中，陈薇数次流泪，她说：“新冠疫苗专利是我们的，原创是我们的，所以我们在任何场合，不用看任何人的脸色……既然把你放到这个位置，也带出这个团队，你这面旗帜不能倒，你这种精神不能退!”

二

1990 年，陈薇 24 岁，还是一个天真烂漫的姑娘，在清华大学生物化工专业攻读硕士。彼时热爱文艺的她，并未想到，自己有朝一日会穿上军装。

学业繁重而枯燥，陈薇喜欢用跳舞调剂生活。清华大学女生相对较少，她便联合周围其他大学的女生一起举办舞会，还成为学校咖啡馆首批兼职服务员。那时的她前卫而时尚。

少女的心思细腻而缜密，陈薇爱上了文学，经常在学校报刊上发表散文、诗歌，还担任了两年《清华研究生通讯》的副主编。那时她最大的梦想，是成为一名作家。

如花似玉的年纪里，陈薇谈起恋爱。尽管对方比她大 12 岁，当时是一家酒厂的工作人员，但年龄和身份的差距没能阻挡这份爱情，相反，他们的相遇颇为浪漫。

1989 年，23 岁的陈薇坐火车前往泰山旅游。因为没有买到坐票，在颠簸的火车上她一个踉跄，差点儿摔倒。扶住她的，便是当时 35 岁的麻一铭。

麻一铭将座位让给陈薇，二人一路攀谈，互生好感。临别时，麻一铭鼓起勇气向陈薇要了电话。一周后，麻一铭出现在清华大学校园，从此，二人一直出现在彼此的生命中。

时间回到 1990 年，爱好广泛的陈薇看似与科研工作毫不沾边，她也从未想过从事科研工作。

那时，她已经和深圳一家著名的生物医学公司顺利签约。如果照此发展下去，这个天性浪漫的女孩，可能会在深圳过上幸福的生活。

但一切都因一场意外而改变。

1990 年 12 月，陈薇被导师安排去军事医学科学院取实验所需的抗体。走进军事医学科学院，陈薇被眼前的一切吸引了：高精尖的科研设备、前沿的科研课题，让陈薇产生了投身其中的强烈愿望。

回去之后，她多方打探，听说军事医学科学院是当年周恩来总理亲自签署命令，从全国抽调最优秀的科学家迅速成立的，担负着国家防御核武器、化学武器和生物武器的特殊研制使命。年轻的陈薇，一时热血沸腾。

二

1991 年 4 月，她放弃高薪，被特招入伍，加入军事医学科学院微生物流行病研究所。那个曾经在清华园里跳舞的女生，开始了与病毒“共舞”的日子。

两年后，在一次学术会议上，她遇到了自己的师弟。几番攀谈，她得知，对方的收入竟是她的百倍以上。与收入上的挫败相比，更让她觉得寂寞的，是科研工作的枯燥。

成天面对冷冰冰的实验器材，不断地整理枯燥的实验数据，大好的青春年华里，她埋头在实验室，为实验结果发愁。

更让她苦恼的是，这样的辛酸并没有快速换来显著的成绩。几年的时间里，她的工作仍旧没有太大的建树。而稍有不慎，自己长时间积累的实验数据，还会顷刻化为乌有。

有一次，大年三十晚上，她离开实验室，回家看望公婆，回来时，却发现实验室一地液体，陈薇当场傻了眼。一个人站在实验室里，看着满屋狼藉，几个月的努力就这样白费了。她哭了，“脑袋里全是李清照的词——冷冷清清，凄凄惨惨戚戚，怎一个愁字了得”。

陈薇也想过放弃，但脑海里总是浮现出炭疽、鼠疫、天花这些细菌或病毒。“一想到这些可能被用于战争或者恐怖袭击，给国家和民族带来灾难，我对铸造‘生物盾牌’，就有一种强烈的使命感和紧迫感。”怀着这种信念，她坚守至今。她的同事介绍，从毕业到现在，她很少在晚上 12 点之前下班回家。

12 年冷板凳坐穿，陈薇拿到了生物学、医学双博士学位，被研究所破格提拔为研究员。

家人以为她终于可以过上相对安逸的生活，但殊不知，命运对她的考验才刚刚开始。

三

2003 年，“非典”暴发，数万人确诊，无数医务人员感染，全国上下人心惶惶。

危急关头，陈薇接到命令，对“非典”致病原因及相关疫苗研发展开研究。她带领团队，一头扎进实验室，历经无数个日与夜，在国内率先分离出 SARS 病毒，确定这就是“非典”元凶。

随后，陈薇证实了“重组人干扰素 ω”喷雾剂对“非典”有抑制作用。2003 年 4 月 28 日，“重组人干扰素 ω”通过国家食品药品监督管理局的批准，获准进入临床试验。

为了满足医务人员的需要，陈薇组织全室人员加班加点生产，连续奋战 20 多个昼夜，并亲自将 2000 多支“重组人干扰素 ω”喷雾剂送到当时的小汤山医院。

数据统计显示，彼时使用“重组人干扰素 ω”的 1.4 万余名医务工作者，无一感染“非典”。

当干扰素被运送到全国各地医务工作者手中时，陈薇已经 100 多天没回家了，即便她的家距离实验室只有几公里。

丈夫和儿子在家中焦急等待。一天上午，有记者提前告诉麻一铭，说晚上的《东方时空》可能会有陈薇的镜头。

丈夫带着儿子早早便守候在电视机前。当陈薇的镜头出现时，儿子抢先扑上去，亲吻着屏幕中的妈妈。

麻一铭常常透过窗户，看着不远处陈薇的办公室。深夜，陈薇下班，麻一铭一定会出现在研究院门口，二人一起牵着手回家。

“非典”之后，有人问陈薇：“每天和非典病毒面对面，你怕不怕?”陈薇则坦然地说：“穿上这身军装就意味着，这一切是你应该做的。”

2008 年汶川大地震后，她率先前往灾区，参与灾后瘟疫的防治。从灾区回家不久，她又马不停蹄地加入“军队奥运安保指挥小组专家组”，成功处置了数十起核生化疑似事件。

2014 年，埃博拉病毒在非洲暴发，并迅速传播到欧洲和美洲，致死率达到惊人的 50%~90%。

即便非洲与中国远隔万里，但陈薇还是敏锐地觉察到：“埃博拉距离我们只有一个航班的距离。”她提出，要把病毒挡在国门之外。

为了更好地了解不断变异的埃博拉病毒，铸造中国的“生物盾牌”，陈薇提出一个大胆的想法——到非洲去。

2014 年 9 月，陈薇研制成功第一支抗击埃博拉病毒的新基因疫苗。

2015 年 9 月，在非洲塞拉利昂，陈薇进行了Ⅱ期临床试验，开创了中国疫苗在境外临床试验的先河。

无数次攻坚克难之后，疫苗最终研制成功，为疫区人民筑起了一道安全屏障，也保护了当地的中国维和部队战士。

2017 年 10 月 19 日，该疫苗获得国家食药监总局新药证书和药品批准文号，成为全球首个获批的埃博拉疫苗。

2016 年，因在抗击埃博拉中的突出贡献，陈薇荣获“2015 年度中国十大科技创新人物”，与她同时入选的，还有获得诺贝尔奖的屠呦呦。

获得这一荣誉的陈薇没有骄傲，她提及最多的，是孩子。在非洲，陈薇曾到访一家孤儿院，那里有48个孩子，全部因埃博拉失去了家人。陈薇说："我希望在这个世界上，再也不要因为非典、埃博拉等烈性病毒，让更多的孩子失去童年的色彩。"一声祝愿背后，是她近30年与病毒战斗的无数个日日夜夜。

2017年，电影《战狼Ⅱ》上映。剧中，吴京饰演的中国退伍军人冷锋，在非洲上演了一场生死救援。当年，很多人都被这一幕感动：陈博士为保住拉曼拉病毒的"活体疫苗"，临危向冷锋托付女儿……其实，很少有人知道，电影中那个援助非洲从事病毒研究的陈博士，原型就是陈薇。那时，她被誉为"埃博拉终结者"。

2020年，新冠肺炎疫情袭来，将所有人打了一个措手不及。伴随着确诊人数的增多，武汉封城，工厂停工，人们被隔离在家。但陈薇没有休息，1月26日大年初二，陈薇带领军队专家组乘专机奔赴武汉前线紧急驰援。

仅用4个昼夜，他们就在武汉建成一座用帐篷搭建的移动检测实验室。陈薇迅速参与到检测试剂盒的研发中，其中核酸全自动提取技术大大缩短确诊时间。

在最初确诊等于救命的情况下，陈薇的科研成果挽救了不知多少新冠肺炎患者的生命。

1月28日，疫情逐渐严重，美国总统特朗普宣布，要在12周的时间内，将新型冠状病毒疫苗研制成功。

当记者问到陈薇时，她自信地说道："我相信，我们国家科研人员的速度，绝不亚于美国的！"

3月16日20时18分，陈薇团队所研制的重组新冠疫苗，终于获批启动，展开临床试验。从研发，到志愿者接种，再到取得重大进展，陈薇团队仅仅用了68天。

这次疫苗研发取得重大进展，不仅代表了中国科技实力的进步，也彰显了科学家无私奉献的精神——一旦疫苗真正应用，将不仅造福中国人民，更会给各国人民带去希望。

四

熟悉陈薇的人都知道，“快”是她最大的特点——走路快，说话快，工作节奏也快。很多同事评价：“她的思维非常敏锐，我们总跟不上她的节奏。”

甚至 1998 年生下孩子后，陈薇仅仅休息了一个月，就重新回到实验室，投入工作。

“快”是陈薇多年养成的工作习惯。她自己解释，总觉得时间不够用，希望自己再快一点，从死神手里拯救更多生命。

而这种“快”的背后，是陈薇多年的“慢”。毕业进入军事医学科学院微生物流行病研究所时，她默默工作很多年，工资不如其他同学高，机会也不如其他同学多。但她仍旧坚守住了自己的内心，拯救了无数生命。事了拂衣去，深藏身与名。

这个世界上有太多聪明人，有太多才华横溢的人，但也有太多聪明反被聪明误的人。他们认为聪明能够代替勤奋，殊不知，这个世界上的捷径只有一条，就是脚踏实地，一步一个脚印往前走。

袁隆平研制杂交水稻成功前，在田间地头从事科研工作将近 20 年；钟南山在“非典”、新冠肺炎疫情中力挽狂澜，也与他多年的积累密不可分。

无数事实证明，那些耐得住寂寞、奋力向前的人，才是这个国家、这个社会真正的支柱。

（摘自《读者》2020 年第 23 期）

捐款背后

江　川

相爱于战火硝烟中

2018年9月13日，湖北省武汉市黄陂区110指挥中心接到一个报警电话：本市工商银行的黄陂区支行，发生了一件可疑的事，一对身穿迷彩服、年过八旬的老夫妇，要往黑龙江一个陌生账户汇款300万元，无论工作人员怎么劝都不听。担心老人上当受骗，他们只好报警，请警察帮忙解决。

民警赶到现场，果然发现一对白发苍苍的老夫妇坐在银行柜台前，要往一个账户里汇入巨款，老人身旁还有两名中年男子陪伴。经询问，两名中年男子分别来自黑龙江省木兰县民政局和教育局。而这对80多岁的老人，女的是在武汉生活的木兰籍离休干部马旭，男的是她的丈夫颜学庸。两名中年男子此次前来，是接受老夫妇给家乡捐款的。民警不敢大意，当即给老两口和两名中年男子的单位打电话核实情况。得知是一场误会后，民警才让银行工作人员帮他们办理了转账手续。

马旭和颜学庸都是湖北省军区第七干休所的离休干部，现定居在武汉市黄陂区。一对普通离休干部哪来这么多钱？他们为什么要给千里之外的黑龙江省木兰县捐出这笔巨款？

时年 83 岁的马旭，1935 年出生于黑龙江省木兰县。1947 年，刚满 12 岁的她，参军进入东北军政大学吉林分校，很快成为一名女军医。不久，她和同为军医的颜学庸成为战友。颜学庸和她同岁，四川省江津县人。20 世纪四五十年代，两个人一起参加过辽沈战役、上甘岭战役等，多次荣获军功勋章。参加朝鲜战争回国后，马旭被保送到第一军医大学深造，颜学庸则被保送到第七军医大学深造。毕业后，两个人先后被分配到原武汉军区总医院工作。28 岁时，马旭奉命负责空降兵某部伞兵跳伞训练的卫勤保障工作。不久，她成为中华人民共和国第一位女空降兵。经历过战火硝烟的考验，第二年深秋，马旭与颜学庸在部队首长的见证下结了婚。

不久，马旭在教一名女空降兵跳伞时，因为对方死死揪住她的双臂不放，导致阻力伞打开得太晚，两个人重重地摔在地上，造成马旭严重受伤。部队军医紧急会诊后认为，马旭如果要继续当空降兵，就不宜怀孕了。为了实现妻子继续当空降兵的愿望，避免日后意外怀孕带来的麻烦，颜学庸主动做了结扎手术。这就意味着，他们放弃生孩子了。马旭觉得很对不起丈夫，颜学庸却说："没关系，以后我们可以领养一个孩子。"可由于工作繁忙，加上两个人都把心思放在了事业上，他们后来一直没有领养孩子。

因为很小就离开了老家，离开了父母，马旭心底一直藏着一股浓浓的思乡之情。她至今仍清楚地记得，离开家乡去当兵时，母亲塞给她一些钱做路费。后来，她弟弟也去部队参了军。马旭没有在父母跟前尽孝，就连母亲去世的时候她也不在身边，这让她一直愧疚不已。如今父母不在了，家乡就是她的母亲，她一直想为家乡做点什么。可自己这么多年再也没有回过家乡，也不知道该如何联系当地的政府部门。有时候跟丈夫讲起这些，一向乐观坚强的马旭，偶尔会有些惆怅和黯然。知道妻子心结的颜学庸，在心里默默告诉自己：一定要帮妻子实现这个愿望！攒够1000万元帮你圆梦。

随着年龄增大，马旭和颜学庸逐步从工作一线转到二线——军事医疗和跳伞科研方面。颜学庸不仅是马旭的丈夫，更是她工作上的好搭档。此前，擅长写字、画画的他，经常把两个人对军医学的创想和构思用纸和笔画出来讨论。一次，他们听说苏联部队的一名驻岛战士突发阑尾炎，必须马上手术。此时岛上只有一名医生，没有助手帮忙打开腹部，他如何完成手术？马旭和颜学庸几乎同时想到：能否发明一种自动开腹器，在手术中帮助医生拉开患者腹部？两个人一拍即合，一起设计、修改，然后把图纸送到上海的医疗器械厂生产。最终，自动开腹器在临床获得应用。

在长期的跳伞实践中，马旭发现，由于跳伞时地面情况不明，伞兵最先着陆的身体部位最容易受伤。有时在着陆的一瞬间，强大的冲击力会造成伞兵腰部或脚踝部骨折。

一次，马旭在看战士们踢球时，突然想到：能否设计一种充气设备套在脚踝上，在飞行员跳伞时起到缓冲作用，落地之后再把气放掉，不影响活动？为此，年逾六旬的她，多次跳伞进行试验。

马旭对医学科研事业的认真和执着，让颜学庸从心底佩服。但她毕竟年纪大了，为了保证安全，每当她进行跳伞科研项目实地体验时，颜学庸都会强烈要求跟她一起跳。通过反复试验，他们研制出一种像袜子一样套在脚上的跳伞专用充气踝垫。令他们开心的是，这项发明获得了国家专利，成为中国空降兵获得的第一个专利。该技术专利此后在空降兵部队被广泛使用。不久，马旭和丈夫再接再厉，共同研制出专供部队伞兵使用的“单兵高原供氧背心”，填补了空降兵高原跳伞供氧上的一项空白，并获得国家发明专利。

一次，马旭观察到，由于部队官兵作息时间不规律，不能按时吃饭，不少人患有胃病。如果不及时治疗，久而久之就会转变成胃癌。于是，她和丈夫一起研究，发明了治疗萎缩性胃炎的药剂，并获得专利。近年来，她还开发出一种治疗肿瘤的药剂，获得了实用性专利。

几十年间，马旭在丈夫的协助下，先后在军内外报刊上发表了100多篇学术论文，并撰写了填补当时相关领域空白的多篇论文，在国内外引起广泛关注。他们还多次被邀请参加美国发明年会、澳门国际发明博览会。

为了更新知识、与时俱进，马旭还先后到武汉大学、华中科技大学学习外语和临床医学。2012年，78岁的她报考了在职硕士研究生，被华中科技大学同济医学院基础医学院破格录取。

科研路上捷报频传，马旭和颜学庸也获得了巨额奖金。了解妻子的颜学庸，想法和妻子不谋而合：等攒够1000万元，就把这些钱捐给家乡！

为了把钱花在刀刃上，马旭和丈夫过着简朴的生活。他们放弃了部队安排的新房，依旧住在武汉市黄陂区两间低矮的平房里。屋内条件简陋得让人难以想象：墙皮已经剥落，客厅里的吊灯年久失修，房间里摆的还是几十年前的老旧家具。家里唯一显得现代一点的是两柜子书报和学习资料，以及客厅里一台老式笔记本电脑。

在吃穿上，马旭和颜学庸也不讲究，早餐常常是两个馒头加一杯牛奶，午饭和晚餐也是简单的家常便饭，以素食为主。老两口从不买衣服，穿的衣服都是以前部队发的军装和作训服。就这样，他们精打细算，一点一滴地把离休金和发明创造获得的报酬积攒下来，全部存入银行。2017年，他们终于攒够了1000万元！

千万捐款灌溉一世乡愁

时机终于来了！2017年9月，黄继光生前所在部队在武汉举行纪念黄继光牺牲65周年活动，马旭作为特邀代表参加活动。活动中，她对多年不见、如今在东北工作的部队伞兵教练金长福说，国家正在实施精准扶贫、振兴东北战略，她和老伴也想尽一点绵薄之力，打算将毕生积蓄捐献给家乡木兰县，请他回去后帮忙联系具体捐献事宜。老战友金长福被马旭老两口爱国爱家乡的热情所打动，回去后马上向木兰县领导转述了他们的意愿。木兰县领导当即跟马旭取得了联系。

2018 年 9 月 12 日，在木兰县教育局局长季德三的陪同下，金长福再次来到武汉，与马旭签订了向木兰县捐款 1000 万元的协议。次日上午，他们到银行办理第一笔 300 万元转账手续时，发生了文章开头的一幕。5 个月后，马旭和颜学庸将到期的 500 万元理财产品和 200 万元活期存款转到木兰县政府的银行账号上，兑现了捐款 1000 万元的承诺。

2019 年 2 月 18 日晚，中央电视台综合频道播出“感动中国 2018 年度人物”颁奖盛典，85 岁的马旭当选“十大感动中国人物”。主持人敬一丹宣读《感动中国》组委会给予马旭的颁奖词：“少小离家，乡音无改，曾经勇冠巾帼，如今再让世人惊叹。以点滴积蓄汇成大河，灌溉一世的乡愁。你毕生节俭只为一次奢侈，耐得清贫，守得心灵的高贵。”颁奖现场，记者问马旭为什么要把千万积蓄捐给家乡，她回答道：“我们不能说老了等着国家养活我们，要老有所为，老了也要做贡献。一个人能力有大小，我要是能力大点，就多贡献一点。如果我能力就这么大，就少贡献一点，总之要想着国家，想着人民。”

颁奖现场，马旭和老伴身上穿的旧迷彩服，被主持人白岩松赞为“最好看的情侣装”。白岩松问马旭希望捐给家乡的 1000 万元用来做什么，她说：“我希望将这笔钱捐给我家乡的穷孩子们，希望他们得到良好的教育。有了知识就有了财富，有了财富便能获得更多知识，这是个良性循环。”

木兰县有关领导表示，马旭老两口这 1000 万元捐款是木兰县有史以来接受个人捐款数额最大的一笔，他们决定将这笔善款用于修建一个集教育、文化、科普为一体的青少年活动中心及爱国主义教育基地，取名“马旭文博艺术中心”，旨在传承与弘扬马旭等老一辈军人顽强、拼搏、乐观向上、无私奉献的精神。在资金的使用过程中，他们将严格监管，把每一分钱都用在刀刃上，绝不辜负老人的期望。

一次“奢侈”灌溉一世乡愁。看到捐款计划被圆满落实，马旭和老伴这才放心。“要是把一辈子积累的钱都吃了、花了，多可惜啊。捐给国家建设最需要的地方，才有意义。”老两口表示，办了这件大事后，他们感到心情无比舒畅。

如今，天气晴好的清早，在武汉市黄陂区木兰山脚下的一个陈旧小院里，人们总能看到身穿迷彩服的马旭和颜学庸在跑步。吃完早餐后，他们会去附近的老年大学上课。午睡起床后，两个人一起读书看报。下午 3 点以后，两个人在院子里练练军体拳，晚饭后散散步。偶尔，老两口还浪漫一下，打开音乐，一起跳拉丁舞。周末老年大学休课，他们就打理院子里种的蔬菜瓜果，浇水施肥。多年来，他们一直生活在这个远离闹市的世外桃源里，过着神仙眷侣般的晚年生活。

（摘自《读者》2019 年第 20 期）

士兵意志的刻度

吕永岩

1. 楔　子

暗夜、灌木、衰草，近在咫尺的敌人居高临下密集的火力网。

感受到这一切的时候，邱少云的耳畔响起师长向守志铿锵有力的话语："拿下391高地，胜利的关键在潜伏，潜伏的关键在不暴露目标，不暴露目标的关键在信念与纪律……为了整体，为了胜利，哪怕面临死亡，也绝不能暴露目标！"

邱少云是中国人民志愿军第15军第29师87团9连战士。391高地位于上甘岭西侧，周边地势平缓，便于美军重装机械化部队发挥火力和机动优势。为抵御敌人的进攻，15军动用了主力44师，同时配属了邱少云所在的87团以及大量火炮。

这是抗美援朝战争进入 1952 年秋季有限进攻阶段，也是上甘岭战役打响前夕。

391 高地是敌人设在我军阵地前的一颗“毒牙”。占据在高地上，敌人可以毫不费力地俯视我纵深前 10 多平方公里的阵地，严重威胁我 15 军与右邻第 38 军结合部的安全，威胁上甘岭的安全。

然而，拔掉这颗“毒牙”是场硬仗。高地周围是 3000 多米宽的开阔地，没有任何遮蔽，面对敌人的飞机、火炮、机关枪，唯一取胜之道就是潜伏。利用战斗打响的头一天夜晚，让先头部队越过开阔地，潜伏到敌人的鼻子底下，等到天明，再等到夜幕降临发起进攻。潜伏将近一天一夜。

胜利在此一役!

2. 磨　刀

最后一次实战检验赶上一个难得的好天气，蓝天清澈，白云飘逸。师长举起望远镜，瞄准模拟作战地形仔细查看，果断地下达命令：“立刻发起进攻!”

战士们从遍布灌木蒿草的山坡上跃起，只见冲在最前面的爆破班，一个瘦瘦的身影冲到“敌碉堡”前，迅速将手榴弹塞进去，接着滚翻。不知怎么，他的动作迟疑了一下，新任 9 连连长程子英心里“咯噔”一下。

演练结束，连长把邱少云叫到跟前，严厉地问道：“你怎么搞的？知不知道战场上一秒之差意味着什么?”

邱少云没吱声，额头的汗珠不断渗出来。

连长越说越来气，卫生员跑过来，上气不接下气地说：“报告连长，邱少云有情况。”

“什么情况?”连长不依不饶。

“他腿上长了一个大疖子。”卫生员边说边比画着，“都有拳头这么大了。”

连长愣住了，伸手就去捋邱少云的裤腿，邱少云一把抓住裤角，死活不让看。

“听我的命令，别动!”

待捋起邱少云的裤腿，连长用手一摸，疖子很硬，还有些发烫。

“长了这么大的疖子，你怎么不报告?”连长责问卫生员。

“他不让说，怕连里不让他参加战前训练。”

连长鼻子一酸，舒出一口气说：“这疖子不好，你还真不能……”

“不行啊，连长!”邱少云还要论理，连长摆摆手：“不要说了，执行吧!”

邱少云被关在坑道里，整日心急火燎的。这天，卫生员来换药，他一把拉住卫生员的手说：“能不能想点别的法子，让它好得快点?”

卫生员摇摇头，邱少云急了，“那就把这鬼东西给我割掉!”

“疖子没冒头，割起来会痛死人。”卫生员提高了嗓门。

“我不怕痛。真的，啥样的痛我都能忍得住。动手吧，我闭上眼睛。”

“不行!”

“好吧，我自己来。”邱少云说着，就去抢药包。

“剪刀也能剜。”邱少云从睡的铺草下取出一把做针线活的旧剪刀，递给卫生员。

卫生员扭过头，不肯接。

“我自己来，剜块肉有啥子难的?!”他举起剪刀就朝大腿上戳。

卫生员一把拽住他。

“这不行，那不行，啥子才行? 难道你高兴看到我漏掉一场战斗?”邱少云两道眉毛拧起来。

卫生员没招了，只好打开药包，取出一把小剪刀，用棉球消了毒。两个人都默默忍受着巨大的痛苦，完成了一次异常的“剜肉疗毒”。

3. 荣　誉

1952 年 10 月 11 日，农历 8 月 23。这是一个精心选择的没有月亮的夜晚。

此前，每个志愿军战士都收到一份来自祖国亲人的慰问礼包，里面还有一枚闪闪发光的抗美援朝纪念章。

程连长特意穿上了一件新军装，集合队伍，喊了一声："同志们，让我们把祖国人民授予的抗美援朝纪念章戴在胸前吧！"

邱少云和战友们纷纷将纪念章庄重地佩戴到胸前。

连长大声问："祖国人民给了我们无上的光荣，我们该用什么回报亲人呢？"

"拿下 391，消灭侵略者！"战友们异口同声地回答。

指导员走到邱少云身旁，邱少云低沉着说："老连长牺牲了，我要替他报仇！"

指导员的眼圈红了。不久前的一次战斗，老连长被子弹打断了腿部大动脉，血不住地涌，他一直向前冲锋，直到倒下。

指导员拍了拍邱少云的肩膀说："好样的！"

白色的薄雾托起天边殷红的晚霞，向师长站在队伍前面，做开拔前的最后动员。

"同志们，为了确保战斗胜利，在发起冲击之前，哪怕就是面临死亡，也绝不许暴露目标。不论发生什么情况，都必须严守军事上的信条：坚决牺牲个体，保证整体的胜利。"

邱少云静静地听着，把首长的话牢牢刻记在心中。

4. 意　志

夜，万籁俱静。部队悄无声息地匍匐在夜的黑幔里，潜伏到敌人的眼皮底下。

邱少云所在的一排爆破班距离敌人的工事最近，只有 60 米。铁丝网像魔鬼的牙齿，横亘在面前，透过灌木和蒿草的缝隙，能看到高地上鬼魅一般的暗堡，听到流动哨兵发出的咳嗽声。

这样近的距离，就是一只兔子的跑动，也会引来山脊上地堡、交通壕里的机枪、步枪、冲锋枪恶毒的交叉火舌。

邱少云当然知道，在发起冲锋前，自己就是一丛草木，所有潜伏的人都只是深秋的草木，不能让敌人看出丝毫异样的迹象。

夜风裹着寒霜，很快将薄薄的军衣打透。临近拂晓，气温降到零度以下，所有的战士都以超常的毅力抵御着寒冷，当然更要紧的是忍住不能咳嗽。

终于，淡淡的乳白色抹掉了夜色的浓黑，山坡披上了一层浓雾。当浓雾被东方迸发出的红色光焰一片片撕破的时候，凶险的 391 高地露出清晰的轮廓。

在邱少云侧后不远处的副班长李士虎，两眼紧紧盯住前面密布的铁丝网和碉堡群。他看了一眼隐蔽在自己侧前方的邱少云，发现他好像正用鼻子闻着面前的土地。

前几天听到家乡土改的消息，邱少云就抓起一把泥土，放在鼻子跟前闻了又闻。

太阳越升越高，光焰变得火辣辣的。草丛中的蚂蚁、蟋蟀、蝼蛄、蝎子、草爬子开始活跃起来。

这时，一个意外发生了。

敌人一个班的 5 个兵拎着水桶钻出地堡，朝李士虎、邱少云等人隐蔽的方向走来。踩踏蒿草发出的窸窸窣窣的声音越来越近，20 米、15 米、10 米……

没发现任何蛛丝马迹，敌人就走到山坡下的一条小溪边，边吸烟边张望。埋伏在草丛里的战士又骤然紧张起来。

敌人什么也没发现，小心翼翼地往回返。脚步声再次响起，这次他们是自下而上往回返，坡上的情况一目了然。战士们屏住呼吸，心都蹦到了嗓子眼。

突然，一个敌人一脚踩到了一个潜伏战士的身上，吓得连忙后退两步，撒腿就朝山上跑。几个人一边跑，一边向草丛里“砰”“砰”放枪。

5. 烈　火

糟了，敌人发现了目标。

这 5 个家伙一旦跑上山，山上敌人的大部队必定居高临下恶狠狠地扑下来。

40 米、35 米、30 米……李士虎看了邱少云一眼，邱少云在草丛下紧紧抓着冲锋枪，两眼冒着火。

但没有命令，谁也不能轻举妄动。

突然，一阵嘶鸣声划破天宇，紧接着，山坡上响起接连不断的爆炸声。关键时刻，我军指挥所命令后方的炮兵开火了。

李士虎见邱少云扭过头，冲他微微笑了笑。

敌人显然觉察到了什么，半小时后，空中出现了敌机。随着敌机的俯冲，航弹、地面的炮弹、子弹，铺天盖地倾泻下来，山坡上硝烟弥漫，弹石横飞。邱少云和战友们紧紧匍匐在草丛中，一动不动。

敌机扔光了装载的炸弹，飞走了。渐渐地，地面的枪炮声也停止了，炮火轰炸过的山坡出现了短暂的寂静。

没一会儿，敌人开始投放燃烧弹，火焰立刻升腾起来，刺鼻的浓烟笼罩了潜伏区，熏得人喘不过气，但更多的烈火被风卷离了潜伏区。

这时，又一颗燃烧弹炸开。一团烈火落在邱少云隐蔽的上风头，蒿草立刻燃烧起来；风助火势，火助风威，邱少云被烟火裹住了。

隐蔽在侧后方的李士虎冲邱少云发出几声“呱、呱”的蛙叫。邱少云回过头，给了李士虎一个坦然的眼神。

李士虎看到邱少云在身子底下艰难地挖着，把冲锋枪和手榴弹、子弹小心翼翼地埋压在身体下面。李士虎的两眼模糊了……

显然，邱少云已经意识到死神的逼近，他已经做好了最坏的准备。

火舌爬上邱少云的一只腿，他似乎轻轻抽搐了一下。李士虎知道，这时只要打个滚，或是后退到身旁那个小水沟，他身上的火就会熄灭。

邱少云没有动。

火舌爬上了邱少云的后背，李士虎不敢再看下去。他紧紧握住冲锋枪，两眼死死盯住前方不远处的敌火力点。

火蛇游走，发出“噼噼啪啪”的声响，撕扯着李士虎的神经，他似乎闻到了一股肉体焦糊的味道。李士虎嘴唇咬破了，血一丝丝流进嘴里。

火猛烈地燃烧着，邱少云两只手狠狠抠进了泥土里，身体还是一动不动。

邱少云，我的好战友！李士虎痛苦万状地把头埋进草丛。

火舌爬上头颅的时候，邱少云似乎瞥了一眼临近正午的太阳，头一沉，再也没有了声息……

此时，1952 年 10 月 12 日中午 11 时 30 分，距离发起总攻时间还有 6 小时。

指挥所步话机传来连长悲愤的声音：“邱少云同志在烈火中牺牲了。他直到停止呼吸，始终严守纪律，没有暴露目标。”

傍晚，随着猛烈的炮火急袭，潜伏部队 500 余官兵旋风般冲向敌阵，用了不到 30 分钟，就将据守在 391 高地上的敌人全部歼灭。

志愿军战士邱少云年轻的生命令世人感叹，令庸人不解地定格在 26 岁，将烈焰冶炼的意志刻度，标定在人们仰望的至高峰巅。上甘岭东 391 高地雄伟的山峰，一面石壁上刻着鲜艳夺目的大字：

为整体，为胜利而自我牺牲的伟大战士邱少云永垂不朽！

（摘自《解放军报》2018 年 10 月 12 日）

我知道你为了谁

谷任红

一

余文元看着坐在冲锋舟里的一位大娘，突然感觉似乎有些面熟，他把目光投向刚才的村庄，眼睛里立马露出了欣喜的神情。

此时，安静下来的大娘也正在认真地打量着他。一番交谈后，大娘情不自禁地把余文元搂在了怀里。

22 年前，新兵余文元冲进村庄救出一位高龄孕妇；22 年后，老兵余文元再次冲进这个村庄救出一位大娘。

时隔 22 年，被救者是同一个人，救人者也是同一个人。

穿梭抗洪一线，类似多年后重返故地抗洪的例子并不鲜见。对老百姓来说，对这支军队而言，人虽换了面孔，鱼水深情却历久弥新……

二

战士李震是保障我们去各个点位采访的驾驶员。小伙子热情、勤快、周到，深得大家的喜爱。

一次，我们的车开到一个地方被限高杆拦住了，旁边的交警见我们是抗洪部队的，忙跑过来移开。正当我们要向他致谢时，却听李震叫了一声“叔叔”。

原来，李震的家就住在驻地柴桑区，而他保障我们无数次从家门口经过，却从未说一声，更没有提出回家看看的请求。

瞬间，大家都安静下来。良久，一位同事半开玩笑地说：“大禹治水是三过家门而不入，你李震抗洪是N次过家门而不入啊!”

而此时，人高马大、一向开朗活泼的小伙子，却腼腆得像个姑娘，低着头、搓着手，不好意思地笑了。

三

22年前，伴随着一场特大洪水，一个叫“李向群”的名字，响彻中华大地。

李向群当兵前生活在海南经济特区，是个典型的富二代。当洪水袭来时，李向群第一个报名参加抢险突击队，此后，一直带病坚守在抗洪一线。1998年8月22日10时30分，从卫生队拔掉针管不久的李向群，在扛起沙袋冲向大堤时再次倒下……这位年仅20岁的战士再也没有站起来。

见到团领导，这位英雄的父亲替儿子交了第一笔也是最后一笔2000元的党费，将国家发放的两万元抚恤金直接捐给了灾区，把儿子的骨灰撒在了他奋战和倒下的地方。

最后，这位父亲向部队提出了唯一一个要求——请让我代替儿子抗洪!就这样，这位痛失爱子的父亲穿上儿子生前的军装，在洪水疯狂拍打的大堤上，扛起了沙袋，和儿子的战友们一起，向着大堤冲锋……

22 年后，同样的洪水、同样的长江大堤，不同的父子上演了又一幕家国情怀、人间大爱。

7 月 19 日，安徽枞阳抗洪一线。

一对瞒着儿子前来探望的父母，找到了正在抗洪的儿子。站在一身泥水的儿子面前，母亲半天说不出话来，任凭眼泪止不住地往下流。父亲则转过身，摘下眼镜，偷偷拭去眼角的泪水。突然，父亲二话不说，抢过儿子面前的沙袋就扛了起来。

儿子先是一愣，随即帮父亲拉了一把，再把父亲肩上的沙袋扶正。站在已经长大的儿子面前，父亲足足矮了半个头，两个相差 20 多岁的男人，就这样扛起了同一份责任……

抗住一次又一次洪峰冲击不曾坍塌的堤坝，就是由这样的父子、这样的兄弟、这样的军民垒筑起来的。

天道如斯，大爱永存。

四

7 月 23 日，九江抗洪大堤。

一对青年男女正在给“济南第一团”抗洪官兵分送西瓜，两人的身后，还堆着一个个硕大的西瓜。

经了解，男的叫沈国立，武警福建总队第二支队排长。女的叫柯少伟。两人是夫妻。

7 月 14 日，沈国立从福州回九江休假，恰逢洪水来袭，板凳还没坐热，就换上作训服直奔抗洪一线。

丈夫披征衣，妻子紧相随。柯少伟也把孩子托付给母亲，随丈夫一起来到附近的“济南第一团”官兵抗洪现场。

开始几天，夫妻俩和官兵们一起装沙袋、扛沙包、加固大堤。洪水稍稳定后，两人又做起了义工，为官兵送西瓜和解决各种生活难题，被大家亲切地称呼为“抗洪战场最美夫妻”。

无独有偶。他叫廖金龙，某部班长兼代理排长。2018 年经人介绍，他认识了端庄秀丽的姑娘张雯，两人情投意合，相约 2019 年“十一”结婚。

临近“十一”，部队接到演训任务，他是班长又是代理排长，走不开也不能走。

他如实告诉女朋友：我们春节结婚吧。春节是我们中华民族的传统节日，人多热闹，我也可以多请几天假陪你出去走走。

她说：好！我听你的。

等待的日子虽然漫长，但她心里却很甜蜜。那些日子，除了上班，她所有的心思和精力就是筹办他俩的婚礼，并精心挑选了一套雪白的婚纱，她要做他最美的新娘。他也处理好手头的工作，并提前请好了假。

然而，天有不测风云。新冠肺炎疫情袭来，部队停止了一切异地休假。就这样，他们的婚约又泡了汤。

好在通讯发达，他们人不能在一起，心却在一块。他们每天固定时间视频，互相安慰、互相鼓励，终于迎来了抗疫阶段性胜利。欣喜之余，他们当即商定 7 月 18 日结婚，因为这天是他们相识的纪念日。

可是，7 月 12 日，正准备启程回家与心上人团聚的时候，部队突然接到赴江西抗洪救灾的命令……他不知道怎么开口和她说，只是默默退了回家的车票，跨入了逆流而上的抗洪队伍。

抗洪第三天，廖金龙的战友发现附近多了一位漂亮的女志愿者，这位女志愿者看廖金龙的眼神很不一样。而廖金龙也似乎与她有着某种默契。

架不住战友的询问，廖金龙如实向大家交了底：这位女志愿者，就是自己未过门的妻子。

原来，即将身披婚纱的姑娘，得知廖金龙因为任务再次爽约后，心情坠落到了谷底。一夜无眠泪湿枕巾后，她做出了一个大胆决定：到他身边去，哪怕不能相认，也可以陪着他一起抗洪！

得知实情的战友，一个个感动不已。忽然，有人提议给他俩在抗洪大堤上举行婚礼，可他俩却同时拒绝了。

他说，保护人民生命财产安全要紧，等抗洪结束后再说吧。

她说，只要每天能看到他，我就知足了。

五

1998 年，九江。因洪水决堤，部队紧急组织村民撤离。最后一个村民撤走了，官兵又向下一个更危险的村庄走去。

老百姓问："水马上就淹过来了，你们还去那儿干啥？"

年轻的士兵回答："我们是解放军，我们要去救人！"

历史总是惊人的相似。

2020 年 7 月 14 日，位于长江中心的九江市彭泽县棉船镇，水位超过警戒线三米，4000 多名群众紧急撤离。

而同时，东部战区却增兵 1500 名，上江心小岛护卫人民的家园。

有群众问："你们把我们撤出去，自己却住进来，你们就不怕危险吗？"

战士回答："保护人民群众生命财产安全是我们的责任。"

一个老大娘当即哭了："求求你们和我们一起走吧，我们不要这些房子了。你们才多大啊！"

绝境处，一对老夫妻在拼命地叫"救命"。两名战士闻讯立即跳入洪水中向他们游去。可水流太急，他们一次次努力，又一次次失败。

眼看两名战士被洪水冲击得精疲力尽，随时有被洪水冲走的危险，两位老人大喊："求求你们，快回去吧，别来了，别救我们了！"战士们决不后退，仍顽强地向他们靠拢。

从求救到求不救，这是心的呼唤，这是命的交换！

我不知道你是谁，我却知道你为了谁。从战争年代到和平时期、从抗疫战场到救灾一线——“逆行”，始终是这支叫人民子弟兵的军队最美的姿态；“人民”，永远被他们高高举过头顶！

（摘自《解放军报》2020 年 8 月 7 日）

为国铸盾的“核司令”

孙伟帅　熊杏林　邹维荣

逝　者

那个参与制造“东方巨响”的人，如今静悄悄地走了。

这一天，是2018年11月17日，一个阳光明媚的日子。“两弹一星”元勋程开甲在北京去世，享年100岁。

54年前，也是一个阳光明媚的日子，中国第一颗原子弹在罗布泊爆炸。程开甲和他的战友们挺立在茫茫戈壁上，凝望着半空中腾起的蘑菇云，开始欢呼。

在程开甲之前，曾经参与“两弹一星”工程的英雄们，一个接一个地走了。这是一些与国家命运紧密相连的名字：钱学森、朱光亚、任新民、陈芳允……他们留给我们的是一个个不朽的身影，一个个传奇的故事。

很多人的微信朋友圈被程开甲去世的消息刷屏，大家痛惜着送别这位中国“核司令”。很多人或许并不知道，程开甲也曾含泪送别昔日的战友，那场景平淡朴实，可仔细品味却壮怀激烈。

很多人可能不知道，林俊德是程开甲的老部下、老战友。2012 年，北京的春花还未落尽，在解放军总医院，74 岁的林俊德偶遇 94 岁的程开甲。

那时，林俊德的生命已进入倒计时——胆管癌晚期。即便如此，林俊德还是用尽全身的力气，亲自到病房探望程开甲。相对无言，唯有心知。看着用尽全身力气站立在自己病床前的林俊德，程开甲的眼睛里满是激动。

这位昔日的老部下颤抖着伸出手，紧紧地抓着程开甲的手。这是两只布满了老年斑的、干瘦的手，也正是这两只手，在那个风云激荡的年代，与许许多多只一样有力的手，制造出那一声“东方巨响”。

当林俊德永远离开的时候，程开甲悲痛不已，用颤抖的手写下挽联：“一片赤诚忠心，核试贡献卓越。”

男儿有泪不轻弹，只是未到伤心处。对铁骨铮铮的程开甲来说，亦是如此。

2008 年，所有人都沉浸在北京奥运会带来的喜悦之中。一位“两弹一星”元勋静悄悄地离开了，他就是张蕴钰。张蕴钰病危时，程开甲赶到他的病床前，执手相看泪眼。两位老人的沉默，包含着荡气回肠的力量。

程开甲永远都不会忘记，在那段“吃窝窝头来搞原子弹”的艰苦岁月里，张蕴钰给了自己多么大的支持。

张蕴钰走了。程开甲翻出当年那首张蕴钰送给自己的诗：“核弹试验赖程君，电子层中做乾坤……”

如今，在金黄秋叶落尽之时，程开甲也走了。也许，他在另一个世界，在那遥远的马兰，又与他的老战友们相聚。

铸　盾

1918 年 8 月 3 日，程开甲出生在江苏吴江盛泽镇一个经营纸张生意的徽商家庭。祖父程敬斋最大的愿望就是家里能出一个读书做官的人，在程开甲还没有出世的时候，他就早早地为程家未来的长孙，取了“开甲”的名字，意为“登科及第”。

后来的成长轨迹证明，程开甲没有辜负祖父的期望。

1937 年，程开甲以优异的成绩考取浙江大学物理系的公费生。

1941 年，程开甲大学毕业留校任助教。1946 年，经李约瑟推荐，程开甲获得英国文化委员会的奖学金，来到爱丁堡大学，成为有着“物理学家中的物理学家”之誉的玻恩教授的学生。

1948 年，程开甲获得爱丁堡大学的博士学位，由玻恩推荐，任英国皇家化学工业研究所研究员。

1950 年，沐浴着新中国旭日东升的阳光，程开甲谢绝了导师玻恩的挽留，回到阔别已久的祖国。

回国前的一天晚上，玻恩和程开甲长谈了一次。知道他决心已定，导师便叮嘱他：“中国现在条件很艰苦，你要多买些吃的带回去。”他感激导师的关心，但在他的行李箱里，什么吃的也没有，全是他购买的建设新中国急需的固体物理、金属物理方面的书籍和资料。

程开甲先在母校浙江大学任教，担任物理系副教授。1952 年院校调整，他从浙江大学调到南京大学。为了适应国家大搞经济建设的需要，程开甲主动把自己的研究重心由理论转向理论与应用相结合。

1960 年盛夏的一天，南京大学校长郭影秋突然把程开甲叫到办公室：“开甲同志，北京有一项重要工作要借调你，你回家做些准备，明天就去报到。”说完，校长拿出一张写有地址的纸条交给他。

看到满脸严肃的郭校长，程开甲什么也没问，很快就动身到北京，找到那个充满神秘的地方——北京第九研究所。他这才知道，原来是要搞原子弹。

就这样，程开甲加入了中国核武器研制队伍。

中国原子弹研制初期所遇到的困难，现在是无法想象的。根据任务分工，程开甲分管材料状态方程理论研究和爆轰物理研究。那段时间，程开甲的脑袋里装的几乎全是数据。一次排队买饭，他把饭票递给师傅，说：“我给你这个数据，你验算一下。”站在后面的邓稼先提醒说：“程教授，这儿是饭堂。”吃饭时，他突然想到一个问题，就把筷子倒过来，蘸着碗里的菜汤，在桌子上写着，思考着。

后来，程开甲第一个采取合理的 TFD 模型估算出原子弹爆炸时弹心的压力和温度，为原子弹的总体力学计算提供了依据。

1962 年上半年，经过科学家和技术人员孜孜不倦的探索攻关，我国原子弹的研制闯过无数难关，终于露出了希望的曙光，第一颗原子弹爆炸试验提上了日程。

为了加快进程，钱三强等“二机部”领导决定，兵分两路：原班人马继续原子弹研制；另外组织队伍，进行核试验准备。钱三强提议，由程开甲负责核试验的有关技术问题。

这意味着，组织对他的工作又一次进行了调整。程开甲很清楚自己的优势是理论研究，放弃自己熟悉的领域，前方的路会更艰难。但面对祖国的需要，他毫不犹豫地转入全新的领域：核试验技术。

经过一段时间的探索，程开甲开始组建核武器试验研究所，承担起中国核武器试验技术总负责人的职责。

从 1963 年第一次进入号称“死亡之海”的罗布泊到回京工作，程开甲在戈壁滩工作、生活了 20 多年。20 多年中，他成功组织指挥了从首次核爆到之后的地面、空中、地下等多方式、多类型的核试验 30 多次。20 多年中，他带领科技人员建立发展了我国的核爆炸理论，系统阐述了大气层核爆炸和地下核爆炸过程的物理现象及其产生、发展的规律，并在历次核试验中不断验证完善，成为我国核试验总体设计、安全论证、测试诊断和效应研究的重要依据。

“说起罗布泊核试验场，人们都会联想到千古荒漠、死亡之海；提起当年艰苦创业的岁月，许多同志都会回忆起‘搓板路’、住帐篷、喝苦水、战风沙。但对我们科技人员来说，真正折磨人、考验人的却是工作上的难点和技术的难关。”多年后，程开甲院士在一篇文章中这样写道，“我想，我们艰苦奋斗的传统不仅仅是生活上、工作中的喝苦水、战风沙、吃苦耐劳，更重要的是刻苦学习、顽强攻关、勇攀高峰的拼搏精神，是新观点、新思想的提出和实现，是不断开拓创新的进取精神。”

荣 誉

科学家们为共和国的辉煌做出了巨大贡献，党和国家没有忘记他们。

1999 年，程开甲被党中央、国务院、中央军委授予“两弹一星”功勋奖章。2013 年，他获得党中央、国务院颁发的国家最高科学技术奖。2017 年，中央军委隆重举行颁授“八一勋章”和授予荣誉称号仪式，程开甲被授予“八一勋章”。

这是党和国家的崇高褒奖，这是给予一名国防科技工作者的最高荣誉。

“写在立功受奖光荣榜上的名字，只是少数人，而我们核试验事业的光荣属于所有参加者。因为我们的每一次成功都是千百万人共同创造的结果，我们的每一个成果都是集体智慧的结晶。”程开甲院士列举着战友们所做的工作，如数家珍。

一件件往事、一项项成果、一个个攻关者的名字，在他的记忆中是那样清晰——从杜布纳联合核子研究所主动请缨回国的吕敏；承担核爆炸自动控制仪器研制任务的研究室主任忻贤杰；从放化分析队伍中走出来的钱绍钧、杨裕生、陈达等院士；调离核试验基地年逾花甲又返回试验场执行任务的孙瑞蕃……当然，还有长期战斗在大漠深处的阳平里气象站的官兵，在核试验场上徒步巡逻几千里的警卫战士，在罗布泊忘我奋斗的工程兵、汽车兵、防化兵、通信兵——如果没有他们每一个人的艰苦奋斗、无私奉献，如果没有全国人民的大力协同和支援，就没有我国核工业今天的成就和辉煌。

走进程开甲的家，你无论如何也不会把这里的主人，与现代物理学大师玻恩的弟子、海森堡的论战对手、中国核试验基地的副司令员，以及中国“两弹一星”元勋联系起来。

这里的陈设，简单、朴素得令人难以置信。离开戈壁滩后的程开甲，一直保持着那个年代的生活方式，过着与书为伴，简单、俭朴的生活。

程开甲一辈子都不承认自己是一个“官员”：“我满脑子自始至终只容得下科研工作和试验任务，其他方面我很难搞明白。有人对我说‘你当过官’，我说‘我从没认为我当过什么官，我从来就认为我只是一个做研究的人’。”

程开甲一生除了学术任职，还担任过不少职务，但他头脑里从没有“权力”二字，只有“权威”：“能者为师”的那种权威。

程开甲一辈子最怀念的战友是张蕴钰将军。程开甲称他为“我的老战友，我真正的好朋友”，“是我们每个人心中的核司令，更是我心中最伟大的核司令”。

作为核试验基地的司令员，张蕴钰全面负责核武器试验；作为核武器试验基地和基地研究所的技术负责人，程开甲全面负责核试验的技术工作。他们在戈壁共同奋斗了十几个春秋，共同完成我国第一颗原子弹以及多种方式的核试验任务。

1996年，程开甲心中的这位“伟大的核司令”写了一首诗，赠给程开甲：

核弹试验赖程君，电子层中做乾坤。
轻者上天为青天，重者下沉为黄地。
中华精神孕盘古，开天辟地代有人。
技术突破逢艰事，忘餐废寝苦创新。
戈壁寒暑成大器，众人尊敬我称师。

（摘自《读者》2019年第3期）

用守候唤醒沉睡的爱

陈皖军　王为君　韩海峰

爱如初诺，多少幸福渐成追忆

30年前的那个春天，导弹某部的年轻军官陈礼国接到一道特殊“命令”，让他火速赶到某城市与一个叫黄晓琳的姑娘“见面”。这道“命令”让常年身处山沟的陈礼国激动不已。

当他赶到约定地点，见到相亲的姑娘时，心中既欣喜若狂又忐忑不安。眼前的她，苗条秀丽、声音甜美。言谈中，他还得知黄晓琳的父母都是1937年入伍的老革命，许多陈礼国只在书本上读过、广播里听过的党和国家领导人，竟是当年与黄伯伯一起出生入死的老战友。相比之下，自己来自豫南山区，父母是地道的农民，巨大的反差让这个年轻人第一次体会出什么叫“自卑”。他礼貌地完成相亲程序，郁郁寡欢地回到部队。在他心里，这次相亲是一段“美丽而伤感的旅程”。他一头扎进实验室，试图用夜以继日的工作来忘却那个给他留下极好印象的姑娘。

他万万没想到的是，一个月后，那位他已不敢奢望的黄晓琳竟然写来一封长信。信中，姑娘一手娟秀的楷体字，字里行间不但没有丝毫优越感，反而对他这个扎根山沟、热爱导弹事业的基层干部充满了敬意。读着那些真切、朴实的字句，陈礼国感到一种久违的理解与欣慰，爱如涓涓细流在胸中流淌。

鸿雁传情，两颗年轻的心越走越近。两年后，他们携手踏上婚姻的红地毯。爱，是温暖，也是动力。他们在生活中相濡以沫，在事业上并肩前行。许多往事叠加成美好回忆，让陈礼国感慨颇多，他常用“很幸福”三个字来陈述过往。

父母的言传身教让黄晓琳懂事、宽容，特别理解军人这个职业。婚后，她深知丈夫工作的辛苦与重要，便用全部精力来支持他的事业。他们的孩子一岁时，陈礼国获得赴某院校深造的机会。去还是留？看着幼小的孩子和体弱的妻子，陈礼国左右为难。“组织上把这个难得的深造机会给你，是相信你的能力。我看中你，也是因为你有一颗勇于上进的心。为了你今后能够更好地从事导弹事业，你不能打退堂鼓。家里头，你放心好了，有我撑着呢！”妻子的体贴与理解打消了他的顾虑，陈礼国愉快地踏上了去院校深造的旅途。

学校第一次放假，陈礼国想到妻子劳累，下火车后，就自己乘公交车回家。当他走下公交车时，一抬头，只见马路对面，妻子抱着小孩在人群中拼命地往去火车站方向的公交车上挤。娇弱的身躯在拥挤的人流中显得非常单薄。她几次挤到了车门边，又没能上去，急得都快哭了。这个镜头定格在陈礼国的脑海中，令他终生难忘。

乐于在家相夫教子的黄晓琳，其实多才多艺、能歌善舞，是名优秀的印染花布设计师。陈礼国还记得那次，他陪妻子上街，前面走来一位漂亮姑娘，身穿时髦的衣裙，妻子自豪地告诉他，这姑娘衣服上的花样出自她手，是她首次大胆采用了提、挑、染、绣、扎等多种方法，根据服装的裁剪和衣裙的比例，改变传统的花布均匀布花和铺排布花的方式，才设计出来这种别致独特的布料。在当年国家轻工业部组织的评比中，她设计的这款布料获得大奖，订购量名列前茅。

生死一线，身后站着一位贤惠的妻

陈礼国从事的是导弹部队最危险的爆炸专业，被人形象地称为“与死神共舞的人”。多少次从死神手里侥幸逃脱的心悸，多少次面对同事英年早逝的悲伤，都不能阻止他始终向前的脚步。因为，在他身后，站着一位温柔、贤惠而且无怨无悔支持他的妻子。

那年，某型武器进行综合大型爆炸试验。这项试验在军方是首例，没有任何经验可取，而且只能成功，不能失败。作为这项大型任务的总指挥员，陈礼国感到肩上担子重如千钧，常常夜不能寐。妻子看在眼里、疼在心上，劝慰丈夫道：“别担心，无论怎样，始终有我陪伴你。”妻子的一句话让陈礼国信心满怀。

当试验工作一切准备就绪，原定担任安装爆炸装置的技术人员因为巨大的心理压力，情绪出现了波动。陈礼国二话没说，穿上特种工作服，坚定地走向高危区。他以过硬的专业技术和心理素质，在规定时间内准确无误地完成了起爆组件的安装任务。试验获得圆满成功，开创了军方独立对该型武器进行综合性试验的先河，在第二炮兵部队建设史上具有里程碑式的意义。陈礼国也成为新中国成立以来军方在“真枪实弹”上安装引爆装置的第一人。黄晓琳手捧鲜花迎接丈夫凯旋，夫妻俩高兴得彻夜难眠。

还有一次，在进行某型武器安全性试验时，作为唯一随机担任技术保障的人员，陈礼国再次经受生死考验。那天，当完成所有试验项目，他们乘机返回机场时，原定降落的机场突然漫起弥天大雾，可视度很低，飞机无法着陆。有关部门紧急启动应急预案，命令他们到预备机场降落。当飞到预备机场时，机场上空也是大雾弥漫，无法看清跑道。如此这般，他们在预定机场和备用机场之间来回飞行，期望能够找到着陆机会。但大雾不但没有消散，反而愈加浓密。飞机的燃油在一点点耗尽。危急之中，机长对大家说："你们把跟家人最后说的话写下来！现在快没油了，我决定迫降，大家要做好一切可能的心理准备。"此时，飞机开始剧烈地颠簸晃动。陈礼国并没理会机长的话，他用保险带把身子紧紧绑在座椅上，在本子上专注地记录着数据。一阵刺耳的啸叫声，飞机向地面俯冲下去。不知过了多久，飞机重重一颠，竟像一匹被驯服的烈马，弹跳几下停了下来。当陈礼国走下飞机，地面上的战友冲向前，一把抱住他，流着泪说："兄弟，还能见面真好。"

陈礼国淡然一笑，翻开手上紧紧攥着的本子，说道："这次历险给了我们一份意外收获。你看，这些颠簸频率、倾斜角度、位移状态等数据，对我们修正武器的战技术指标很有用处。"在生死关头，陈礼国没给自己的家人留下只言片语，却以与武器共存亡的决心，忠实地守着武器，翔实地记录了十分难得的各种试验数据。

十年坚守，书写爱与生命的传奇

1996 年 7 月 27 日，是一个让陈礼国终生难忘的日子。那天中午，陈礼国下班回家。上楼梯时，他心头突然涌上一阵不祥预感。按照往常，每当他的脚步声在楼梯上响起时，妻子定会站在门口迎接他。但这天，他进门时却没看到那张熟悉的笑脸。当他走进卧室，只见妻子昏倒在地，早已不省人事，手脚冰冷。

陈礼国心急如焚，迅速把妻子送进医院。检查结果显示，黄晓琳因高血压引起脑溢血，颅内出血量达到 70 多毫升，脑室严重变形。当看完各种化验单，从事临床治疗数十年的老专家宁学权主任摇摇头，只发出一声沉重地叹息。这样的病例极为罕见，以他的经验，救活这个病人很难，除非发生奇迹。

医院迅速下达了病危通知单，立即进行手术抢救。陈礼国失魂落魄地等在急救室外，一声声喊着爱妻的名字，其焦急悲伤之情，令人心痛。

6 个小时后，黄晓琳被送回监控病房。如果她能醒来，可度过危险；如果她不能醒来，自此阴阳相隔。陈礼国分分秒秒地守着妻子，仿佛一眨眼，妻子就会从他眼前消失。第一天，第二天，第三天……终于，黄晓琳睁开了眼睛。

由于脑细胞严重受损，苏醒过来的黄晓琳失去了记忆，她不认识病床前的亲人，并且进入极度狂躁状态。按照医院规定，像这样狂躁的病人都要采取保护措施，一般是用绳子把病人绑在病床上。既心疼妻子，也为了让她保持正常人的尊严，陈礼国拒绝使用绳子，而选择寸步不离地守在妻子床前，这样不分昼夜地坚持了一个多月。

那天清晨，当妻子含混不清地吐出“回……家……”这个字眼时，陈礼国这位多次历经生死考验、从不轻易掉泪的导弹专家，不禁悲从心起，号啕大哭。

“回家！回到温馨的家中，或许能唤起妻子对往事的记忆。”陈礼国这样想着，背起已死过一回的妻子回家。当他们步出医院大门时，宁主任告诉他们：“一定要好好疗养，才可以活上三到五年。”其实，宁主任说的三到五年生存时间是理论上的推断，只是一句安慰话。面对满怀希望的陈礼国，另一句他想说的话到了嘴边，还是咽了下去，那就是：“这样的病人能活着，已经创造了奇迹。死亡随时都在威胁她，也许今天，也许明天，也许此时此刻。”

三到五年，轻飘飘的数字，却是沉甸甸的生命延续。

医生说：“每天要锻炼两次，每次两小时。”于是，每天上班之前、下班之后，陈礼国都要扶着妻子上下楼梯，或拴着脚、绑着腿在室内慢慢挪动。后来，随着妻子的病情好转，陈礼国又开始搀着她到操场上、营院里锻炼行走，无论刮风下雨，从不间断。

医生说："为了防止肌肉退化，每天三次，每次要按摩一个半小时。"于是，每天半夜 12 点，陈礼国准时起床对妻子进行全身按摩。

一天又一天，他坚持了 5 年。或许，这份坚持感动了上苍，妻子的健康状况越来越好。

春去秋来，他又坚持了 5 年。妻子说，我现在能走路了，带我去北京、广州逛逛吧。于是，故宫里、白云山上留下了夫妻俩紧紧依偎的恩爱身影。

10 年的艰辛，陈礼国用爱与坚强，陪着妻子与死神抗争，书写着爱情可以战胜死神的人间佳话。也是在这 10 年中，陈礼国照样拼命工作。他直接参加和组织完成了 150 多项科研项目。他担纲研制的"某装备快速保障系统"，解决了数十年困扰武器检测流程时间长且不安全的瓶颈，使整个作战流程效率提高了很多……

此情可待，唤一声爱妻快醒来

经过康复治疗，黄晓琳不但能够生活自理，还能做些简单家务。这让所有熟悉他们的人高兴。但命运的残酷，再次让这对患难夫妻猝不及防。

2006 年 3 月 14 日，陈礼国要到靶场执行试验任务。下午一点多钟，黄晓琳给丈夫打来电话："高速公路上车多，车速不要太快，要早点到服务区吃饭。"陈礼国做梦也想不到，这是爱妻今生对他说的最后一句话。

两个小时后，黄晓琳感到身体不适，赶紧拨打急救电话。宁学权主任闻讯赶到医院，一看黄晓琳的病情，神情马上凝重起来。只见她两侧脑室已经铸型，瞳孔放大，光反射消失。

从医学角度来说，已经没有任何抢救的必要了。

他立即拨通陈礼国的电话："老陈，黄晓琳情况很不好。"

陈礼国问："还有希望吗？"

宁主任说："很渺茫。"

“只要有一口气，就决不放弃。宁老弟，我求求你。”

“好吧，你安心执行任务，我尽全力抢救!”

黄晓琳被推进了手术室，经过 4 个小时的手术，医生从病人脑颅内抽出 100 多毫升的血，出血点控制住了。疲惫的宁主任还没来得及喘口气，发现她的脑部又出血了，又赶紧进行手术，又抽出 60 多毫升的血。从手术室出来没过一夜，又发现脑干出血……黄晓琳就这样游离在生死边缘。

等陈礼国赶到医院，妻子已成了“植物人”。

此后 3 年，陈礼国的生活就围着医院、办公室、阵地、靶场之间连轴转。

当妻子需要进高压氧舱治疗时，他担心妻子孤独害怕，每次都陪着她进去，一年里他就进了 60 多次高压氧舱。当清晨的第一缕阳光照在妻子的病床上时，他会对毫无知觉的妻子说出日常的问候；当夜晚的月光爬上窗台时，他会哼唱起妻子最爱听的那首歌；每当风和日丽的节假日，他就用轮椅把妻子推到院子里，呼吸新鲜空气，晒晒太阳……他认为，尽管妻子没有表情、不能说话，但她肯定能感受到他的爱。陈礼国坚信，只要有爱，就能战胜一切。

3 年里，每次出差，他定会带上妻子的病例资料，到大医院向权威专家求助。看完病例资料，专家无一例外地问他：“人还活着吗？不可能活着呀!”

“活着，活得很好呢！有法子治吧?”此时，陈礼国常常眼中带泪，一脸期待。

“晓琳，快醒来，醒来吧！看看我和女儿。”不知多少次，陈礼国俯在妻子耳边轻声呼唤。2008 年国庆节，陈礼国在妻子的病房里，为女儿举办了一场简朴的婚礼。他将女儿的新婚照挂在墙上，让女儿穿着婚纱站在妻子跟前。陈礼国捏着妻子的手说：“女儿今天出嫁啦。你醒来啊，看一看女儿穿婚纱的样子。”这一幕让在场的医护人员潸然泪下。

2009 年 2 月 14 日的情人节，当陈礼国把 99 朵玫瑰送到妻子病床边时，黄晓琳的眼睛眨了一下，这让陈礼国兴奋不已。陈礼国说：“我有一个梦，梦想人的生命有一万年。这样，我就把自己的生命分成两半，一半用来守护导弹，一半用来守候妻子。”

用 5000 年的守候来唤醒一份沉睡的爱，值得不值得？陈礼国的女婿做出了最好的诠释，这位从英国留学归来的年轻人说：“岳父的这种守候是对生命的最大尊重。如果每个人都用这种精神去爱护亲人，去从事工作，去为国家出力，还有什么困难不能克服呢？从父辈身上，我们看到了责任、守诺、诚信等优秀品质，这是他们给年轻人树立的最好榜样。在当今社会，这就是我们最需要继承的宝贵的品行和财富。”

39 年的军旅生涯，陈礼国写下这样的辉煌：多次与死神共舞，获 30 多项军队科技进步一、二、三等奖，6 枚二三等功军功章，成为二炮导弹专家，享受政府特殊津贴。这艰难的辉煌，见证了陈礼国对使命的忠诚守护。

30 年的婚姻生活，他经历了这样的岁月：16 年琴瑟和谐共谱美满，10 年风雨同济共担磨难，3 年与成为“植物人”的爱妻相依相守。这岁月的记录，见证了陈礼国对爱情的生死守候。

陈礼国，这个与新中国战略导弹部队一起成长的导弹专家，在用生命演绎对导弹事业无限忠诚的同时，也用生命演绎了对爱情的无限忠贞。他用点点滴滴的付出、年年岁岁的坚持告诉我们深邃的人生哲理：坚持，只有坚持，多难的人生才能呈现出灿烂的美丽；也只有坚持，人生的意义才能得到最好的诠释。

（摘自《读者》2010 年第 3 期）

孤岛上的“夫妻哨”

王志国　永　皓

一

在江苏灌河入口处，有一个叫开山岛的前沿哨所，它离岸边 12 海里，面积只有 0.012 平方公里，如足球场般大。岛上没有水源，也没有任何发电设备，只有当年连队留下的几十间像碉堡一样的平房。可你怎么也想不到，在放眼望去满是汪洋的这座孤岛上，我们一家人就生活在这里。

多年以后，母亲讲述了我们是如何来到这岛上的：1986 年年初，部队将岛划给地方管理，县人民武装部先后找了 4 人守岛，一个个都被吓退了。人民武装部王政委急得上火，找到我父亲说：“你是生产队队长兼民兵营长，再合适不过了。守岛，只能靠你了……”父亲答应上岛看看，亲友们竭力反对，母亲心中不舍，却为父亲帮腔：“他答应政委了，让他先看看吧……”

父亲是灌云县杨集人，母亲是鲁河人。邻居们说，以父亲的条件，能娶到母亲是太有福气了。父亲家境差，母亲上过高中，是镇小学民办教师，转正是迟早的事。母亲说：“第一次相亲，我就觉得他实在。”两人于 1983 年结婚，第二年生下姐姐。姐姐才两岁，政委找上门了……

1986 年 7 月 14 日，人民武装部领导把父亲送上开山岛就走了。直到第 48 天，父亲终于盼到了一条渔船。船头，站着妈妈。父亲迫不及待跳上船，抱着母亲就哭。母亲吓呆了，这个胡子拉碴、满身臭气的“野人”，是丈夫？母亲心疼得直落泪。

一个月后，让父亲没想到的是，母亲辞掉代课老师的工作，将姐姐托给奶奶，又来到了开山岛。父亲怔住了：“你怎么这样？”母亲说：“谁让我是你妻子，这叫‘夫妻同心，其利断金’嘛！”

在这个岛上，父母又相继哺育了我和妹妹。

一次台风刮了个把月，尽管父母天天喝稀粥，粮食还是吃光了。我和妹妹天天拉着母亲的手要饭吃，母亲的泪水只能生生憋着，总不能啃石块啊！

父亲也急啊。他顶着狂风，卷起裤脚，赶着落潮的海水捡拾海螺。一天下午，捞海蛎的父亲回来，一进门就唤着我和妹妹的名字，母亲迎出来说：“他们睡了！”父亲诧异地说：“大白天睡什么？”母亲眼圈一红说：“他们是饿晕了！”那一夜，父亲没睡觉，在海边一直捞到深夜。半夜里，母亲从梦中醒来，见父亲还在海边捞，母亲把他拖回屋：“你这样，我们娘仨指望谁呢？”

几天后，人民武装部的供给终于上岛。望着又黑又瘦的我们，来的 10 多个救援人员没有不掉泪的……饥饿事件后，父母决心开荒。他们像燕子衔泥般背回一袋袋土、肥。第一年，他们栽下的树无一成活。妹妹 3 岁那年，门口埋下的苦楝树居然冒出嫩芽，父亲兴奋极了。荒岛上，逐渐有了生机。父母在岛上种了豆角、丝瓜、冬瓜。苦楝树也越长越高，母亲经常陪我们在树边玩，父亲总是咧着嘴笑，这是唯一让我感到幸福的场景。

二

1993 年夏天，父亲让我上岸上学。母亲犹豫不决——奶奶年迈，9 岁的姐姐如何照顾我？父亲果断地说："老大辛苦点，照顾他吧。"那时，上级正式批准他俩成为守岛民兵。

9 月 1 日，我上了小学。原以为离开那座像"水牢"似的孤岛，就能找到快乐。可我很快发现，父母不在身边的日子并不幸福，我只能和姐姐相依为命。有一次，一个同学问我："你是不是没有爸爸妈妈，你是孤儿吗？"我说："谁说我没有爸爸妈妈？他们在岛上呢。"我嘴上虽这么说，可心里还是不能理解父母的选择。

1996 年，妹妹也要上学了。父亲又叫来姐姐，说："闺女，不是爸妈狠心，如果那个'破岛'有事，就是大事，爸爸妈妈不管的话，就是失职。现在我把照顾弟弟妹妹的任务交给你，你就委屈点，爸爸求你。"姐姐流泪了，12 岁的她，辍学了。

1998 年，在上海的大姑让父亲趁身强力壮去淘金，一年赚三四万没问题。可父亲"一根筋"："我走了，谁看岛？"大姑气得直摇头。我和姐姐质问父亲："你为何死守那个鸟不拉屎的地方？"父亲告诉我们："孩子，钱可以不赚，岛不能不守。要是换上一个不地道的人，开山岛就毁了……"原来，前不久一个投资者以开旅游公司的名义，想在岛上办色情场所，父亲坚决不答应。不想那个投资者趁母亲出岛，安排一个女孩来到父亲房间，父亲拎起皮带将她撵走了。气急败坏的投资商一把火就将父亲的房子烧了……面对父亲的诉说，我们还是难以理解。

三

2005 年 7 月，我考上了南京航空航天大学金城学院信息工程专业。一年几万元的学费，对于父母来说是个天文数字。9 月很快到了，我在为学费发愁。临走前一天晚上，母亲拿了一叠钱给我，我非常诧异，父母两人的年收入只有 3800 元，哪来的钱送我上大学。原来，我上高中以后，父亲每天晚上捞鱼捞虾，一点一点攒下钱，又向朋友借了一点。父母为了我，一直在努力。

母亲帮我收拾好行李，又匆匆去帮父亲查岗了。看着母亲的背影，我突然泪流满面。多年来，我和妹妹一直认为父亲太“冷”，可父母关注的目光从来没有远离过我们。

那年春节前，风大雨急，灯塔指示灯线路断了。父亲爬到塔顶修理，脚下一滑，摔了下来，肋骨断了两根。第二天，送到医院，医生让他住院，父亲说：“我在海上摸爬滚打惯了，没这么娇气。春节了，岛上不能离人。”医生只好给父亲开了些跌打损伤药让他出院。

除夕，和往年一样，吃过年夜饭，父母要到岛上巡视一番。我和妹妹没发现父亲有什么不对，是细心的姐姐从母亲不安的神情中发现了情况。见我们知道了他的病情，父亲虎着脸说：“爸不要紧，这点小痛算什么，你们统统回去，该干什么就干什么。”

20 多年了，不知父母迎来送走多少渔船，救过多少渔民，报告了多少重要讯息。无论多么危险、多么孤独，他们从来不让儿女牵挂，反而一心牵挂着儿女。

2010 年，我报考南京航空航天大学的硕士，顺利被录取。父亲听说后，比他得奖还高兴，忙不迭地告诉全家人：“小国有出息了！”

苦苦坚守的结果是甜的。开山岛，亿年孤独的开山岛，因为父母的坚守，赢得人们越来越多的关注。2012 年央视国庆晚会，父母受邀参加。那天，在电视上，我看见父母站到舞台上，父亲说的第一句话是：“这么多年，最愧对的是儿女，幸亏儿女继承了我们不给别人添麻烦的作风，才让我们坚守孤岛有了可能。”一瞬间，我泪如雨下。

2014 年春节前，我研究生毕业被分到派出所，当了一名海警。回到久违的孤岛，我发现父母已经老了，我含着泪说：“爸妈，你们辛苦了一辈子，到岸上好好生活吧。”父母摇头说：“孩子，爸妈已经习惯了，我们一家就是属于这个岛的。”

当晚，父母吃完晚饭，又出去巡逻了。立在门口，一阵海风掠过，吹得苦楝树叶哗哗响，我的思绪飞得老远老远：是啊，父母也可以选择种下一棵其他的树，比如，苹果树，结下累累硕果，让儿女们能收获甜美的果实。而他们选择种下一棵苦楝树，结出的苦楝子，品咂品咂，竟然也是甜的。

（摘自《读者》2014 年第 16 期）

父亲快跑

赵万里

父亲说，那是他平生跑得最快的一次。

说这话时，父亲已经七十岁了。七十年的光阴是一条河，在他的眼神里一漾一漾的。我知道，他又看见了那束跳跃的阳光，那个在大平原上奔跑的少年……

父亲赵云亭，一九三〇年生，一九四四年参加八路军……

一

我生逢乱世。“九·一八”事变那年，我刚满周岁，到我记事的时候，正是电影《小兵张嘎》里描写的那段岁月，有歌唱道：“一九三七年，小鬼子进了中原……”

我们那个村子叫天宫寺，在河北定兴的东南。鬼子进村了，还在村子里修起了炮楼。乡保长、甲长满村子乱窜，披着鬼子皮的皇协军更是邪乎，横着脖子走路，所以老百姓暗地里称他们“白脖儿”……

那是抗日战争最艰苦的年月，爹妈养活不起我们兄弟五个，把我的一个弟弟送了人。我大哥说不清什么时候离开了家，有了个大号叫赵国祥。留下的哥仨，人人背着个贱名，二哥叫“傻篓子”，我叫“三元”，弟弟叫“年子”。

大哥常常半夜里回家，还带着一个小他一两岁的半大小伙子，我们喊他哥。后来我们才知道，大哥悄悄地干了八路，干了共产党，十九岁就已经是副连长了。那个半大小伙子，是他的通信员。

记得那是鬼子疯狂大扫荡的前一年，通信员在一次来家送信时被“白脖儿”盯上了。他们不由分说，就把通信员捆吊在我们家的门框上，狠着劲儿往死里打。那小通讯员只有十七岁的光景，却一点儿都不含糊，他只是骂，只是说自已是过路的庄稼汉……

我眼睁睁地看着他被打得昏死过去……

“白脖儿”打累了，这当间儿，娘给我递了个眼色，朝水缸努了努下巴，我从缸里舀了一舀水，颤巍巍地送上去，还没走到通信员跟前，狗日的“白脖儿”扬手就是一巴掌，一脚就把我踹翻了，铜舀子叮哩咣郎响……

二

就在“白脖儿”们折磨小通信员的时候，忽然从村头传来了一阵骚乱。

我大哥被抓了……

原来大哥是和通信员分头化装侦察，约定来我们家汇合。不知怎么，走漏了消息……

通信员也被“白脖儿”架走了。

过了两天，大哥还是没有消息。娘开始坐立不安，无奈之下，她请下了跳大神的，想问问大哥的凶吉。

跳大神的正在当屋里折腾，出去了一整天的爹回来了。他什么也没说，一屁股坐在了炕头上。这时，跳大神的还在絮叨着平安平安，爹忽然变了脸色，一把把她扯出了门外，“咣当”一声关上了门。

爹说，国祥他娘，你得挺住。

娘意识到了什么，惊恐地望着爹：你是说国祥他……

爹点了点头。

大哥是被“白脖儿”活埋的。临刑前，他拖着沉重的镣铐，“哗啦——哗啦——”地穿过村街，路过一家饭铺时，老掌柜的端着一海碗饺子拦下了他：兄弟，吃碗饺子再上路吧……

“白脖儿”的拷打，没有让大哥吐出半个字，可接过这碗饺子，大哥流泪了。他和着泪水吃完了他此生最后一顿饭……

前面是一家布店，大哥站下了，说：给我扯八尺红布来。

鲜亮亮的红布扯来了，大哥抖了抖，披在了身上，他瞅了一眼“白脖儿”，朗朗地笑起来……

沿途的乡亲们都为之落泪了。

坑挖好了。大哥说，太浅了，我堂堂一条汉子，我得站着死。

黄土一锹锹地掀了下去。爹说，他眼睁睁地看着黄土埋到了大哥的胸口，忽然眼前一黑……

那是一九四一年，大哥十九岁。一起牺牲的，还有十七岁的小通信员。

三

大哥死后，爹怕娘伤心，给我们起大号时，不再按“国”字辈排了。

我们有了自己的大号：瑞亭、云亭、贺亭。然而，爹自己却经不住伤痛，当年就去世了。一年后，娘也跟着去了……

我们兄弟三人，转眼就成了孤儿。那一年，二哥十五岁，我十三岁，弟弟九岁。

姥姥开始带着我们哥仨儿走村串户地要饭。看光景实在难熬，本家亲戚说：看三元这孩子还机灵，不如送他去戏班子学戏吧，还能混口饭吃。可那时候艺人学戏是打出来的，姥姥舍不得。后来托人介绍，送我到北京双合盛啤酒公司当了童工。这就是出“五星啤酒”的地方。我每天要干的，就是不停地往啤酒瓶子上贴标签，一贴就贴十多个小时，顿顿吃的是橡子面饼子，就这，还吃不饱。这期间，听说家乡“闹八路”动静越来越大，我在北京待不住了，又一猛子扎回了家。

回到家我才知道，这半年，常常有八路大哥悄悄地往家里送吃的用的，有个人称“老李”的二十几岁的小伙子，来得最勤。我们和他也最熟络，有时候，“老李”也让我背着粪筐到村里四处转转，探探鬼子和“白脖儿”的情况。

大哥的惨死，按说应该在我心里投下很重的阴影。可不知怎么了，我就是憋着一股子劲儿要去打鬼子，打“白脖儿”。我对“老李”说，我也要去“闹八路”。

“老李”没言语，半晌才说，“闹八路”可不是闹着玩儿，是要死人的。

我说，大哥不怕。我也不怕。

不久，“老李”把我送到了部队。对首长说，孩子还小，让他当个卫生兵吧。

我哥站着死，我要站着生。

那位“老李”，在我参军后，还来看过我几次，后来就没了音信，再后来，就传来了他牺牲的消息……

那位“老李”，我至今不知道他的名字，算起来，他牺牲那年，也只有二十七岁。

四

想一想“闹八路”的日子，真是很苦。

我到部队的当天夜里，就遭遇了鬼子的突袭，我们掩护着伤员边打边撤，连夜转移到了另一个地方。那时，我们野战医院几乎每天都要行军，我小小年纪，也学会了走着路打盹儿。兴许是太累的缘故吧，我常常会尿裤子，尿了裤子又没得换，大冬天的冻得梆梆硬，上面还结着一层白霜……

有一次夜行军，我们来到了一个村子。首长让我们原地待命，等后勤人员去老乡那里“号”房子。我困得实在睁不开眼，歪进路边的柴禾垛就睡着了，这一睡就睡到了天明。醒来时，队伍已不知去向。就在这时，一个拾粪的大爷发现了我，他着急忙慌地把我拽到了一边：孩子，你怎么还在这儿啊，这村子里有鬼子。你们队伍昨夜个没住脚就往北去了……

我惊出了一身汗，拔起腿就往北赶，赶了二十多里地，这才远远地瞅见一个村子，村头站岗的，是穿着灰军装的自己人。就像走丢的孩子找到了娘，泪水一下子模糊了我的双眼……等我跌跌撞撞地扑到首长怀里时，首长也哭了，一把搂住我：小鬼呀，你跑到哪儿去了……

一九四四年夏，我们来到了白洋淀附近，一开始在外围，后来鬼子把我们包围了，我们被迫转移到了大淀边的沙窝村。在那里，我们一住就是半年多，那可真称得上是“水深火热”。夏天时，蚊子赶都赶不散；到了冬天，虱子一扫一船板。有时候，咬得实在受不了了，我们就在岸边点起一堆火烤棉衣，迎着火堆抖两下，就听见“劈劈啪啪”一阵响。当然，更厉害还属疥疮，老百姓中流传着一首顺口溜，虽说话粗些，却是真实的写照：“疥是一条龙，先在手上行，腰里转三转，裤裆里扎老营。”战友们都生了疥疮，手烂得拿不起筷子，裆烂得叉巴着走路，就这样，战友们还风趣地说：这才叫八路军哪！

那半年多，在我的记忆里，我们几乎没有吃过粮食，因为没有食盐，顿顿吃的是白水煮鱼。现在，每当我看电影《党的女儿》，看到那作为党费的一篮咸菜，总会想起那段寡淡的日子。

五

不过战地生活中，也有一些难得的快乐。一九四五年春节，我所在的冀中十分区卫生处一所，驻扎在河北霸县的大魏庄村。当时，我们去给老乡拜年，碰巧遇到一位走村串街照相的，于是便留下了一张珍贵的合影。

这张合影，我至今珍藏着。照片上，那坐在前排左首的就是我，我旁边的战友肖永安也是一个孤儿，比我还小一岁，他的亲人都被鬼子的炮弹炸死了。后来，他也牺牲在了抗美援朝的前线。

后排把边的两位战友，拍完这张照片后，就随野战部队上了前线，不久，就传来了他们牺牲的消息。

那怀里抱着老乡孩子的，是卫生班班长胡同生，也是我的入党介绍人之一，新中国成立后他曾任山西省卫生厅厅长。他右边，依次是卫生所所长沙国军、护士长王志才、警卫班长李太保，新中国成立后，沙国军曾任空军总医院院长。那时，我们都觉得他的名字最有气势：杀国军嘛！

这是我平生第一次照相。在镜头前，多少有些拘谨。其实仔细看看，没有谁显得特别高兴，在那样酷烈的日子里，我们的心情和破碎的国土一样沉重……

就在那一年的秋天，传来了鬼子投降的消息。

有一天，首长摸着我的头说，想不想家啊？我说，队伍就是我的家，我哪儿也不去。首长说，那好，明天早点名时，你要站到双数的队列里。我不知是怎么回事，可第二天早点名时，还是往前挤了挤。当我们“一、二、一、二”地报完数后，首长说：数到“二”的同志向前一步走，留在队伍里。数到“一”的同志，响应咱队伍“精兵简政”的号召，回家种地……队伍“嗡”的一声乱了，战友们抱在一起“呜呜”地哭起来，出生入死的好兄弟，难舍难离呀。

不久，队伍开大会，说咱复员的战友没有回到家，在半路上让国民党的军队截留了。国共合作破裂，解放战争打响了……

六

一九四六年，我们又来到了白洋淀，住进了大淀深处的王家寨。经过两年风雨的洗礼，我已成熟了许多。《冀中导报》《前线报》多次报道了我精心救护伤员以及在战地简陋的条件下发明了双瓶交替输液的事迹。

有一天，护士长胡同生和司药长陈志新把我约到淀里，在一条小船上，我们的女指导员王真已经等在那里了，她是南方人，参加过两万五千里长征。

小船驶进了芦荡深处，指导员忽然很严肃地说：小鬼，我想问你一个问题，你为什么要“闹八路”哇?

为什么要“闹八路”？所有的往事一下子涌上心头，我张张嘴，却“哇”的一声哭起来……

就在那一天，我加入了中国共产党。在芦荡深处的小船上，我庄严宣誓：不当亡国奴，让人人有饭吃，有衣穿，有地种……

这年的秋天，队伍转移到了苏桥镇。一天，我们正为伤员做手术时，遭遇了敌人的突袭。主刀医生一边紧急安排着转移伤员，一边对我说：快，小鬼，收拾好器械，快跑。记住，人在，器械在。

我使劲儿点了点头，将一应器械打了包，揣在怀里，撒腿就跑……

这时，敌人已经吵吵嚷嚷地追了上来，见我还是个孩子，喊得更凶了：小兔崽子，你往哪儿跑！再不站住，就开枪了……

我跑着，迟迟没有听见枪响，敌人大概是想捉活的。那一刻，我心里只有一个念头：跑，使劲跑，打不死就跑……

我摔倒了，又一骨碌跃起身，接着跑。就这样，我跑呵，跑呵，跑过了坡地，跑过了树林，跑过了村庄……

父亲的眼神里，阳光一跃一跃的。

父亲说，那是他平生跑得最快的一次。

我静静地听着，眼前又绵延开那秋日里莽莽苍苍的大平原，耳边是呼呼作响的风声和一个十六岁少年浊重的呼吸，我知道，父亲跑向的，是他生命中最向往的地方……

（摘自《读者》2010 年第 19 期）

不屈的沁源

关　明

有次去山西长治开会，我抽了个空赶到长治图书馆，借了一本《沁源县志》。之所以想翻阅这本县志，是想证明我长久求索的一个话题——以我掌握的资料而言，沁源很可能是整个抗战期间，中国唯一一个没有出过汉奸的沦陷县。

记得在抗日战争胜利60周年前后，我接触了若干抗战史料，看到国共双方毙、伤、俘敌的战果，很不争气地发现，伪军的伤亡数远远大于日军。也就是说，我们8年抗战，很大一部分兵力是用来对付汉奸武装的。整个抗战期间，日军在中国战场投入的兵力不过百万，各种“皇协军”等伪军倒有200多万。

也是在那时，我知道了“沁源围困战”。这场战役不如台儿庄战役惊心动魄，也不如平型关战役声威远扬，没有衡阳保卫战的惨烈，更没有百团大战那么壮阔，但它却创下了一项前所未有的纪录——在两年半的时间里，沁源8万百姓克服百般困难，硬是没有人投敌当汉奸。

1944年1月17日，延安《解放日报》发表题为《向沁源军民致敬》的社论："经过了1942年的两个月和1943年整整一年，全沁源8万人，没有几个当汉奸的，没有一个村组织起'维持会'。不但一般人不当汉奸，就是沁源的大烟鬼和流氓地痞也没有当汉奸的；不但壮年人老年人无人当汉奸，而且七八岁十几岁的小孩，常被敌人成群捉到城里去，他们也誓死不当汉奸，或则哭骂不休，或则偷了敌人的东西又逃出城来，或则绝食，弄得敌人毫无办法。"

一

1942年10月，日军兵分7路进攻太原根据地，并以重兵占领了沁源县城。这是敌军对这块根据地的第七次"扫荡"了。日军之所以这样看重这里，是因为这里是薄一波、安子文、陈赓等老一辈无产阶级革命家开创的太岳区党委、太岳行署、太岳军区和太岳区13个县抗日民主政府的长期驻扎地。与以往不同的是，这次日军占领县城后，在城外竖起了一块"山岳剿共实验区"的牌子。据说这是华北敌酋冈村宁次总结了前几年失败的教训之后提出的"三分军事、七分政治"的新花招。按照"实验要求"，敌人改变了过去的"三光"政策，采取了若干"怀柔"手段。

对此，太岳军区做出了针锋相对的决定："在党的一元化领导下，依靠广大群众广泛开展群众性游击战争，实行长期围困，战胜敌人。"18日，围困指挥部成立。当月下旬，把离日军占领点5里以内的23个村镇、2300多户人家、16000多人全部疏散转移到沁河两岸的深山密林里，使日军陷入一个"没有人民的世界。"占领区的日军某天早上醒来，发现他们的据点突然变成了"无人区"。一位名叫伊藤的少佐给临汾的师团部写信说："现在这里没有人、没有粮、没有水……"

二

这是一种“同归于尽”的气概。为了把敌人围住、困死，当地百姓付出了巨大的代价，他们有地不能种，有家不能回，有病无处医……

1943 年 7 月，太岳军区司令员陈赓在部署沁源围困斗争时说：

“围困沁源是敌我双方顽强斗争的比赛。侵占沁源的敌人，在得不偿失的情况下仍拼命忍受，大有不顾一切之势。我沁源军民战胜各种困难，坚持顽强斗争，不断袭扰敌据点，破坏敌交通运输，使敌人给养不时中断，士气低落，几次改变政策，几次改变部署。”

这场围困，成为双方意志的较量。陈赓说：“谁是最后的顽强者，谁就是最后的胜利者。”他要求，对交口周围 10 里以内的道路和碾磨水源做彻底的破坏，断绝其粮源和水源，“使敌人动用一草一木，必须拿生命来换取”。

敌人起初的确是有些“怀柔”的。据相关回忆文章称，他们先是到处宣扬“皇军仁慈”，还派一些外地来的伪军和特务到山头上喊话：“皇军不伤百姓，有家的快回家！冬天就要到了，皇军不愿眼看着你们冻死在山沟里！”有时敌人包围一些村子后，搜出妇女、老人，居然不打不骂，有的还把老人扶上马，自己在前面牵马，对病人还给药打针……

应该说，这些“心理战”并非没有一点作用，也有少部分群众一度动摇，特别是进入冬天，在山里无法御寒的部分群众也有过回去先过一冬的想法。太岳区和沁源县委给群众讲时事，组织大家讨论，主题是“回去，还是不会去”？几万人的大讨论在山沟里展开，最后群众达成的一致意见是：“不回去！在这里啃石头，喝泉水，也不会去‘维持’敌人！”

因为，他们太清楚面对的是怎样的敌人了。

1938 年春，日军九路围攻晋东南地区，敌军第一次“扫荡”沁源，占驻城关七昼夜，将城关附近村镇财物洗劫一空，杀死群众 112 人，俘走 47 人；

次年 6 月，敌人第二次围攻沁源，杀死群众 1547 人，俘去 545 人；

1940 年 10 月，敌人以“三光”政策“扫荡”沁源 15 天，烧毁全县 99% 的房屋，残杀男女老幼 4981 人。

1941 年 8 月，敌清水师团伊藤大队以“铁壁合围”战术，对沁源进行第五次“扫荡”，在炭窑内，用瓦斯熏死逃难群众 186 人……

亲人被枪杀，妇女被污辱，房屋被夷平，这血写的事实岂是敌人几句甜言蜜语、几块糖果饼干就能改变的！有一次，县委书记刘开基在山沟里遇到几个鼻头冻得发紫的孩子，试探地问他们“想不想回家”，一个孩子坚定地说：“这里就是家!”

转移出来的群众在山沟里建成了自己的新家，他们自力更生，在山沟里打了 5000 多孔窑洞，赶在那年的第一场大雪之前，家家都住进了新打的窑洞。下过一场大雪之后，县委领导到沟里察看，发现白雪覆盖的山沟里，插起了一块块木牌，木牌上写着“正气村”“坚定沟”“顽强圪梁”“伟大山头”……这些过去没有的地名，被县委和军区的领导一一标注在了作战地图上。

春节到了，山沟里还响起了锣鼓声，唱起了秧歌剧……

三

不仅要让敌人待不住，还要把他们赶出去。到了陈赓讲的“以顽强对抗顽强”的最后关头，沁源围困战的高潮上演了。

春节过后，救济粮快要吃完了。这个当口，沁源城关有位老乡，摸黑混进城去，把自家磨盘下埋藏的粮食取了出来。这件事启发了沁源军民，敌人能抢我们的粮，我们难道不能去“抢”回自己的粮食？他们组织了两个公安队员和 4 个民兵骨干，成立了一个“抢粮小组”摸进城关，不仅“抢”回了大量粮食，还摸清了敌人的底细。原来，偌大一个沁源县城，除了敌伪兵营外，只剩了3户“人家”，一家“随军合作社”，一家妓院，一家蒸馍铺。除此以外，就只有饿得到处乱窜、与敌人争食的野狗。

沁源，已经成了一座死城。

越来越多的群众加入了“抢粮”的行列。每到天黑，老百姓就像赶夜市一样，走出山沟，摸进敌人的据点。沁源城内北街一位妇女，几次拿回了自家的粮食，还到敌人的粮站，把敌人装好的5斗小麦也找了出来。到后来，“抢粮运动”发展成了“抢劫运动”，一位双腿残疾的退伍军人摸到据点里，抢了敌人一匹马，一位民兵英雄甚至摸进据点，扛了敌人一箱子弹出来。交口的据点里有6副水桶，一夜之间被抢去了，甚至架井上的辘轳、碾盘上的转轴也被群众拿走。伪山西《新民日报》的随军特派员在报道中写道：“沁源城内人烟稀少，暗无天日，望之全城各处无一点活气……”

春天来了，又到了播种的季节，庄稼是老百姓的命根子，敌人也明白这一点，他们带着种子和宣传品，从据点跑到山区，“动员”群众：“庄稼人不种地吃什么呢？皇军已经给你们准备好了种子，只要肯回据点，就发给你们。”面对敌人的诡计，太岳区委提出了“劳武结合，游击生产”的号召，白天，部队和群众扛枪下地，在离敌人据点较远的地方耕种；晚上，摸到敌人据点附近抢耕抢种，碉堡里的敌人发现了，部队就和敌人对射，老百姓还是扶犁摇鞭，不慌不忙。

庄稼熟了，据点里的敌人组织了“抢收队”，企图把粮食抢到据点里去。县委则把全县民兵集中起来，配合主力部队，来一个“反抢收”。

围困到后来，日军断了粮，只好杀马吃，而伪军没有马可杀，又抢不到东西，只能啃马骨头。

四

日军的“怀柔”政策失效了，恼羞成怒的敌人故技重施，采用偷袭包围村庄，捕杀群众的血腥手段。太岳军民也以牙还牙，同敌人打起了“地雷战”。

在敌人的主要补给线上，沁源的军民，平均每两天就要布一次雷。很快，这条路被炸得遍地深沟，再也不能通行汽车了。敌人只得改用骡马运输给养，而且一步一试，发现可疑之处，就马上把牲口赶到沁河里涉水通行。民兵发现敌人这一做法后，又在一夜之间把公路的地形改变了，能涉水的地方全部垒起了障碍物。敌人又施一计，驱使抓来的农夫赶着成群的牛羊在前面蹚路，或者派出手持长杆的敌兵，像盲人走路一样戳戳点点，遇到可疑的地方就用白粉画圈做上记号。太岳军民针锋相对又出奇招，他们发明了挂在树上一触即发的“半空雷”，还有不炸农夫只炸敌人的前踏后响的“踏拉雷”“子母雷”，以及用瓶瓶罐罐制成的“看家雷”……有时看似摆在井边的一副普通水桶，一动就天崩地裂；有时看起来是树荫下的一块石头，坐上去会飞到半空；有个村的民兵把庙里的神像抬出来摆在路口，下面压着面膏药旗，迎面还贴上白纸，上面写着“小鬼子，你敢动我？”敌人用长杆远远地把神像捅倒，看见没有什么动静，等到近前去收起膏药旗时，地雷响了……

伪军中流传着这样一首歌谣：“过了圣佛岭，进了鬼门关，如若死不了，就是活神仙。”而日军中的“文学爱好者”亦写下这样的厌战俳句：“日住红部（沁源司令部）夜，身在圪针巢，望虎深山虎不在，大城大乡无人烟。”

1945 年 3 月，随着日军在太平洋战场上节节失利，侵华日军再也组织不起像样的攻势。这时我太岳军区发动了对沁源的最后攻击。4000 多名民兵、4000 多颗石雷，把城关和交口据点的敌人围在了一张雷网之中，敌军几次试图突围，都被我军民击退。围至 4 月 10 日，日军在接应部队的策应下，仓皇逃出沁源县城。至此，沁源围困战胜利结束。

在历时两年半的战斗中，沁源民兵配合主力部队作战 2730 余次，毙伤日伪军 3078 人，俘获 245 人。

1945 年 4 月 21 日，太岳《新华日报》载文说：“沁源不是靠飞机大炮打下来的，它是靠 8 万老百姓和正规军、游击队和民兵的一致团结，经过长期围困与最后的围攻斗争，而将敌人赶走的。”

在《沁源县志》的序中，曾在沁源战斗过的老干部裴丽生深情回忆：“在这场艰苦卓绝的斗争中，沁源人民付出了昂贵的代价。上万名无辜群众被日军杀害，1600 多名抗日干部和民兵壮烈牺牲，整个沁源被焚为瓦砾。为了长期围困日军，几万群众在两年多时间里宿居深山窑洞，吃草根，啃树皮，忍受着寒冷、饥饿、疾病的折磨，还有灾害、野兽和日军的袭击、围剿。但是，沁园人民就像太岳山的劲松，坚强挺拔，宁死不屈!”

那种精神，那种意志，那份情意，半个多世纪后，仍让人不禁一声长叹。

（摘自《读者》2011 年 9 期）

四十年前的爱情

裘山山

我一直不知道从什么地方开始讲这个故事。

无论从什么地方讲，都有一种痛在心里搅动。

44 年前，1961 年，有一个叫马景然的高中生，考入了解放军西安炮校，成为一名女兵。她很开心，不仅仅是穿上了军装，还因为她的恋人也和她一起考入了炮校。或者反过来说，她是跟她恋人一起参军的。恋人叫任致逊，他的父母和她的父母是好朋友，两家都是抗战干部，关系很好，他们从小认识，可谓青梅竹马。

他们到部队的第二年，就赶上西藏部队招收外语干部，从他们学校挑选一百名学员进藏学外语（学校开设了英语、印地语、尼泊尔语等专业）。任致逊被选上了，马景然得知后也坚决要求去。领导考虑到他们的特殊情况，也特批她加入了进藏队伍。这样，马景然成了那支队伍里唯一的女兵。

年轻的队伍从西安出发，坐火车到兰州。在兰州，他们与从北京选来的另外一百名高中生汇合了，马景然就成了两百个学员里唯一的女兵。然后他们又从兰州出发，到格尔木，再从格尔木进拉萨。一路上火车换汽车，汽车换步行，风餐露宿，日夜兼程。到拉萨后，正赶上中印边境自卫反击战打响，学习的事自然推后，他们全部投入了工作。

仗打完后，他们前往建在西藏扎木的西藏军区步兵学校，在那里读书学习，马景然是学校里仅有的女学员，他们在扎木度过了三年时光。尽管有种种的不便和困难，但对马景然来说，那三年是她最安宁最幸福的三年：守在爱人的身边，潜心读书。

1967 年他们毕业了，因为成绩优秀，两个都留校当了教员。我相信这其中也有领导的一片心意，想让他们在一起。于是他们打算马上结婚。从 1961 年进藏，他们已经等了六年了，实在该结婚了。

可是就在这个时候，1967 年 10 月，亚东方向发生了炮战，两人将婚期再次推后，前往部队参战。任致逊直接去了亚东前线指挥所，马景然在军区联络部工作。分手的时候他们重新约定，等这次战事结束后，就结婚。

可是——又一个“可是”，我怎么也逃不开这个可是——任致逊到亚东没多久，就壮烈牺牲了：一发炮弹落他所在的指挥所，他被击中腰部，当场牺牲。与他一起工作的另外两名同学，一名牺牲，还有一名重伤。上级将这一噩耗告诉马景然时，怎么也不忍心说任致逊已经牺牲，只说负了重伤，正在抢救。马景然焦急万分，恨不能立即飞到任致逊的身边去。

部队马上派了辆车，送她去亚东。车是一辆老式的苏联嘎斯车，一个干事陪着她，急急地上了路。从拉萨出发，过羊八井，再翻越雪古拉山，然后下山，然后到了一个叫大竹卡的地方。

就在那个叫大竹卡的地方，他们的车翻了！马景然因为一路悲伤哭泣，完全没注意到车子发生意外，她坐在后面，随即一头栽到前面，额头撞到车前玻璃窗的铁架上，血流如注，当场牺牲。

我听到这里时，惊得目瞪口呆。心痛、心疼不已。

在马景然的二百个同学里，有一个，是我认识的王将军，是他把这个故事讲给我听的。王将军已经退休，他曾在日喀则军分区当过五年的政委，每一年，他都要去为他们两人扫墓。每次扫墓，他都会生出一个强烈的心愿：如果能把两人的灵丘合葬在一起该多好。他们那么相爱，那么想在一起，生不能如愿，死后也该让他们如愿啊。可是由于种种原因，王将军说，他的心愿一直没能实现。他只是将两人的陵墓进行了修缮。

王将军的心愿也成了我的心愿。我把这个惨烈的爱情故事，讲给了一位仍在西藏任职的大校听，大校又把这个故事，讲给了在日喀则任现职的另一位大校听。那位大校被感动了，说，我去办。

一周后，我终于等到了回复。出乎我的意料，却又在情理之中。现将日喀则民政局的信抄录在这里：

日喀则地区烈士陵园现葬有 1967 年 10 月在亚东炮战中牺牲的革命烈士任致逊和其在同一部队服役的女友马景然（在大竹卡翻车事故中牺牲）的两位灵丘。根据其战友意愿，现要求将两个灵丘合葬在一起。经我局了解，合葬一事既不符合国家规定，同时又违背当地的民族风俗。故不适宜掘墓合葬。

2005 年 7 月 22 日

无论怎样，民政局的同志是对的。我把这个结果，告诉了王将军，王将军也这样说。仔细想想，我们提出的要求的确不妥。已经过去四十多年了，差不多半个世纪了。而且那是烈士陵园，又不是其他墓地，怎么可能随意掘墓合葬呢？我们只从感情出发了，没考虑周到。

当然，我们也没错。

爱不会错。他们相爱。我们爱他们爱情。他们的爱情在越过了近半个世纪的岁月风沙、人世沧桑后，依然鲜活。

我知道他们至今仍彼此相爱着。

（摘自《读者》2005 年第 24 期）

土坦克

孙洪泉

1940 年初，侵华日军为强化对华北的占领，加紧推行“囚笼政策”，以铁路为柱、公路为链、碉堡为锁，并辅之以封锁沟，加强对各抗日根据地的封锁和“扫荡”。为粉碎日军这一企图，巩固根据地，八路军冀南军区号召军民把勇敢和智慧结合起来，打破日军封锁。广大军民开动脑筋、自己动手，创造出多种克敌制胜的“土办法”，一定程度上创造性地解决了武器装备短缺的问题，在打破日军“囚笼”封锁中发挥出巨大威力。本文记述了冀南军区第 4 军分区警卫连开展军事民主，发动群众献计献策，奋战三昼夜造出“土坦克”，炸掉日军一座四层炮楼的生动故事，集中展示了民族解放战争条件下八路军战士面对武器装备落后的现实而被激发出的无穷创造精神。

一九四〇年初，日军开始对我冀南抗日根据地的威县、清河一带实行所谓“治安肃正计划”，调集了大批兵力，拼命夺去了东起禹城、西至邢台一线公路间的大小城镇，并在稍大的村庄上都建起了据点。接着又用半年多的时间，沿公路北侧挖了一条一丈多宽、两丈来深的封锁沟，把所谓“三里一碉堡、五里一炮楼”的一拉数百里长的工事连结起来。用敌人的说法，这叫作“囚笼政策”，也就是以铁路为柱，公路为链，碉堡为锁，并辅之以封锁沟，分割我根据地，束缚我军行动，以便于他们“分区扫荡、灵活进剿”。

为了粉碎敌人这一狠毒的计划，巩固根据地，冀南军区首长号召全区开展反封锁的斗争。主力军、游击队和群众全都活跃起来了，大家经常摸到敌人的据点之间，破坏公路，断绝敌人的交通，使敌人的军事行动不断受到阻碍。但是，日军马上又采取了“对策”——他们强迫群众连续加修被破坏的公路，并调来许多伪军，日夜巡逻。

斗争在不停地进行着。看来在破坏公路的同时，非干掉敌人一部分据点，使他们失去依托不可。为此，分区在九月七日召开了连以上干部会议，号召大家把勇敢和智慧结合起来，大量摧毁敌人的炮楼、碉堡，砸碎这些“锁链”。

当时，我是四分区警卫连的连长。听了领导的报告，许多问题开始在我脑海中盘旋——敌人的火力强，我们的装备差，碉堡很难接近，怎样才能把任务完成得更好呢？要讲勇敢，同志们真是一个赛过一个，只要上级下道命令，莫说炮楼、碉堡，就是敌人再强大的工事人家也能拿下来；可是，毕竟要花较大的代价。毛主席不是教导我们：有什么样的武器打什么样的仗吗？我们得想点子消灭装备比我们优越的敌人。

第二天，我们召开了全连军人大会，把领导的指示传达给所有同志，请大家动脑筋、想办法，展开民主讨论。会上有人提出用集中兵力、集中火器、秘密接敌、突然袭击的办法去打；有人建议化装成修路的“民夫”，混到敌人碉堡跟前去干。大家的意见都很有价值，并且明确了一定要用爆破的手段解决问题，但究竟怎样才能接近碉堡，一时还拿不出好办法来。

“报告！”正当大家争论未决的时候，忽然，坐在墙角的三班战士胡玉春站起来发言了。他是个打仗勇敢、讲话害羞的小伙子，不论大会小会，总是坐在人后，一言不发。因此，当他的“报告”声刚一出口，同志们便不约而同地回过头去，向他投以惊异的眼光。胡玉春脸上的红晕从额角一直拉到耳根，他欠了欠身子，忽而又坐下去了。

“讲吧，小胡！怎么又不说啦?”孔指导员鼓励他。

“我想——”胡玉春搔了搔脑袋又站起来：“咱们好不好来一个坦克?”

“坦克！是什么样子的？到哪儿去弄?”听了胡玉春的头一句发言，就有同志小声议论起来。

说实在的，当时我们部队里连重机枪都很缺，哪里会有坦克？而且大部分战士都是刚放下锄头不久，别说没见过坦克，有的连坦克这个名字也没听见过。难怪大家一听到坦克，都感到惊异。

“不，我不是说去哪儿找。”胡玉春不再拘束了，他大胆地讲下去，“我是说咱自己做个土坦克!”他一边说，一边比画着，把他入伍以前见过的国民党部队里的坦克模样介绍给大家。大家听得很来劲，就是不知道坦克究竟怎样做。这时，胡玉春又说了：“我们没有钢，可以用木头做个架子，上面蒙上被褥，用它来挡敌人的子弹，这样，接近炮楼就不难了。”

“有门!”孔指导员立即要各班开会研究。我参加了胡玉春所在的三班。战士们都赞成小胡的建议。有的说：“木架上要多钉几床被子才管用哩!”有的说：“不光要钉上几床被子，还要先用水把棉花浸透，才能保证子弹打不透!”唯有班长一直没有发表意见。最后我问他：“三班长，你的意见呢?”他又想了想，才说：“做个土坦克好倒是好，恐怕太重，里边没机器，怎么开到敌人碉堡跟前呢?”是呀！他的话提醒了我。我将三班长的意见向各班一说，大家立刻想出了很多办法。最后，一致的意见是：把土坦克上安四个轱辘，人在里面推着走。“三个臭皮匠，合成一个诸葛亮”，制造土坦克的法子终于想出来了。

当晚，我把全连研究的结果汇报给上级，指导员和胡玉春又一起画了一张土坦克的图样，连夜派人送到分区机关。分区杨宏明司令员见到土坦克的图样，非常重视，叫我们立刻试做。

说干就干。我们挑选了四个木匠出身、两个干过铁匠的战士，让胡玉春担任技术指导，组成一个“坦克”制造组。我们夜里从公路上拔来二十多根鬼子的电线杆，从过去打坏的鬼子汽车上弄下一些铁板，又从老乡家里借来一些工具，很快就动起手来。

小组日夜不停地苦干了三天，土坦克诞生了。嘿！谁见过这种东西啊——说是马车没有辕，说是轿子带轮盘，浑身上下被钉上的几层湿棉被遮得严严实实，只有前边留着鸡蛋大小的两个眼儿，那算是瞭望孔吧。我们用步枪试射了一下，子弹只钻了一指厚就撅了屁股。战士们可真乐坏了，都争着要当“驾驶员”呢！

随后，杨司令员前来检验并指导我们演习。他指出两个缺点：声音大，速度慢。我们又找来几条自行车上的旧外胎，把它钉在轱辘上，再在滚轴上涂了些香油，立刻没有了“嘎吱嘎吱”的声音，推起来也灵便了。

土坦克要出战了。九月十五日，杨司令员把爆破古城营附近鬼子的一座四层炮楼的任务交给了我们。我们都知道那里住着一个眉毛、胡子全是向上翘的鬼子指挥官，老乡们管他叫“吊毛司令”。

战士们听说要炸鬼子的大炮楼，高兴得又蹦又跳，都要求参加爆破组，开着“坦克”去下炸药。最后经支委会研究确定：由耿副连长和一排长蒋德和带着胡玉春等六个人担任爆破，我领突击队，孔指导员指挥掩护部队。大家这才不再争执了。

夜里九点钟，部队出发了。天气也真帮忙，乌云密布，还刮着风。我们悄悄地向古城营方向插去。首先在远离鬼子据点的地方越过封锁沟，而后绕到鬼子炮楼的后面。在一百多米外的一片坟地里，战士们毫无声音地进行了敌前作业。工事做好后，我低声下达了命令：“开始战斗！”

八个爆破员钻进“坦克”。“坦克”后面拖着一条电线，一直通到指导员身边的电话机上。天漆黑，“坦克”的行动难以看清，只影影绰绰地瞅见它转了个弯，绕过一个土包，眼看就要贴近鬼子的炮楼。这时，猛然听见炮楼上一声长叫，接着“啪”地打了一枪。显然，敌人发觉了，曳光弹一条条地飞向“坦克”。虽然我知道“坦克”不怕子弹，但到底还没用它打过鬼子，仍免不了为它担心。我和指导员立即命令部队，集中步枪照着炮楼的枪眼齐射，把敌人火力吸引过来。为了防止敌人出击或逃跑，我又派三排长带着全排，迅速迂回到炮楼左侧的土埂边上，准备堵击。

“坦克”终于冲到炮楼底下。这时鬼子竟然不打枪了，只见炮楼左边门前人影滚滚。“敌人真的想逃跑啊!”我正有些发急，突然几颗手榴弹在炮楼左侧爆炸，接着土埂边上的排枪也打过去了。鬼子爬着、叫着，缩进炮楼。

“三排打得好!”我正向指导员说着，他身边的电话铃响了。“坦克，怎么样?”说着，我猛地向指导员身边扑去。指导员也顾不得跟我答话，只是拿着送话器讲：“向后，再向后撤一点!”我知道这时爆破手们靠着“坦克”的掩护已送上炸药，如今正在往危险区外撤退。我高兴地命令全连集中火力封锁炮楼的底门。鬼子还以为我们想硬冲呢，正在炮楼上拼命打枪，企图阻止我军攻击。突然炮楼跟前火光一闪，紧接着就是一声震天的巨响。我高呼着：“同志们!冲啊!”全连从四面八方冲过去。刚才还在凶猛地喷着火舌的四层炮楼，转眼变作一堆瓦砾，几十个少头没腿的鬼子尸体，连压带烧黑糊糊一片，也分不出哪个是“吊毛司令”了。

第二天一早，领导同志、兄弟连队都来看我们的“坦克”。只见它满身弹痕，同志们却没有一个挂花。大家都夸奖小胡的创造精神好，他却还是红着脸，嘴里嘟囔着：“这是大家搞的嘛!”

在以后一个月的战斗中，我们和兄弟部队使用土坦克和其他种种办法，炸掉了敌人的许多碉堡，敌人的什么“锁”呀“链”呀的，都被砸得七零八落。

孙洪泉文中身份为冀南军区第4分区警卫连连长。新中国成立后曾任安徽省六安县综合化工厂厂长。1960年逝世。

（摘自《解放军报》2020年11月27日）

哨卡里的野菊花

佳　明

那是两年前的事情。20 岁的赵辉在哨卡里待了三个月了。这里是荒无人烟的戈壁滩，除了黄沙还是黄沙，夜风呼啸，伴随着偶尔的狼嗥，显得格外荒凉。

哨卡里有两个兵，20 岁的赵辉便是其中一个。长期与外界隔绝，他心里寂寞得长了草。另外一个叫江大海，跟随运给养的车去了医院治皮疹，所以现在哨所里只有赵辉一个人。夜深了，哨卡里没有电视，没有电灯，除了一部电话，就是一摞书。赵辉准备报考军校，他已经选定了军械工程学院。风卷着沙子一阵阵地拍着门，赵辉在黑暗中盯着桌上的电话机。这是唯一的对外联系方式，但打电话聊天会违反纪律。赵辉已经五天没有听到外面的声音了，远处的狼嗥让他越发觉得孤单。

终于，赵辉下了决心，起身拨通了电话。听筒里传出一个甜美的女声：喂，请问您找哪位？赵辉的心提到了喉咙口，轻声说自己是野营子哨所的赵辉，他谁也不找，只想听听对方的声音。女兵沉默，不过两三秒钟，突然笑了，说你私用电话，得受处分，然后又说我给你的处分就是听我讲故事。赵辉笑着说好。女兵讲的是野营子附近一个军营发生的故事：刚入伍的新兵进了荒无人烟的戈壁滩，漫天的黄沙让他异常思念青山秀水的家乡。偶然有一天，新兵在外出时迷了路，走了很久，突然发现一处洼地，让他惊喜的是，洼地里有一丛丛野菊花。他毫不犹豫地用手挖下一丛，连着湿润的泥土装进了口袋。新兵被老兵找到了，虽然挨了批评，他的脸上却带着笑。这丛野菊花伴随着新兵度过了许多艰辛寂寥的日子，有一天，因为连续的沙尘暴，哨所里断了水。新兵转来转去，看到墙角的茶杯里还有几口剩水，他拿起来，犹豫片刻，浇在了裂开了口子的野菊花花盆里。新兵不久就脱水了，幸亏运送给养的车及时赶到，才把他救了过来。

讲完故事，女兵缓缓挂了电话。赵辉躺到床上，觉得很幸福。在梦里，他觉得自己就是那个新兵，可以用生命中最后几口水去浇灌野菊花的那个人。

一过晚上十点，通讯连便极少有电话。渐渐地，赵辉养成了习惯，夜深人静，他便拨通通讯连的电话。他知道了女兵姓卢，叫卢慧，来自江南。小卢很开朗，常常为他讲南方的小桥流水，讲奇异的民俗风情，讲椰子树，还有海滩。其实，无论她讲什么，赵辉都会听得津津有味。但不管讲得多尽兴，卢慧一直恪守一个原则，从不超过五分钟。当她得知赵辉要报考军械工程学院，便不断地鼓励他：加油，赵辉，你一定能行。

因为每晚五分钟的电话，赵辉觉得生活多了许多色彩，甚至夜晚的狼嗥听起来也不再那么凄厉。还有四个月就考试，赵辉除了值勤，就是复习功课。他对卢慧说考上军校后会去找她，看看她长的什么样子。卢慧开玩笑，说也许我们见面的地点不是通讯连呢。

时间一天天过去，一晃过了四个月。当卢慧接到赵辉兴奋的电话，她格外高兴。赵辉说他有绝对把握，一定会被录取。为了庆祝，卢慧在电话里为他唱了一首歌，那是唯一的一次，通话超过了五分钟。

卢慧每天都在兴奋和忐忑中度过。奇怪的是，自那天之后，赵辉再未来过电话。一星期后，卢慧拨通了野营子哨所，听筒里是忙音。询问连部，她才知道原来哨所已经撤销了。可赵辉去了哪儿？为什么不打电话告诉她？

一个月后，卢慧接到了军械工程学院的录取通知，她高兴得一晚没睡。她一直没有告诉赵辉，她也报考了军校，和他是同一所大学。她想给他一个惊喜。

到军校报到之后，卢慧按捺不住兴奋，通过各种关系打探新生中是否有个叫赵辉的。当学生处的人说机械电子工程系有个男生叫赵辉时，卢慧觉得自己的心都要跳出来。赵辉是高还是矮，胖还是瘦？眼睛大还是小？两人聊了半年，竟然从没问过对方长的什么样子。

下午下了课，卢慧收拾整齐，对着镜子照了又照，然后去找赵辉。她的手里拎着要送他的见面礼——一副她用了很久的耳机，正是通过它，他们才有了一次次的通话。站到了男生宿舍门前，抬手，敲门，卢慧看到一张肤色黝黑的陌生脸孔，很普通。他问她找谁。卢慧的脸微微发烫，说找赵辉。男生笑笑，说他就是。卢慧大方地伸出手说："你好，我是通讯连的卢慧。"

"卢慧？"赵辉迷惑地看着她，似乎没想起来。卢慧抿嘴一笑，说："想不到吧，为了见你，我也考了这所学校，这是一个惊喜，不是吗？"

赵辉依旧发愣。卢慧也诧异：才一个多月没通电话，他竟忘了自己？当卢慧问起他是不是还记得她讲的故事，赵辉更是茫然不知所措。

卢慧脚步沉重地往回走。原来她弄错了，这个赵辉根本不是她要找的赵辉。他来自河北，从来没去过野营子。可那个赵辉呢？他没有考上军校？

卢慧通过电话四处打听野营子哨所的赵辉，终于，她打听到了江大海。在电话里，江大海得知对方就是与赵辉经常通话的人，他的声音哽咽了。半晌，他才缓缓地说，就在赵辉参加完考试，回到野营子哨所的第二个晚上，因为猛烈的沙尘暴，电话线断了。赵辉急匆匆地跑去检修。沙尘暴越来越厉害，他走得越来越远，再没有回来。

卢慧一下子惊呆了，“他，他牺牲了?”

“是。”

卢慧拿着电话，一只手捂住了嘴。隐隐约约，她听到江大海在压抑着哭：“是我害了他，因为我半夜发高烧，烧得昏迷过去，赵辉吓坏了。他怕我死掉，接不通电话，他就徒步去百里外的连部。他没有走到，就被沙丘吞没了。”

卢慧再也听不下去，突然间泪流满面。

星期天，卢慧找了辆吉普车，和一个战友到了野营子哨所。哨所孤零零的，四下里全是黄沙，甚至连红柳和骆驼刺都很少见。哨所前面有一块墓碑，是赵辉的。卢慧将一束百合花插到了墓碑前。

推开哨所的门，扑面而来的是细细的沙土。卢慧一眼看到了窗台上的一个紫色花盆，一丛野菊花干枯了。但看得出，曾经，它有着旺盛的生命力。卢慧走上前，看到花盆下压着一张录取通知书：赵辉同志已被军械工程学院通信与信息系录取。而花盆的旁边，挂着一副遒劲的钢笔字：热爱生命的人，会珍惜每一朵弱小的花。

卢慧突然潸然泪下。这是她讲完那个故事，说的最后一句话。

（摘自《读者》2010 年第 3 期）

十字岭上的抉择

王树增

1942年5月间，日军对八路军太行、太岳根据地开始了最大规模的“扫荡”，目标是八路军总部、中共北方局以及第129师等八路军军政首脑机关。

1

日军决定采取全新的战法：以小部队的秘密行动为轴心，大部队进行局部配合，以求对八路军总部所在地实施严密合围；然后在飞机侦察和轰炸的配合下，地面部队逐渐向心压缩，做到对每一寸土地的彻底“清剿”。

日军第一军司令官岩松义雄的“小部队”，实际上是一支担负特殊任务的突击队：从第36师团的联队中挑选出百名士兵，组成精干的突击队，由益子重雄中尉担任队长，自带干粮雨衣行囊，执行任务中不许生火做饭，不得住宿村庄，一律穿便衣或八路军军装，不许穿日军军服，在完成任务前绝对不许暴露身份。这支突击队被命名为“挺进特别杀人队”，对外称“挺身队”，其任务是对八路军总部实行“捕捉奇袭”。

5 月中旬，岩松义雄从太原抵达长治，在设立指挥部的同时，大量印制了彭德怀、左权等人的照片，发给各部队指挥官、“挺进特别杀人队”队员以及随队特工。

2

22 日，左权得到警卫团的报告：在桐峪西北的山林里发现一支来路不明、身穿便服、携带电台的武装队伍，很快就又去向不明了。通过审问当地的一名伪村长才得知，这是专门负责捕捉八路军总部的“益子挺身队”。日军的特工队竟然到了八路军总部的眼皮底下！左权当即命令警卫团提高警惕，并迅速向彭德怀做了报告。彭德怀眼睛瞪得很大，说那老子就等着他们。左权知道，不到最后一刻，彭德怀是不会转移的。

接着，各方情报又到了：北线的日军会合后迅速南下；从长治出动的日军三千余人也急促推进。日军大规模进攻的态势已经明了。

这是一个严峻的时刻。

八路军主力部队大多已在外线，八路军总部机关庞大，战斗人员很少，就目前态势看，北方局机关、八路军总部机关、野战政治部等单位，已经处在了日军大的合围圈中。彭德怀和左权果断决策，第二天一早就带领机关向东转移。左权对机关转移需要准备和注意的问题一一作了督促和检查，并要求总部警卫部队掩护机关的转移，总部特务团主动出击迎敌，绝不能让日军打到家门口。

万籁寂静中，意识到一场殊死战斗即将到来的左权毫无睡意。桌子上放着他和妻子刘志兰新婚后不久拍的一张照片。百团大战前夕，刘志兰带着襁褓中的女儿左太北去了延安中央研究院学习，夫妻分别已经 21 个月。此时此刻，左权坐下来写了一封信：

……想来太北长得更高了，懂得很多事了。她在保育院情形如何，你是否能经常去看她，来信时希多报道太北的一切，在闲游与独坐中，有时总仿佛有你及太北与我在一块玩着，谈着。特别是北北非常调皮，一时在地下，一时爬到妈妈怀里，又由妈妈怀里转到爸爸怀里来闹得不休，真是快乐。可惜三个人分在三处，假如生活在一块的话，真是痛快极了……

3

第二天，八路军总部开始紧急打点行装。左权接到第 129 师电报：第 385 旅 14 团在转移途中遭到日军伏击，部队损失严重。电报同时催促总部赶快转移。接着，特务团报告说，他们和“益子挺身队”接了火，但日军处于居高临下的位置，因此没能把这股日军完全歼灭，“益子挺身队”正向麻田方向流窜。

这之前，北方局机关、野战政治部、后勤部等，已经分路向麻田以东一带转移了，准备当日军接近预定合围圈时，从其缝隙处分散突围而出。彭德怀说，这是八路军于敌后成功脱险的经验，关键在于掌握“利害转换线”——“即掌握敌人在运动中进至最有利于我突围的位置。敌人分进合击，我突围行动过早，转不到敌后；突围迟了，敌空隙小，突不出去。突围成功的保证，则在于八路军情报的及时准确，指挥员的沉着决断，和队伍成员的勇敢坚定。”然而，这一次，日军伪装成八路军，作战命令不准见诸电报或文字，一律通过口头传达，导致八路军在根据地内外广泛的群众耳目“一时失灵”。

八路军总部机关必须马上走了。

晚上，彭德怀和左权率领总部机关人员三百余人，牵着四十多头骡马，撤离了驻地武军寺村。

彻夜行军至第二天清晨，一个不幸的消息传来：一直跟踪八路军总部电台信号的“益子挺身队”，突然袭击了正在转移的八路军总部后勤部等单位。接着，侦察情报显示：日军已经尾随彭德怀和左权一行追了上来。

左权立即留下来指挥警卫连进行阻击，掩护彭德怀和总部机关人员迅速撤离。彭德怀一行由于目标太大，被日军飞机发现并受到袭击，所幸伤亡不大。但是，当左权率领警卫连追上队伍时，彭德怀和左权发现他们似乎已经无路可走了。

5 月 24 日晚上，彭德怀和左权面临的情势是：各路日军已在窑门口、青塔、偏城、南艾铺地区形成合围，只在合围圈东面的拐儿镇与偏城之间还有大约三五公里左右的间隙。彭德怀和左权决定，按照预定计划继续向冀西突围。但是，偏城以东地势较高，地形复杂，而青塔、黑龙洞以东是难以通过的险峻山路，必须先向北经过南艾铺，再绕道窑门口，才有可能前往冀西。问题是，这条路他们都很陌生，派出去的侦察参谋既没有回来也没有消息。事不宜迟，左权亲自率领参谋人员先行探路。山路狭窄，路线陌生，半路上又遇到其他突围部队，队伍因为庞大行动十分迟缓，一夜只走出二十多里，抵达南艾铺时已经天亮。

南艾铺村是一个仅有几十户人家的小山村，此前反“扫荡”期间八路军总部曾多次驻扎。村边有一条大山沟，直通山西与河北省交界处的十字岭。尽管八路军一部提前到达这里并开辟了阻击阵地，但 25 日拂晓，这个小山村里却一下子挤进来包括八路军总部、北方局、野战政治部、后勤部等各路转移队伍。这些大多由非战斗人员组成的队伍多达两千余人，还有八百多头骡马和两百多副担子。相对于庞大的机关来讲，身边的战斗部队除了 769 团的一个营外，仅有总司令部、野战政治部和后勤部的三个警卫连，且后勤部警卫连的主要任务还不是作战而是看守重要资金和物资。至于八路军总部为什么没有部队保护，这与共产党人自创建武装力量以来的传统有关。在长期的战争环境里，党中央和军事首脑机关从来没有使用过多的兵力进行警卫，党的领导人和军事将领们凭借着过人的智慧和胆识，能够在残酷的环境中应付复杂多变的局面，中枢机关自身的战斗力很强。但是，聚集在南艾铺村的八路军总部各单位的非战斗队伍，在日军强大兵力的合围面前还是显得战斗力太弱了。

4

果然，5 月 25 日，最危急的局面发生了。

八路军总部机关的转移情况，日军第一军司令官岩松义雄掌握得十分清楚，因为在八路军转移队伍的头顶上，日军的侦察飞机飞得很低，而岩松义雄派出的作战参谋就在飞机上直接指挥合围作战。在日军飞行员的引导下，合围圈逐渐压缩。

25 日清晨，转移队伍出发没多久，就遭到日军战机的轰炸。由于队伍过于庞大，又没有防空武器，只好停下来等待黄昏。但是，传来的情报显示，日军的合围圈正越来越紧。彭德怀、左权、罗瑞卿和杨立三等人紧急磋商，最后决定立即分散突围。

彭德怀和左权率领的突围队伍，很快就遭到日军战机的追击轰炸和俯冲扫射。缺乏战斗经验的机关人员跑来跑去地躲避，大量的骡马被炸倒，物资被丢弃得漫山遍野。下午 2 时，日军“益子挺身队”穿着八路军的军装，突然横着插过来。左权立即命令总部警卫连抢占山头，然后命令作战科科长王政柱和两个参谋与彭德怀先行突围，由警卫连连长唐万成带领一个排负责掩护。彭德怀坚持要和机关一起突围，左权表情十分严肃：你是八路军副总司令员，你的安全就是胜利，你必须安全出去！这里由我指挥阻击！彭德怀上马后回头望了左权一眼——他并不知道，此刻竟是二人的诀别。

十字岭是向北突围的必经之路。山坡上，八路军总部的转移队伍在日军的轰炸和扫射下散成小股失去了控制。左权冷静地指挥阻击作战，同时照顾着几名年仅十几岁的女译电员和体弱的干部，一面又命令自己的警卫员去寻找带有机密文件的挑夫。他对坚守十字岭阻击阵地的 796 团 1 营教导员说：很多人还在山下，如果这个山头丢了，后果不堪设想！一定要坚持到底！只要还有一名同志没出来，就不许撤退！此时，十字岭西北的山垭口变成了一条生死线：只要冲过垭口，就能跳出日军的火力封锁，进入北艾铺的山沟。但是，这些由年轻的译电员、党校的学员和教员组成的队伍行进缓慢。左权似乎看出了大家的顾虑，他大声喊道：不要害怕！冲过去，翻过山梁就没事了！

一架日军的战机突然俯冲扫射，几名年轻的译电员忙往核桃树下跑，左权又大声喊：小鬼，不要怕飞机，要冲过山口！就在这时候，一发炮弹在左权身边爆炸，弹片击中了他的头部。

头部中弹的左权躺在山路边，鲜血染红了身边的荒草。他的右手还在腰间的手枪上——那是 1935 年 11 月直罗镇战役中缴获的国民党军第 109 师师长牛元峰的战利品。

这是 1942 年 5 月 25 日下午 5 时。

5

突围人员把左权的挂包、手枪、怀表、钢笔等遗物交给作战科负责人，然后把他的遗体移到十字岭东坡的一个隐蔽处用树枝覆盖起来。

随后，警卫连官兵在附近乡村买了一口棺材，再返回到左权牺牲处将他的遗体就地掩埋。

晚上，彭德怀抵达距十字岭 15 公里处的一个小山村，在那里他得到了左权牺牲的消息。很久以后，彭德怀对左权的女儿左太北说：“你爸爸一定知道，那次敌人打的第一发炮弹是试探性的，第二颗炮弹准会跟着来，躲避一下还是来得及的。可你爸爸为什么没有躲避呢？要知道，当时的十字岭上正集合着无数的同志和马匹，你爸爸不可能丢下部下，自己先冲出去。他是死于自己的职守，死于自己的岗位，死于对革命队伍的无限忠诚。”

一心要为八路军报仇的百姓很快送来一个消息：日军的“益子挺身队”准备在祁县县城里大摆庆功宴。得到消息后，彭德怀命令总部特务团团长欧致富精心挑选约 30 名官兵，由参谋处参谋刘满河带领，化装成各色人等，每个人都身藏匕首，混进了庆功宴所在的大德兴饭庄。当鬼子喝得酩酊大醉的时候，一声暗号，匕首纷飞，“益子挺身队”队员当场全被刺死。

（摘自《解放军报》2020 年 8 月 26 日）

谜一样的东方精神

金一南

访美期间，我发现一个颇有意思的现象：美国军人对中国军人十分尊重。这种尊重不仅仅出于礼貌或者客套，而是发自他们的内心。美国人自视甚高，能放在眼里的人不多，为什么对中国军人情有独钟？

后来，我发现他们有一个特点：尊重与他们交过手的对手，尤其是那些让他们吃了亏的对手。

美国海军分析中心统计，第二次世界大战结束后，美国对外用兵次数超过 240 次。其中规模最大的有 3 次：1950 年至 1953 年的朝鲜战争，1961 年至 1975 年的越南战争，1991 年的海湾战争。

3 场战争，前两场都与遏制中国有关。3 场战争中，朝鲜战争持续 3 年，用兵 44 万，美国官方统计死亡、失踪 54246 人；越南战争持续 14 年，用兵 55 万，死亡、失踪 58209 人；海湾战争用兵 44 万，43 天结束战斗，阵亡 146 人。

对这 3 场战争，美国军人自有比较。在为什么失败与为什么取胜这些问题上，他们甚至比我们国家的一些专业人士分析得还要客观。一句话，从美国军人的每一分尊重中，我们都能感觉到那些长眠于战场的先烈奠定了今日中国军人的地位。

今天，很多人已经不知道当年中国人民志愿军是在怎样的条件下与以美军为首的联合国军作战的了。他们或许能记住一两篇描写志愿军的文学作品，对以下这些比任何文学描写都更加震人心魄的数字却不知情。

朝鲜战场上美军一个军拥有坦克 430 辆，中国军队最初入朝的 6 个军，一辆坦克也没有。

美军一个陆军师的师属炮兵有 432 门榴弹炮和加农炮，还可以得到非师属炮兵同类口径和更大口径火炮的支援；中国人民志愿军一个师的师属炮兵仅有一个山炮营，12 门山炮。

美军一个步兵师拥有电台 1600 部，无线电通信可以一直到达排和班；中国军队入朝时从各部队多方抽调器材，才使每个军的电台达到数十部，勉强装备到营，营以下通信联络仍然主要靠徒步通信、军号、哨子及少量的信号弹等。

美军运输全部机械化，一个军拥有汽车约 7000 辆；中国人民志愿军入朝之初，主力三十八军只有汽车 100 辆，二十七军则只有 45 辆。

更令人难以置信的是，当时我三十八军 90%的战斗兵仍在用日军 1905 年设计的三八式步枪。

空中力量的悬殊更大。志愿军当时不但没有飞机，连防空武器也极端缺乏。面对美军 1100 架作战飞机，志愿军当时只有一个高炮团，36 门 75 毫米的高炮，还要留 12 门在鸭绿江边保卫渡口。最初带入朝鲜的，竟然只有这种旧式的日制高炮 24 门。至于雷达则一部也没有，搜索空中目标全凭耳听和目视。

侵朝美军总司令李奇微后来回忆道：“我们在朝鲜战场上空几乎未遭抵抗。除地面火力外，我们可以不受阻碍地攻击敌补给线。在头一年，对方甚至连防空火力还击也没有。”

当时美国飞机从朝鲜东海岸炸到西海岸，从鸭绿江炸到汉江，连后方大榆洞的我志愿军司令部都遭到狂轰滥炸，司令员彭德怀差点遇难。在志愿军总部工作的毛泽东长子毛岸英，刚刚出国一个多月，即牺牲于美国空军凝固汽油弹的熊熊烈焰之中。

中国人民志愿军就是在这样的条件下艰苦奋战，迫使不可一世的远东美军总司令、五星上将麦克阿瑟丢官去职，第八集团军司令沃克中将翻车丧命，硬把美国人打回到谈判桌前。

当时志愿军作战艰难困苦的情况，很多美国人直到现在也并不完全清楚。他们对曾与之对阵的中国军人怀有一种颇富神秘感的尊重，这种尊重是对实力的尊重。从他们的角度看，中国军队的实力更多地表现在排山倒海、坚忍顽强、奋勇冲杀和不惧牺牲的精神，他们称之为“谜一样的东方精神”。当年到过朝鲜的美国军官，在回忆录里皆印象深刻地描述志愿军发起冲锋时“撕心裂肺的军号声”和“尖利刺耳的哨子声”。这些声音一直伴随他们走到军事生涯的终点，甚至生命的终点。

这就是两军的相识。那些在冰天雪地的朝鲜战场连一把炒面、一把雪都吃不上却依然冲锋不止的战士，那些在零下40℃严寒中单衣单裤作战冻死在长津湖畔的英雄，以他们惊人的牺牲精神为我们这些后来者赢得了今日的地位。我们应该骄傲，我们也应该惭愧。我们千万不能吃尽这一老本，我们也应该为明天的中国军人留下点什么。

（摘自《读者》2014年第12期）

母亲·儿子

佚　名

满仓娘是个瞎子。满仓当兵时，她正患病在床，临走前她把满仓唤到床前摸了又摸，然后满仓一步三回头地当兵去了。

满仓出事那晚，风很大，地上有水的地方结着薄薄的冰。

满仓抢修线路时，电线杆突然倒下来，压在了他身上。据后来查看，那根电线杆被汽车撞过。

在抬往医院的路上，满仓示意班长凑过头来，用尽全身力气说道："不要让俺娘晓得，不然她会受不了的。"说罢头便歪了下来，去了。

满仓牺牲后不久，连队掀起了学习满仓字体的热潮。满仓档案上填的是初中毕业，其实初中只上过一年。战士们比练庞中华的字帖还要投入地练着满仓的字。

满仓家里有哪些人，有几亩地，有几头猪，战士们了解得很清楚，一封封书信飞向那个小山村，信首称的都是娘。

满仓娘收到每一封信都欢天喜地地请人念，当念信人念完后她还要摸一摸，好像那就是满仓的脸。念信的人一念完信，就紧咬嘴唇，眼睛一红赶紧找借口往外跑，他们不能在屋里哭，全村人都知道满仓其实早已经回来了，就在村口的东山坡上。满仓是被指导员和政治部组织科的一位干事装在一个小匣子里带回来的。这一切只瞒着一个人——满仓的娘。

过年前，满仓来信说要回家和娘一起过春节。过年的气氛很浓很浓了，空气中散发着炮仗的火药香味，满仓又来信说：有任务，回不来了。同时寄回了一张照片，还有一些药物、营养品。其实，那照片，只是个和满仓穿一样衣服的兵。满仓娘把照片贴在胸口，直唤“满儿”。

又是一年，梧桐树叶落完了，满仓还是没有回来。满仓娘究竟收了多少信、药物和营养品，她也搞不清。寄来的照片有上百张，照片上都是满仓的战友。

满仓已是“超期服役”的兵了。初冬的一天，满仓娘突然病情加重，昏迷不醒。黄昏时，她醒过来了，把满仓的姐姐唤到床头吩咐：“我见不到满儿了，我死了，千万不要让满儿知道，他会伤心的，会影响他干大事业……”说完，满仓娘干枯的手轻轻地抚摸着那一沓厚厚的、盖着红色三角邮戳的信，忽然停住不动了。

满仓娘去世的消息传到连队，她那群儿子全都哭开了。

（摘自《读者》2004年第8期）

英雄杨子荣的身世之谜

衣玉华　林运家

周总理的一道指示

1969年某日晚，北京中南海礼堂。绛红色的平绒幕缓缓闭合，大型革命样板戏《智取威虎山》在一片热烈的掌声中结束了。

坐在前排首席座位上的国务院总理周恩来鼓掌之余，侧身看了看身旁的美国客人，只见他蓝色的眼睛里含满了泪花，仍目不转睛地注视着舞台。见此情景，周恩来的嘴角浮现出一丝温和的笑意，他轻轻碰了碰美国客人，微笑着问："大卫先生，您对这场戏评价如何?"

"太棒了！总理先生，简直是太精彩了。这场戏中的杨子荣，就像我们西方的英雄佐罗，他理应受到所有人的敬仰与崇拜!"大卫先生激动地表达着自己对这位富于传奇色彩的中国英雄的崇拜。片刻之后，大卫先生的情绪平静下来，恳切地对周恩来说：“总理先生，我想问一个问题，可以直接说出来吗?”

“完全可以，大卫先生。”

“请问你们这场戏中的英雄杨子荣，是戏剧中塑造的呢，还是真有其人其事?”

“真有其人其事，大卫先生。您也许不知道，在我们国家几十年的革命斗争中，类似这场戏中的人或事像天上的星星一样数不完。”周恩来严谨的话语中充满着风趣。

“是这样，总理先生，在我们美国，英雄的家人和英雄一样会受到人们的敬重，我想到杨子荣家中看一看，是什么样的家庭养育了这么一位了不起的英雄。”

“好的，大卫先生，您一定会得到一个满意的答复。”

当天晚上，周恩来便要通了解放军总参谋部的电话，要他们查询杨子荣烈士家乡的详细地址。

第二天中午，秘书把一份解放军总参、总政联合发来的调查报告交给了周恩来。未等看完，一向沉稳的周恩来便把电报摔在桌上，在屋里踱开了步子，尽管他的面部表情是平静的，内心却很复杂。近千字的调查报告，复述了杨子荣生前所在部队牡丹江军分区某部回电：知道杨子荣的原籍在山东胶东一带，至于详细地址无人知道。凭这些无疑难以找到烈士的家人，也就是说烈士的身世成了未解之谜。

周恩来心里清楚，对美国客人来说，这绝不只是在寻找一个烈士的原籍，更重要的是关系到我们国家的声誉和我们这个执政党在人民心中的形象。一个在全国家喻户晓的特级侦察英雄，牺牲得那么辉煌壮烈，对党那么赤胆忠心，为新中国的解放事业立下赫赫战功，我们竟不知他从何处来。这怎能对得起烈士的在天之灵？别说无法回答美国客人，就是中国一名普通老百姓问起来，我们也难以交代。周恩来转向秘书，严肃地说：“你通知总参、总政两部，和国家民政部一起，务必在一个月之内寻找到杨子荣的家乡地址和家中的亲人，美国客人在等着我的回话，全中国人民都在看着我们。”

寻找英雄一波三折

杨子荣1945年9月参加胶东军区海军支队。10月随军挺进东北，部队到东北后进行了整编，杨子荣被编到牡丹江军区二团三营七连一排。牡丹江地区匪患猖獗，杨子荣所在部队担负剿匪、保卫土改的任务。1947年2月23日，杨子荣在黑龙江海林县追剿悍匪郑三炮、刘维章等人的战斗中不幸壮烈牺牲。海林县上万军民为他举行了隆重的追悼大会。

1957年9月，杨子荣的战友——牡丹江军区二团副政委曲波同志饱蘸深情，以“最深的敬意，献给我的战友杨子荣、高波等同志”的《林海雪原》一书问世，立即引起巨大反响。1964年6月，毛主席在观看了京剧《智取威虎山》后不断拍手叫好。英雄的事迹越传越广，寻找英雄家乡、让英雄魂归故里的任务越来越紧迫。

在特殊的战争年代，由于战事的需要，加之化装剿匪工作的特殊性和隐蔽性，致使杨子荣没有给家人写过信，再加上当时部队的人事档案也不甚健全，所以，东北烈士纪念馆和海林县烈士展览馆在介绍杨子荣烈士情况时，不得不笼统地说他是“胶东人”。

杨子荣生前所在部队和牺牲所在地人民政府在肯定杨子荣是胶东人的情况下，也曾多次组织有关人员以不同的形式进行广泛调查，但胶东这么大，如同大海捞针，一次次空手而返。

1964年春，济南军区、山东省军区、杨子荣生前所在部队和海林县民政部门组成调查组赴胶东调查一个多月，也毫无收获。

1968年5月，杨子荣生前所在团干事，时任某部副政委的姜国政同志在北京主持召开了“关于杨子荣事迹和籍贯调查的专题会议”，杨子荣生前的领导和战友曲波、孙大德、刘崇礼及海林县等单位的十多名同志参加了会议。参加会议的同志都肯定杨子荣是胶东人，但有的说是牟平的，有的说是荣成的，还有的说是文登的，一时无法确定。

周总理的指示坚定了调查组解开杨子荣身世之谜的决心。1969 年，第 38 军、东北烈士纪念馆、海林县民政部门再次组成了联合调查组，马不停蹄，奔赴胶东。

对于这样一位顶天立地、万众敬仰的英雄，人人都渴望能出自自己的家乡，为家乡添光增彩。于是，调查组的工作刚刚开展，胶东地区便一下出现了三个杨子荣的故乡，且各执其辞、争论不休。

调查组根据所掌握的情况，确定荣成、牟平、海阳、文登为重点，走访了两个多月，仍然没有找到一点有价值的线索。后来调查组集中到牟平县研究对策，决定在上述四县广播和张贴寻人启事，广泛发动群众，提供知情线索。

一个星期后，四县共发现了 127 条线索。调查组把杨子荣的家庭情况、入伍时间、参军背景及外貌特征等打印成文，发往上述四县的 50 多个公社，请当地民政部门协助查找。两个多月过去了，仍无进展。没能按时完成任务，同志们个个心急如焚。正当大家感到山穷水尽、一筹莫展的时候，突然发现了牟平县城关公社嵎峡河村有个叫杨宗贵的失踪烈士，身世与杨子荣相似，这顿使查访工作出现了柳暗花明的转机。

原来，城关公社民政助理员马春英得到寻人信息后，首先到档案室查阅了解放战争时期牟平县入伍军人登记表，又翻阅了牟平县军属、烈属抚恤登记表，她自然找不到杨子荣的名字。可细心的马春英在翻阅档案时，没有放过蛛丝马迹，两表对照，发现杨宗贵与联合调查组提供的情况相似，于是便向调查组反映："你们查找的人的身世，很像嵎峡河村的杨宗贵！"在此之前的很多年里，杨宗贵家乡的人也不知道他的下落，直到 1957 年 1 月，民政部才按照《关于处理军属寻找军人问题的规定》，作为失踪军人处理。1958 年 11 月民政部认定杨宗贵为革命牺牲军人。杨宗贵 1945 年 9 月参军，入伍时 29 岁，参军后一直未给家里通信，家中有老母和妻子。1947 年，一个从东北回来的人说，杨宗贵开了小差，当了土匪，村里便取消了他家的军属待遇，不再给代耕代种。杨宗贵的母亲不服，多次到文登专署和牟平县人委会上访，经多方调查，认为杨宗贵开小差没有根据，牟平县人委会便又恢复了其家属的军属待遇。

听完马春英的情况汇报，调查组马上派人奔赴牟平城南10里的嵎峡河村，找熟悉杨宗贵的老人了解情况，结果搜集到的材料与杨子荣有很多相似之处。于是调查组又就近在牟平境内找到当年与杨子荣同时参军、现已复员回乡的六位老战士刘延爽、刘世昌、王云明、姜乃明等同志座谈、核对。

调查工作初有头绪。电报请示北京后，又向当年和杨子荣一起战斗的姜国政、孙大德、魏成友、刘崇礼了解情况，把杨子荣的老战友和家乡提供的情况两相对照，发现了两者之间有惊人的相似之处。

英雄身世层层揭开

刘延爽等老战友提供：杨子荣于1945年农历八月在牟平县雷神庙参军，身穿黑夹袄。家乡提供：杨宗贵于1945年农历八月十三日经王从村到城南2里的雷神庙参军，身穿黑夹袄。

刘延爽等老战友提供：杨子荣在雷神庙出发前，妻子曾去看他。家乡提供：杨宗贵参军后，妻子曾到王从村去看他，未见到，第二天又和婆婆一块到雷神庙去看他。

老战友王云明提供：听杨子荣说过，家有老母、妻子，婆媳不和，有一头小毛驴难以养活。家乡提供：杨宗贵家婆媳不和睦，养过一头小毛驴。

老战友提供：杨子荣可能是参军后改的名字。和杨宗贵同时报名参军、但体检不合格的韩克利提供：曾经听杨宗贵说他参军报的是假名。家乡提供：哥哥杨宗富1940年随杨宗贵去过黑龙江孙吴煤矿，亲见宗贵领工资时签名就是杨子荣。从小和杨宗贵要好的邻居老秦说：我见过宗贵有一枚印章，刻的就是“杨子荣”三个字，他说，这个名字只在东北才用。

老战友提供：杨子荣参军前到过东北，会说东北话。家乡提供：杨宗贵12岁到26岁在安东做工，说东北话很流利。

老战友王云明提供：杨子荣到东北参军在龙口上船前，曾遇到一个在部队开车的亲戚。经调查组派人核实：杨宗贵有个妹夫叫王明惠，在济南军区工程兵兵器部工作，当年在龙口曾开着摩托车碰到过杨宗贵。

双方均提供：1969年应为53岁。

关于相貌特征，曲波说：杨子荣中等身材，胧长脸，上宽下窄，蒜头鼻子，浓眉大眼，略有络腮胡子，鼻毛很长。孙大德说：杨子荣看人时白眼睛很大。杨宗贵的妹妹及乡亲提供的杨宗贵与杨子荣的相貌特征简直一模一样。当时，杨子荣的胞兄杨宗富还健在，兄弟二人，面貌相似。

至此调查组初步认定，杨子荣就是失踪烈士杨宗贵。

1973年，曲波同志在杨子荣所在原部队获得了一张照片。那是一张杨子荣在1946年被评为团的战斗模范时一百多人的合影照片，百十号的人挤在几寸大的照片上，人的头部只有火柴头那么大。曲波便请一位日本朋友将照片带回日本，将合影中的杨子荣单独翻拍放大。

当牟平县民政局局长带着杨子荣及战友的四张照片到嵎峡河村请村里干部、乡亲辨认时，他们指着同一张照片异口同声地叫起来："这不就是俺们村的杨宗贵吗？准是他，没错！"然后又把四张照片送到此时已是70岁高龄的其兄杨宗富面前，让他辨认，他立刻抽出了杨子荣的照片，百感交集，泪流满面。这一切，进一步证实了杨宗贵就是杨子荣。英雄的身世之谜终于就此揭开了。

英雄的家乡人民因为有杨子荣这样的英雄而倍感自豪。为了纪念英雄，家乡人民在牟平县城中心修建了杨子荣广场，并在杨子荣参军时部队集合出发地——雷神庙建起了杨子荣纪念馆，以此缅怀英雄的丰功伟绩。

（摘自《读者》2007年第16期）

信　使

毕淑敏

我十七岁的生日，是在藏北高原过的。那天，正好是军邮车上山的日子，这个生日便像美丽的项圈，久久地悬挂在我胸前。

喜马拉雅山、冈底斯山、喀喇昆仑山，像三柄巨大的棱锥，将我所在的部队，托举到了离海平面五千多米的高度。我的生日在十月，这正是平原上麦秸垛金黄而干燥的时光，昆仑山却已万里雪飘。就要封山了，封山是冰雪发出的禁令，我们将与世隔绝到春天。

战友们把水果罐头汁倾倒在茶褐色的刷牙缸里，彼此碰得山响，向我祝贺。对于每月只有一筒半罐头的我们来说，这是一场盛大的庆典。

但心中总有淡淡的悲愁——我想家。

一位白发苍苍的老医生对我说，也许军邮车今天会来的。

你骗人！我大叫。有时候猛烈地指责别人说谎，其实是太渴望那消息真实。

军邮车大约每月从新疆喀什开上昆仑山一次，日子并不准，仿佛一只来去无踪的青鸟。老医生戍边多年，他的话有时像符咒一样灵验。“每年封山前上山的最后一辆车，总是军邮车。山下的人都知道我们的心。”他晃着满头的白发，像一丛银针。

那天夜里，军邮车像破冰船一样，跋涉五天，英勇地到了，整个军营为之沸腾。我们真想欢呼，但军人只有打了胜仗才允许欢呼，于是我们屏住气盯着一处房舍。房舍门口站着两个威武的士兵。因为曾有一次，迫不及待的边防军人们跑去抢信，从此在军邮车到来的日子，分拣信件的房间便加站双岗。

各单位取信的人站在房外，一取到信就像古代的驿马接到加急文书，拔腿就跑，去把信件送给望眼欲穿的人们。

在高原上奔跑，不是一件轻松的事。这活儿一般都分给腰细腿长的年轻人，但白发苍苍的老医生执拗地要做这件事。知情的人私下里说，他家中有很老的双亲、很弱的妻子、很小的孩儿，想信比别人更甚。

老医生说，有一年封山的时间格外长。半年后军邮车首次上山，信件一直摞到分拣人的胸前。他们在信海中游走，呼吸都很困难。

老医生抱着一大摞信，我们扑上去抢。那时候干部去干校，知青接受再教育，妻离子散的多，信件也格外多。每个人都像蜘蛛一样，吐出思念思索的长丝，织一张自己的情感信息之网。

霎时老医生手中就空了，接下来是唰唰地撕信，信皮的断屑萧萧而下。

我最先看的是父母的信。仿佛有一只温暖而柔软的手，从洁白的笺纸中探出来，抚摸着我额前飘动的乌发，心便不再凄然。

再看同学和朋友的信。我的同桌此刻在遥远的西双版纳，信中夹了一朵花的标本。她说这是景洪最美丽的花，有沁人肺腑的香气。夹花的那页信纸留有大片紫色的痕液，想象得出花盛开时的娇嫩。我低头嗅那被花汁浸泡过的地方，哪儿有什么香气，有的只是纯正而凛冽的冰雪气息缭绕其中。

我连夜回信。平常日子，营区是柴油发电机供电，每晚只亮两个小时，然后就像木偶人似的眨几下眼睛，熄灭了。军邮车一来，首长便传令延长发电时间，以利于拣信和回信。首长其实也很盼信到来。

同屋的女兵嘤嘤地哭了起来。她的小侄子病了。我们都放下笔去劝她。然而，女孩子常常是这样：越劝哭得越欢畅。

老医生悠长地叹了一口气，告诉离得这么远的一个小姑娘，孩子的病就能好了吗？我家里人是从不这样的。

不一会儿，女兵停止了哭泣，因为从老医生送来的第二批信中，她得知小侄子的病已经好了。

要有经验，老医生说，把信全拆开，码饼干似的排好，从最后面的看起，前面的只能做参考。

这自然是至理名言。这么办，时间长了，我们也发现了弱点。好比一本荡气回肠的小说，快刀斩乱麻先看了结尾，再回过头去细细咀嚼，便少了许多悬念和曲折。

那一次军邮车上山，老医生没有收到一封信。按照他们家的逻辑，没有信来也许就是出事了。他的忧郁持续了整个冬天。

在这海拔五千米的高原营地，每逢有人下山，就会挨门挨户地问，我要走了，要不要带信？哪怕是平日最自私的人，在这件事上也绝对平和而周到，这是高原的风俗。

有时候突然写好一封信，又不知谁能带走，就在吃饭人多时喊，谁能下山，告我一声。一次，一个素不相识的人对我说，我知道你父亲的名字。你看过我的档案？我问。不是。几年前我为你代发过家信。我已经完全记不得是托什么人又转到他手中的，于是赶忙表示迟到的谢意。

在我十七岁生日过去半年的时候，收到了西双版纳同学的回信，那朵花怎么是紫色的呢？它是雪白的呀！而且，绝不可能没有香气！

信是老医生送来的。这是开山后的第一次通邮，他也很快乐，他的家里寄来了平安信。有时候他又突然疑惑，说他家会不会有什么事瞒了不肯告诉他。我们都说不会不会，你是家里的顶梁柱，他们离了你，根本就办不了事，怎么会瞒你！他也觉得很有道理，心宽许多。

终于，轮到他探家了。很早就告诉我们：他下山时专门预备一个提包，为大家装信。我便对着昆仑山皑皑的冰雪，咬着笔杆，从从容容地写了大约三十封信，每一封都竭尽我的才能。

我双手捧着这摞信，郑重地交给老医生。他的白发在雪峰的映衬下，晃动得像一盆水中的粉丝，你放心好了！我到了山下第一件事就是为大家发信。假如回信快的话，下次军邮车上来，你们也许就能收到回信了。

他走了。军邮车像候鸟，飞来一次又一次，但那三十封信一封也不见回音。原来他下山乘坐的车翻了，这在高原是很平常的事。熊熊烈火吞噬了他银发苍苍的头颅，那个装满信件的旅行包，顷刻间化为青烟。

那三十封信，只有给父母的那封，我重写了托人发出。给其他人的，便再也提不起兴致重写。只要抓起笔，老医生的白发就在眼前灼目地闪动，眼珠便发酸。大团大团的冰雪，在我胸中凝结。

后来，在老医生的追悼会上，我才知道他的生辰，远没有我想象的那样老。满头灿然的白发，是昆仑山馈赠他的不能拒绝的礼物。

他死了以后，军邮车还带来过他的家信。我第一次注意了一下地址：是广西一个很偏远的小城。又在地图上仔细寻找，那地方在北回归线以南，属于热带，该是非常炎热的。老医生的家乡，距离昆仑山大约有一万五千里。

那封迟到的信，边缘已经磨损，好像烙熟又蒸了几遭的馅饼，几处裂口的地方，被薄而坚韧的透明纸粘贴过，上面打着蓝色的印章：“邮件已破，军邮代封”。

不知这是否是封报平安的家信？

（摘自湖南文艺出版社《白云裁剪的衣服》一书）

穿越火线，我去过天堂和地狱

程雪力

2019 年 3 月 30 日，四川省凉山彝族自治州木里县境内发生森林火灾。3 月 31 日下午，四川省森林消防总队凉山州支队指战员和地方扑火队员共 689 人在海拔 4000 多米的原始森林展开扑救。受瞬间风力、风向突变的影响，27 名森林消防指战员和 3 名地方扑火人员牺牲。

当时，前往凉山森林火灾现场的，有摄影师程雪力。程雪力 2007 年入伍，2012 年从战斗班班长转为新闻骨干，从事文字报道工作，2014 年转战新闻纪实摄影。2018 年 10 月退役后，仍为部队效力。

以下，就是他亲身经历的故事。

我至今记得自己第一次参加森林扑火时被吓得不知所措的情景。那次大火起源于四川西昌的森林，我们沿火线向东侧推进 3 公里左右，大火在 7 级乱风的作用下交叉立体燃烧，瞬间形成 100 多米高的树冠火。

作为新兵的我，开始像一只无头苍蝇到处乱撞。有个老兵怒吼："一直往下跑!”我们迅速撤离到500米外。一座大山的森林不到一分钟就烧着了，热浪灼人。大家连续奋战了几个昼夜，夜里轮换看守火场，好不容易找到一个挡风的休息地，天亮才发觉，靠着睡了一夜的地方竟是个坟墓。

最恐怖的是森林大火在几公里外燃烧时，你看不见火到底有多大，也不知道火什么时候会从什么方向袭来，只能听到大火的嘶吼声。比死亡更可怕的是内心的绝望，但我们没有一个人放弃，武警森林部队无论在多危险的火场上，都没有出现过逃兵。

2012年年初，我以报道员的身份去西昌火场拍照。看到战友们累了时，我把相机扔一边，和战友们一起扑打火线。激战正酣时，战友王磊喊：“滚石！滚石!”我刚转身，硕大的石块来势汹汹地砸了下来，有几块与我擦身而过，砸断了身旁的松树，我的腿也受了伤。

被石头砸伤的细节虽然已经模糊，但我一直记得战友们轮流背着我翻山越岭的情景。出院后，我下定决心真正走新闻摄影这条路，因为在原始森林里，没有社交媒体的关注，没有喝彩的掌声，连观众也没有。我要亲身经历并且用快门定格战友们共同出生入死的瞬间。

我们部队至今有60名官兵牺牲在抢险一线，最小的年仅18岁。我认为，我的战友们是和平年代距离危险最近的人。

2014年4月，四川省西昌市开元乡发生森林火灾。战友王帅背着20多斤的装备攀爬悬崖，突然脚下一滑，就在掉下山崖的一瞬间，他抓住了一根并不粗的树枝，其他战友迅速用攀登绳将他拉了上来。我在远处用镜头将这个画面定格了。这一刻让我意识到，我们在保护森林的同时，森林也在保护我们。

2017年3月，我去四川原始森林拍摄战友们扑救火灾现场。诗人李白曾在这里写下“蜀道之难，难于上青天”。

我随灭火部队爬到火场，看到一片片被大火烧毁的森林。当时明明是白天，却犹如黑夜，漆黑的浓烟笼罩在空中，天上是黑灰色的流云，还飞过几只叫声极大的乌鸦，远处传来类似爆炸的声音，身边不时有大树倒下，与电影里的世界末日别无两样。

我心里有些难受，我想象不到人们常说的天堂和地狱是什么样子，但当我看到这些被大火烧毁的森林，再想到 2016 年去大兴安岭看到的绿色森林，就有了地狱和天堂的印象。森林火灾对生态系统破坏性强，大自然往往需要 20 年甚至更久才能完成自我修复。

拍完照片后，我和战友走散了。往前走，再次走丢或被大火追赶的概率很大；往后退，如果走错路，我第二天都可能回不去，还随时面临二次燃烧的危险。去过原始森林的人都知道，里面完全一个样。当新兵时我听老兵说过，在很多年前，大兴安岭一个当地扑火队员去打水，意外失踪，至今没找到。

快绝望时，我突然想起了“老马识途”的故事。在相机里照片的帮助下，我按原路走出了原始森林。那时，我脑海里蹦出的便是人们经常问我的问题：“你拍照片能当饭吃吗？”我认为时间正逐渐湮没我们的过往，也让我们忘记了来时的路，而拍照片的意义不是为了当饭吃，而是让时间永恒，提醒我们痛在哪里。这是我与时间交谈的唯一方式，毕竟不是所有东西都会被时间打败。

中国有四大无人区：罗布泊、阿尔金、可可西里和战友们在西藏那曲守护的羌塘。羌塘空气中氧气含量只有平原地区的 30%~70%，被称为生命禁区、“世界屋脊”，人能多吸一口氧气就无比幸福。

西藏的战友们长年在平均海拔 4500 米以上的区域守护野生动植物，目前已有一名战士牺牲，53 人因病致残，85%以上的官兵患有高原性疾病……

2017 年 7 月，我去那曲采访。刚下车，我就被恶劣的环境和战士们一张张通红的脸庞震撼了！但深入沟通后我发现，原来最艰辛的是战友们的妻儿。战友孙治国夫妇两地分居 10 年，妻子朱阿莎说，女儿两岁时，丈夫回家探亲，让女儿感到迷惑了。

女儿问：“妈妈，天黑了，爸爸怎么还在咱们家呢？”妈妈回答：“这就是爸爸的家呀!”“不是的，天黑了，他为什么不回自己的家呢?”

“爸爸”对于这个孩子只是一个称呼。女儿4岁时，幼儿园的小朋友都质疑她没有爸爸，因为从没见过爸爸来接她。朱阿莎听到女儿的委屈，泪流满面。

1980年，羌塘无人区有100多万只藏羚羊，1995年仅剩6万只。正是由于战士们无私的付出，目前藏羚羊的数量已超过20万只。那些一度面临灭绝的雪域精灵又回来了，但维护生态安全的路还很漫长。

稿子刊发后，朱阿莎的朋友圈“炸开了锅”，她的同事看哭了。她发消息给我：“谢谢你的关注。”这让我明白，所有故事的核心一定是人，体现人的存在就要关注细节。不仅要关心集体中的个体，更要关注默默支撑个体的人，这是细节的沃土。

2018年是我参军的第11年，我走过最偏远的大兴安岭腹地、最艰苦的“世界屋脊”——青藏高原，去了“难于上青天”的蜀道、天山山脉、中缅边界……参与了地震、洪水、泥石流灾害的抢险，扑救了119场森林火灾。

这些经历并没有让我变得更勇敢，反而让我感到脆弱和渺小。

（摘自《读者》2019年第20期）

深　潜

许陈静　郑心仪　姜　琨

一

“我们”，是近 60 年前和黄旭华一起被选中的中国第一代核潜艇人，29 个人，当时平均年龄不到 30 岁。一个甲子的风云变幻、人生沧桑，由始至今还在研究所“服役”的就剩黄旭华一人。“我们那批人都没有联系了，退休的退休，离散的离散，只剩下我一个人成了‘活字典’。”

这句话听来伤感。然而值得庆幸的是，“活字典”黄旭华和 1988 年共同进行核潜艇深潜试验的 100 多人还有联系。那是中国核潜艇发展历程上的“史诗级时刻”——1988 年，中国核潜艇在南海进行了极限深度的深潜试验。有了这第一次深潜，中国核潜艇才算走完研制的全过程。

这个试验有多危险呢？“艇上一块扑克牌大小的钢板，潜入水下数百米后，可以承受1吨的重压。对于100多米长的艇体，任何一块钢板不合格，一条焊缝有问题，一个阀门封闭不严，都可能导致艇毁人亡。”黄旭华当时已是总设计师，知道许多人对深潜试验提心吊胆：“美国王牌核潜艇‘长尾鲨号’比我们的好得多，设计的深度是水下300米。结果1963年进行深潜试验，下潜不到190米就沉了，原因也找不出来，艇上129个人全找不到了。而我们的核潜艇没一个零件是进口的，全部是自己做出来的，一旦下潜到极限深度，会不会像美国核潜艇一样回不来？大家的思想负担很重。”

深潜试验当天，南海浪高1米多。艇慢慢下潜，先是10米一停，再是5米一停，接近极限深度时1米一停。钢板承受着巨大的水压，发出“咔嗒、咔嗒”的响声。在极度紧张的气氛中，黄旭华依然全神贯注地测量和记录各种数据。核潜艇到达极限深度，然后上升，等上升到安全深度，艇上顿时沸腾了。人们握手、拥抱、哭泣。有人奔向黄旭华：“总师，写句诗吧！”黄旭华心想，我又不是诗人，怎么会写？然而激动难抑。“我就写了4句打油诗：‘花甲痴翁，志探龙宫。惊涛骇浪，乐在其中。’一个‘痴’字，一个‘乐’字，我痴迷核潜艇工作一生，乐在其中，这两个字就是我一生的写照。”

二

对大国而言，核潜艇是至关重要的国防利器之一。有一个说法是：一个高尔夫球大小的铀块燃料，就可以让潜艇巡航6万海里；假设换成柴油作燃料，则需要近百节火车皮的体量。

黄旭华用了个好玩的比喻：“常规潜艇是憋了一口气，一个猛子扎下去，用电瓶全速巡航1小时就要浮上来喘口气，就像鲸鱼定时上浮。只有核潜艇才可以真正潜下去几个月，在水下环行全球。如果再配上洲际导弹，配上核弹头，不仅有核打击力量，而且有核报复力量。有了它，敌人就不大敢向你发动核战争，除非敌人愿意和你同归于尽。因此，《潜艇发展史》的作者霍顿认为，导弹核潜艇是世界和平的保卫者。”

正因如此，1958年，在启动“两弹一星”的同时，主管国防科技工作的聂荣臻向中央建议，启动研制核潜艇。中国曾寄希望于苏联的技术援助，然而1959年苏联领导人赫鲁晓夫访华时傲慢地拒绝了：“核潜艇技术很复杂，要求高、花钱多，你们没有水平也没有能力来研制。”毛泽东闻言，愤怒地站了起来。赫鲁晓夫后来回忆：“他挥舞着巨大的手掌说，你们不援助算了，我们自己干！”此后，毛泽东在与周恩来、聂荣臻等人谈话时发誓道：“1万年也要搞出来！”

就是这句话，坚定了黄旭华的人生走向。中央组建了一个29人的造船技术研究室，大部分是海军方面的代表，黄旭华则作为技术骨干入选。苏联专家撤走了，全国没人懂核潜艇是什么，黄旭华也只接触过苏联的常规潜艇。“没办法，只能骑驴找马。我们想了个笨办法，从国外的报刊上搜罗有关核潜艇的信息。我们仔细甄别这些信息的真伪，拼凑出一个核潜艇的轮廓。”

黄旭华至今保留着一把“前进”牌算盘。当年还没有计算机，他们就分成两三组，分别拿着算盘计算核潜艇的各项数据。若有一组的结果不一样，就从头再算，直到各组数据完全一致。

还有一个“土工具”，就是磅秤。黄旭华在船台上放了一个磅秤，每件设备进艇时，都得过秤，记录在册。施工完成后，拿出来的管道、电缆的边角余料，也要过磅登记。黄旭华称之为“斤斤计较”。就靠着磅秤，数千吨的核潜艇下水后的试潜、定重测试值和设计值完全吻合。

1970年，我国第一艘核潜艇下水。1974年8月1日建军节，交付海军使用。作为祖国挑选出来的1/29，黄旭华从34岁走到了知天命之年，把最好的年华铭刻在大海利器上。

三

准确地说，黄旭华是把最好的年华隐姓埋名地刻在核潜艇上。

“别的科技人员，是有一点成果就抢时间发表；你去搞秘密课题，是越有成就越得把自己埋得更深，你能接受吗?”老同学曾这样问过他。

“你不能泄露自己的单位、自己的任务，一辈子都在这个领域，一辈子都当无名英雄，你若评了劳模不能发照片，你若犯了错误只能留在这里扫厕所。你能做到吗?”这是刚参加研制核潜艇工作时，领导对他说的话。93 岁的黄旭华回忆起这些，总是笑：“有什么不能的？比起我们经历过的，隐姓埋名算什么?”

黄旭华出身于广东海丰行医之家，上初中时，日寇入侵，附近的学校关闭了。14 岁的他在大年初四辞别父母兄妹，走了整整 4 天崎岖的山路，找到聿怀中学。但日本飞机的轰炸越来越密集，这所躲在甘蔗林旁边、用竹竿和草席搭起来的学校也坚持不下去了。他不得不继续寻找学校，慢慢地越走越远，梅县、韶关、坪石、桂林……1941 年，黄旭华辗转来到桂林中学。

1944 年，豫湘桂会战打响，中国守军节节败退，战火烧到桂林。黄旭华问了老师 3 个问题：“为什么日本人那么疯狂，想登陆就登陆，想轰炸就轰炸，想屠杀就屠杀？为什么我们中国人不能好好生活，而要到处流浪、妻离子散、家破人亡？为什么中国这么大，我却连一个安静读书的地方都找不到?”老师沉重地告诉他：“因为我们中国太弱了，弱国就要受人欺凌。”黄旭华下了决心：我不能做医生了，我要学科学，科学才能救国。我要学航空、学造船，不让日本人再轰炸、再登陆。

1945 年抗战胜利后，他收到中央大学航空系和交通大学造船系的录取通知书。他想：我是海边长大的，对海有感情，那就学造船吧！

交通大学造船系是中国第一个造船系。在这里，黄旭华遇到了辛一心、王公衡等一大批从英美学成归国的船舶学家。名师荟萃，成就了黄旭华这颗日后的火种。

时至今日，年轻人在面对黄旭华时，很容易以为，像他这样天赋过人、聪明勤奋的佼佼者，是国家和时代选择了他。然而走近他才会懂得，是他选择了这样的人生。1945 年“弃医从船”的选择，与 1958 年隐姓埋名的选择，1988 年亲自深潜的选择，是一条连续的因果链。

他一生都选择与时代同行。

四

人生是一场“舍得”，有选择就有割舍。被尊称为“中国核潜艇之父”的黄旭华，他的割舍远远超出人们的想象。

从 1938 年离家求学，到 1957 年去广东出差时回家，对这 19 年的离别，母亲没有怨言，只是叮嘱他：“你小时候四处都在打仗，回不了家。现在社会安定了，交通方便了，母亲老了，希望你常回来看看。”

黄旭华满口答应，怎料这一别竟是 30 年。“我既然从事了这样一份工作，就只能淡化跟家人的联系。他们总会问我在做什么，我怎么回答呢？”于是，对母亲来说，他成了一个遥远的信箱号码。

直到 1987 年，身在广东海丰的老母亲收到了一本三儿子寄回来的《文汇月刊》。她仔细翻看，发现其中一篇报告文学《赫赫而无名的人生》，介绍了中国核潜艇黄总设计师的工作，虽然没说名字，但提到了他的妻子李世英。这不是三儿媳的名字吗？哎呀，黄总设计师就是 30 年不回家的三儿子呀！老母亲赶紧召集一家老小，郑重地告诉他们：“三哥的事，大家要理解、要谅解！”这句话传到黄旭华耳中，他哭了。

第二年，黄旭华去南海参加深潜试验，抽时间匆匆回了趟家，终于见到阔别 30 年的母亲。父亲早已去世，他只能在父亲的坟前默默地说：“爸爸，我来看您了。我相信您也会像妈妈一样谅解我。”

提及这 30 年的分离，黄旭华的眼眶红了。我们轻声问：“忠孝不能两全，您后悔吗？”他轻声但笃定地回答：“对国家尽忠，是我对父母最大的孝。”

幸运的是，他和妻子李世英同在一个单位。他虽然什么也不能说，但妻子都明白。没有误解，但有心酸：从上海举家迁往北京，是妻子带着孩子千里迢迢搬过去的；从北京迁居气候条件恶劣的海岛，过冬的几百斤煤球是妻子和女儿一点点扛上楼的；地震了，还是妻子一手抱一个孩子拼命跑。她管好了这个家，却不得不放弃原本同样出色的工作，事业归于平淡。妻子和女儿有时会跟他开玩笑：“你呀，真是个‘客家人’，回家做客的人！”

聚少离多中，也有甘甜的默契。“很早时，她在上海，我在北京。她来看我，见我没时间去理发店，头发都长到肩膀了，就借来推子，给我理发。直到现在，仍是她给我理。这两年，她说自己年纪大了，叫我行行好，去理发店。我呀，没答应，习惯了。”黄旭华笑着说。结果是，李世英一边嗔怪着他，一边细心地帮他理好每一缕白发。

“试问大海碧波，何谓以身许国。青丝化作白发，依旧铁马冰河。磊落平生无限爱，尽付无言高歌。”这是2014年，词作家闫肃为黄旭华写的词。黄旭华从不讳言爱：“我很爱我的妻子、母亲和女儿，我很爱她们。”他顿了顿，“但我更爱核潜艇，更爱国家。我此生没有虚度，无怨无悔。”

“对您来说，祖国是什么？”

“列宁说过的，要他一次把血流光，他就一次把血流光；要他把血一滴一滴慢慢流，他愿意一滴一滴慢慢流。一次流光，很伟大的举动，多少英雄豪杰都是这样。更难的是，要你一滴一滴慢慢流，你能承受得了吗？国家需要我一天一天慢慢流，那么我就一天一天慢慢流。”

“一天一天，流了93年，这血还是热的？”

“因为祖国需要，就应该这样热。”

（摘自《读者》2018年第10期）

取水的默契

郑时文

那时我们驻守在高山上，靠老天爷下雨才有水喝，如果几天不下雨，部队就要断水。而在大青山的山脚，有一条潺潺流淌的山泉，它流经一块巨大的岩石时，形成了一个清澈见底的深潭。

在一天施工的间隙，李班长喝令集合，让我们每人浑身上下挂满军用水壶，还让几个大个子抬了一个空汽油桶。他看了看挂在坑道上的马蹄钟，又抬头望望日头，说："时间差不多了，跟我下山取水！"

什么？光天化日之下在敌人的眼皮底下取水，难道不要命啦？我满脸狐疑，随即又一想，为了胜利，即使冒死夺水也责无旁贷。

当我们慢慢接近水潭时，突然在通往敌人阵地的林荫道上闪出了 4 个美国大兵的身影！他们也背着沉重的水箱，步履艰难地向山上走去。

猝不及防的发现，使我紧张，激动，敌人如此之近，只消举枪一个点射，至少可以撂倒 3 个，成全我首战告捷的立功愿望！我轻捷地从背后取下冲锋枪，就地瞄准敌人，正准备扣动扳机时，李班长飞扑过来，用右手一把抓住我，以不容分说的霸道和威严喝令道：

“不许胡来，不许射击！咱不能不讲信用，不讲仁义！”

我困惑地放下枪，愤愤不平地服从了这道奇怪的命令。

从深潭取水归来，一回到坑道我就跑去质问李班长。见我不依不挠地刨根问底，他长叹一口气，告诉了我一桩对外秘而不宣的故事。原来敌我双方都极为缺水，但是，那潭水正好处在两军阵地的中间。起初，双方为了争夺山下水源，频频发生战斗，每次较量，双方都会在水潭边上丢下几具尸体，尸血污染了水源。同志们议论纷纷，都认为靠卡敌人脖子来点穴下套，有损我志愿军威武之师、仁义之师的形象。

于是，连排干部和战士们，商量给敌人网开一面，给美国佬水喝，也给自己取水开出一条活路。打仗归打仗，喝水归喝水。

连里唯一一个读过高小的战士想出一招，他把炭灰磨细，和水做成墨汁，然后在一张牛皮纸上画上钟表的符号，在标着 7 点到 9 点的弧线上注上 US 字样，同时在此处画上我军特有的转盘式冲锋枪，再在冲锋枪上画了一个大叉，意思是每天上午 7 点到 9 点允许美国兵取水，我方将对汲水人员停止射击.

当天早晨，我们的战士就将这张停火告示牌送到潭边，并且在指定时间履行了承诺。没过多久，美军就明白了我方的意思，他们不仅按时派人大大方方地前来取水，有时还在规定时间内洗澡，赤着身子欢快跳舞。几天后，潭边岩石上出现了一个用刀子刻画的大拇指，旁边写道 good？ good。事情发展到后来，双方取水人员不期而遇时，也相视而笑，善意地挥手致意，甚至出现了互赠纪念品的情况！

我做梦也没想到，在大青山的溪水潭边，在敌我双方惨烈的战争状态下，五连竟然和敌人达成了暂时的停火默契！

（摘自《读者》2011 年第 21 期）

解放战争启示录

王树增

重庆谈判的时候，国共两党领袖的口袋里都有一个清单。

当时正值抗日战争刚结束，蒋介石的个人声望达到了顶点，而国民党国民政府的威望、军事力量也达到了高峰，军队总人数接近 500 万。国民党军队中最强的就是陆军，陆军主力部队的装备和当时反法西斯战场上的盟军是一样的，就连士兵的鞋带都和美军的一样，更不要说武器了——轻武器都是盟军装备，重炮都是美式榴弹炮。

而那时毛泽东主席兜里也有个清单，是刘少奇从延安发过来的，当做谈判的一个筹码。

这个清单上写着的军队总人数是 127 万。其实，我认为这个数字大大地有水分。当时我们的正规部队可以计算出来——抗战期间八路军有 3 个师，新四军基本上没有了，哪里来的 127 万人？只能是算上民兵了。但最重要的还不是人数，而是武器。我们最好的主力部队装备就是步枪，部队的火炮就是缴获的日本山炮。而我们的民兵甚至还停留在冷兵器时代，手持大刀就上战场。

近年来我到台湾访问，突然发现一个问题：台湾的一些学者，甚至蒋介石的高级将领以及他们的后代，总有这样一个疑问：不知道从 1947 年到 1949 年间到底发生了什么事情？怎么国民党好好的一个政权就没有了？坍塌得太迅速了！

一

蒋介石在 1948 年 8 月的一个军事检讨会议上曾说："现在我们大多数高级将领精神堕落、生活腐化，革命的信心根本动摇，责任观念完全消失。尤其使我痛心的是，这几年来有许多受我耳提面命的高级将领被捕受屈而不能慷慨成仁，许多下级官兵被匪军俘虏，编入匪部来残杀自己，而不能相机反正。这真是我们革命军有史以来前所未有的奇耻大辱。"这是蒋介石的原话。

国民党相当一部分高级将领，在抗日战争期间为民族做出了贡献，他们是能打仗、誓死不屈的，这样的例子有很多。但是在解放战争中，被我们的普通战士，甚至是民兵摁在地上活捉的国民党高级将领，少将级别以上的就有 260 多人。许多有名有姓的抗战名将就这么被我们生俘了，包括杜聿明、黄维等人。还有很多高级将领不是在战场上被俘虏的，而是逃出了战场，已经走出一两百里地后，被我们的民兵抓住的。

解放战争打到中后期，许多国民党的将士都开始疑惑，自己究竟是为什么而战。战斗中，共产党每场仗打下来伤亡都很大，但是越打人越多，渡江战役时共产党的军队达到了 400 多万人。

我查了一下渡江战役的详细部队构成，发现其中相当一部分连队百分之七八十是"解放战士"。什么叫解放战士？就是国民党俘虏，甚至有的连的干部、指挥员都是"解放战士"充当的。

最有意思的例子发生在辽沈战役。第一战打廖耀湘，在野地里俘虏了国民党士兵 17 万人。这是第一场大规模决战，第一次抓那么多人，共产党的政工干部都不知道如何是好。

按照政工条例，抓了俘虏是要甄别的。但是 17 万人怎么甄别？

最后没有办法，就在野地里拿松树条搭了一个门，上面贴了三个字“解放门”：愿意跟着共产党部队参军的，从这个门走过去，不愿意的从门边上走，给两块大洋的路费，让他回家种地去——家里分地了。

最后，有三分之二的国民党士兵从门里面走过来。我们的政工干部就在门边握手欢迎。

二

解放战争胜利的另一个重要原因在于土地改革。

我查到当时土改的一份文件，很惊讶。其中有一个条款很有意思，是这样写的：“在分土地的时候，如果本村有在国民党军队服役的官兵家人，一视同仁，一样分地。”

当时常常有这样的情况：国民党军队被包围，包围圈里没吃没喝，共产党就拿大喇叭喊话。他们的长官最害怕我们喊两个内容：第一是“赶紧过来吧，这边有肉包子”。因为他们的食物只能靠空投，一围就是一个月，饿得慌。而共产党这边确实有肉包子，是老百姓给的，这香味抵挡不了。第二就是“兄弟赶紧过来吧，回家吧，你们家分地了”。后者更不可抗拒，造成国民党军队成建制地往这边投诚。

信仰并不是抽象的词，它是很具体的。坚信自己做的是正义的事业，坚信民族能够得到解放、繁荣，坚信自己能为此贡献自己的一生，这就是信仰。

尽管现在的一些年轻人以标榜自己什么都不信为时髦，但我还是想说，我没见过哪个真正成功的人，心里是没有信仰的！

三

在 1945 年抗战胜利之后，一股不可遏制的腐败浪潮迅速席卷了国民党全党。后来蒋介石到了台湾总结自己为什么失败，他还说：“我们失败就失败在‘接收’二字。”

当时全国上下约有 2300 多个接收委员会。抗战胜利之后，国民党的军政大员大发“国难财”，打着“接收”的旗号，把土地、矿山等国家财产都拿来中饱私囊。虽然国民党重新开始了作为执政党的统治，但是内部的腐败已经不可遏制。

淮海战役第一阶段时，海州的司令官是李延年。国防部让李延年带着海州部队和野战军沿着陇海铁路赶紧向徐州收缩，但这一行动要冒极大的危险，因为陈粟大军就压在陇海铁路北边，所以决不能让对手事先知道。

因此，对这次行动，国民党内部的保密工作做得很严格。严到什么程度？第二天就要出发了，头一天司令官还不知道。

出发前一天晚上，李延年正要睡觉，突然有一个老百姓敲门进来，对他说：“李司令啊，你千万不能走啊！你要走也不能自己走，要带着我啊！”李延年当时对他说：“校长让我们死守海州，我能上哪里去?”

但事后觉得不对劲，他赶紧给南京方面打电话，才知道果然如此，命令天亮就到，赶紧行动。

李延年晚年的回忆录中有这样一句话：“国民党不败才奇怪了!”

对此，李延年很愤怒。他作为战区司令都不知道有军事变动，这个老百姓如何得知这么大的军事秘密？

后来经过查证，那人并非普通老百姓，而是徐州剿总司令刘峙在海州的代理人，做的是海盐生意。军队转移的秘密，必然是刘峙透露给他的。刘峙清楚地知道这个军事行动会导致什么样的后果，但还是宁肯不告知战区司令员，也要先通知自己的生意代理人，以免遭受财产损失。

四

杜聿明认为，此事万万不可事先被陈粟知道，这事关生死存亡。所以，第二天部队就要撤走，前一天晚上还在唱戏，假说是给杜聿明的母亲过寿，以此来迷惑敌军。

实际上，共产党早已侦知此事。那天晚上，杜聿明只发了一道命令给徐州的警备司令，要求当晚查封在徐州银行和钱庄的金库，因为里面有一些黄金需要运走。但是没过多久，警备司令就回来报告说："别说金库，所有钱庄的经理和掌柜连家属，在三天前就已全部离开徐州。"后来，杜聿明在回忆录里写道："看来我们是已经没有希望了。"

实际上，只有一群人能事先通知徐州银行家撤走，就是南京的国防部高官。他们很多人在徐州有生意，风声就从最高层泄露出去了。这样的事情比比皆是。

后来，杜聿明率兵刚走了一天，就被共产党的军队包围了。

五

不过再往深层次看，这样的腐败问题还只是表象，最大的问题是国民党党心的分裂，具体表现为派系斗争。

什么是派系？派系就是私利集团。作为政治集团来说这是最大的腐败。整天喊着党国利益高于一切，实际上是私利高于一切。

陈粟打孟良崮，承受了很大的压力。尽管共产党军队围住了孟良崮，但是共产党的包围圈外围还有一个国民党的包围圈，至少有五个国军整编师在反包围。共产党军队两面作战，久攻不下，如果再耽误下去，就必须立即撤出战场。但撤出战场意味着什么？丧失山东解放区。这必将严重影响到解放战争的进程。

打到最后，最内圈的张灵甫扛不住了。他一直请求外围的国民党军队支援，但电报发了好几天都没有得到任何支援。外围的国民党整编师近在咫尺，最近的黄伯韬的一个师离陈粟军队只有三华里，用重炮都可以交叉射击了。但黄部就是不去支援，只说“打不动了”。

黄伯韬军队里人员很杂，川、贵、滇军都有，还有许多杂牌军。当时他们就是抱着一个想法：“我们凭什么去救你们中央军？”而且黄伯韬当时说了一句话：“听说张（灵甫）的情况不妙。不过，他不是挺有办法的吗？”

于是黄伯韬谎报军情，不战反退。性格倔强的张灵甫最后只好发了这样一封电报：“各位兄弟赶紧增援，我这边顶不住了！”结果他收到的回电竟然一律是：“我们请张军长增援！”张灵甫拿着电报就蒙了，到底是谁被包围了？谁增援谁？

张灵甫临死前有一句名言：“我终于弄明白了我们军队内部的游戏规则，我没有掌握好。”

六

在解放战争中，共产党为老百姓做的最具体的一件事就是解决了土地问题。这一举措使得大量普通百姓信任共产党，愿意跟党走。

解放战争中，我们不需要后勤部，后勤部就是老百姓；我们没有野战医院，野战医院就是大娘的炕头。

在国民党统治末期，他们彻底失去民心，被老百姓抛弃了。当时，国民党的行军日志上永远有一句话：“不得进村宿营。”这和共产党刚好相反。共产党的部队离村还有好几里地，孩子们就来迎接了。油灯点上，大娘将热水烧好。百姓的炕头就是营房，很安全。

淮海战役时，常常是被围住的国民党集团军那边，到了晚上一片漆黑，什么亮光也没有，而包围圈外围全是火把。那是周边的数个省——江苏、河南、山东，约590万老百姓推着小车、担着担子从小路走，连夜支前。如果从飞机上看，那是何等壮观的情景？世界上再没有一支军队可以享受那么强大的后勤支援。

我常常阅读过去的史料并采访一些老人家。其中一位老人告诉我，他当时参加支前大军，推着小车，车上装着两发炮弹，从山东推到淮海战场，推了三四百里，半路上天一下雨，怕炮弹受潮打不响，他就把衣服脱下来盖在炮弹上。运到淮海战场后，组织上给他发钱，让他赶紧回家，但他并不急着回去，一定要在旁边看着炮弹打出去了才放心。

而国民党军那边呢，士兵中有一句顺口溜："此处不留爷，自有留爷处。处处不留爷，爷去投八路。"

七

解放战争中，我们俘虏的国民党高官，基本上后面都站着一个副官，这个副官是誓死不逃的，也不需要看押。

比如我们将杜聿明押到哪儿，副官就跟到哪儿。副官永远提着一个小柳叶箱，里面统统只有一样东西，就是金条。但如果是共产党的将领、干部在战场上牺牲了，整理他们的遗物最简单不过，没有私人财产，只有两个兜：一个兜里是笔记本，或者是一支钢笔；另一个兜里是烟叶和一支短杆的烟袋锅。

我为写作而采访过一些经历了淮海战役的老百姓，他们至今仍惦念着一位名叫鲁瑞的共产党干部。鲁瑞是一位知识分子入伍的中级干部，能说会道，梳着分头，很有风度，大家都喜欢他。他当军事干部的时候身先士卒，打仗勇敢，可是在淮海战役的最后一仗时牺牲了。把他抬下来之后，整理遗物，除了发现笔记本、烟叶，还有一副扑克牌。这副扑克牌现在还在博物馆里，是他自己用硬纸板做的，梅花、方块都是拿萝卜当模子抠出来印上的。在其中的一张上有几行钢笔字：“我是淮海人，我要在淮海战役中贡献自己的一切。”

在解放战争中，毛泽东曾为郏县县委题词“站在大多数劳动人民的一面”。这其中也隐藏着一段艰苦的岁月。

当时西北战场非常艰苦，但是郏县是必须要打下来的，因为这是胡宗南深入解放区的一根“钉子”。

毛泽东亲自为西北野战军筹粮，他找到郏县当时的县长说：“我准备打三天仗，将郏县拿下来，但是你要给我想办法筹来三天的粮食。”于是，县长把老百姓的口粮和所有坚壁清野找到的粮食拿出来，供军队吃了一天；第二天，又把田里的所有青苗都割了，供军队维持了一天；最后一天，把村里的羊和驴都杀了，又维持了一天。老百姓相信共产党，把粮食都给了部队，自己只能吃“观音土”。最后一天，郏县被打下来了。

直到现在，《郏县县志》里还有这样一句话：“此役之后，郏县全县三年不见羊和驴。”

我觉得，解放战争给我们最大的启示，就是共产党人始终要站在大多数人的利益一边。

（摘自《读者》2011年第13期）

温暖的冬古拉玛

杨从榕　张　强

士官高成怎么也没想到转业后，他又回到了自己挚爱的第二故乡——新疆乌恰县吉根乡。让他更没想到的是上任之初，前来迎接他的竟然是自己一直思念的“冬古拉玛妈妈”。

时隔半年，当妈妈在冬古拉玛山口再次握住高成的双手时，四目相对，泪水顿时夺眶而出。

16 年相伴戍守边关，离别连队那天，“冬古拉玛妈妈”亲手为高成包了送行饺子。妈妈的送行饺子，曾让所有在西陲边关、斯姆哈纳边防连守防过的官兵终生难忘。

妈妈名叫布茹玛汗·毛勒朵，是乌恰县吉根乡一位普通的柯尔克孜族牧民。她没有文化，也不会说什么豪言壮语，就是这样一个山区妇女，从 19 岁开始成为这里的护边员，如今已是 70 多岁高龄。50 多年间，她默默无闻地和边防官兵一起守卫着祖国的西陲边关。

冬古拉玛山口是一个通外山口，这里终年积雪不化，环境极其恶劣。这里也是南疆军分区某边防团斯姆哈纳边防连守卫的一个重要山口。

“冬古拉玛妈妈”在斯姆哈纳，尽人皆知。因为除了自己的孩子，她还有数不清的“兵儿子”。她常说：“这些孩子远离父母，来到我的家乡守卫边关，他们更需要得到母爱，但是他们的母亲离得太远，我就要当好他们的母亲。”

已退伍回乡的浙江籍战士罗齐辉，一辈子都不会忘记自己有两个妈妈，一个是给了他生命的亲生母亲，另一个就是救过他命的“冬古拉玛妈妈”。

时光回溯到多年前那个雨雪交加的夜晚，经过 7 个多小时的艰难跋涉，列兵罗齐辉终于走到了界碑前。见到界碑的一刹那，欣喜至极的罗齐辉忘记了雨雪交加带给他的寒冷。返程路上，这个 18 岁的列兵因肢体冻伤和体力不支，摔下了马背。

时任连长胡红利赶紧把罗齐辉送到了妈妈家。

在高寒山区生活多年的妈妈非常清楚，若不及时救治，这孩子冻僵的双脚将无法保留。

妈妈心疼的泪水顺着脸颊流到了衣襟上，也流进了心里，罗齐辉才 18 岁，这是人生最美好的年华。无论如何，她都要尽全力救治自己的“兵儿子”。妈妈用颤抖的双手将罗齐辉冰冷的双脚揣进自己怀中，又让儿子麦尔干杀掉了家里唯一的小羊（柯尔克孜族有热羊血治疗冻伤的土方）。

当时，在一旁的连长胡红利不能忘记，“冬古拉玛妈妈”含泪用双手蘸着羊血在罗齐辉腿上仔细揉搓的画面。时至今日，他依然清晰地记得妈妈的眼泪一颗颗滚落到羊血盆里的样子。

揉搓得有了暖色，妈妈又用羊皮包裹住罗齐辉的双脚。那一夜，妈妈彻夜未眠，不停地用双手抱起罗齐辉的双腿上下左右活动着。

天亮时分，有了知觉的罗齐辉睁开双眼，看见“冬古拉玛妈妈”憔悴的脸，他强忍着痛苦从嘴边挤出一丝笑容，就又昏睡了过去……

罗齐辉得救了，“冬古拉玛妈妈”却因过度劳累瘫倒在了床边。

同样被“杀羊取血”救治冻伤的战士楼炎杨，如今已是内地一家公司的负责人，每年春节，他都会给“冬古拉玛妈妈”打个电话，说一句“妈妈，感谢你的救命之恩……”

50多年间，像这样救治冻伤、摔伤战士的事一共有多少，“冬古拉玛妈妈”自己也记不清。妈妈总是说，只要是为“兵儿子”，她做什么都心甘情愿。

从斯姆哈纳边防连出发前往冬古拉玛山口，正好是一天的路程。其间巡逻官兵要跨过悬崖、山谷、河沟、乱石坡等很多危险的地方，连队的马和骆驼在这段路上折断腿、被摔死的事发生过很多次，也曾有牧民不慎坠崖遇难。几十年来，巡逻官兵无数次穿越这条险峻的巡逻路。

每次巡逻结束，官兵们最幸福的事莫过于在妈妈家休息一会儿，在妈妈慈爱的目光注视下，美美地睡上一觉。

一年夏天，一场突如其来的暴风雨阻断了大家“回妈妈家”的美梦。路越走越滑，气温越来越低，更糟糕的是骤降的气温让本就淋湿的身体瑟瑟发抖。就连军马似乎也不愿睁开双眼，看到眼前这难熬的一切。为避免发生意外，官兵们只好下马，冒雨在泥泞的山路上艰难前行。天快黑时，疲惫感突然袭来，人困马乏，想要赶到妈妈家休息的愿望似乎已经很难实现了。大家便临时决定，在路边一间牧民转场用的房子里避雨扎营。

更艰难的考验是他们带的干粮吃完了，水也喝完了。由于下雨，用干柴生火的希望也破灭了。大家只能穿着湿衣，头枕在枪上，席地而眠。

那一边，正翘首企盼孩子们归来的妈妈突然发现不对劲，望着天边渐落的晚霞，她没有盼来孩子们。妈妈知道，官兵们肯定是遇到难事了。

高原的天如同孩子的脸说变就变，刚才还晴空万里，转眼暴风雨就逼近了妈妈家的屋檐下。

“下雨了，气温又这么低，他们肯定会被冻病的，我们别等了，赶紧出发。”没有犹豫，她和儿子麦尔干用蛇皮袋装上半袋子的馕，又带上保温壶，灌满滚烫的开水，不顾一切地闯进了暴风雨中。

天很快黑了下来。漆黑的夜里，只有偶尔的一道闪电照亮妈妈前行的路。泥泞的道路，即便有儿子搀扶，两个人也是左一跤、右一个趔趄……摔倒了爬起来，爬起来又摔倒，母子俩每走一步都十分吃力。尤其通过乱石滩的时候，妈妈只好蹲下身子，摸着石头一点点地往前挪。手从石头上一次次滑落，手指一次次被尖利的石头划出血。

这时，一条开始涨水的小河又挡在了面前。妈妈狠狠心说："都走到这了，再不能回去！"她让儿子把装馕的袋子顶在头上，娘儿俩硬是从齐腰深的水里蹚了过去。

就在妈妈爬上岸时，哨兵高成发现了两个人影。

连长第一个念头就想到了，"肯定是妈妈"！但这样的天气、这样的黑夜、这样的山路，怎么可能是妈妈呢？不过他很快又坚定了自己的判断，迅速叫醒了战士们。

当又一道闪电亮起来的时候，他们看清了，"真的是妈妈"！所有官兵几乎同时喊了出来。此时，已是深夜。

走进石头房里，妈妈的脚下很快渗出了一汪泥水。妈妈嘴唇青紫，脸色发乌，银白的头发凝结了一层冰碴子。妈妈缓慢地掏出馕来，因为雨水的浸泡，馕已粘连在一起。妈妈默默地撕开馕，一个个送到战士们手上。

接过浸染着雨水的馕，战士们早已泪流满面，他们怕妈妈伤心才不敢哭出声。咸味的泪水流进嘴巴，伴着馕的香味，被战士们一起吞进嘴里……

看着饥饿的"兵儿子"们狼吞虎咽，妈妈的心都要碎了。一向开朗爱说的她变得沉默无语，泪水在眼中打转，她责怪自己来得太晚了，以致让孩子们受了这份罪。

时间好像一晃就过去了。这些年，妈妈先后获得了"全国民族团结进步模范个人""全国三八红旗手"等诸多荣誉。去年 9 月，妈妈还获得了"人民楷模"国家荣誉称号。这些年，她的家也发生了翻天覆地的变化。条件好了、日子富裕了，有人劝她离开冬古拉玛。可妈妈却说：“我有一群‘兵儿子’在这里，我哪也不能去，要一直陪着他们守下去。”

遥远的冬古拉玛是荒凉艰苦的，荒凉艰苦的冬古拉玛有时也特别寒冷，但因为有“冬古拉玛妈妈”，战士们觉得这里一年四季都温暖如春。

（摘自《解放军报》2020 年 6 月 19 日）

制花圈

毕淑敏

我是特意用“制”花圈这个词，而不用通常的“做”花圈。因为“制”的规模大，有流水作业大生产的味道。

二十多年前，我在藏北高原当兵。高寒、缺氧、病痛……一把把利刃悬挂在半空，时不时地抚摸一下我们年轻的头颅。一般是用冷飕飕的刀背，偶尔也试试刀锋。

于是就常有生命骤然折断，滚烫的血沁入冰雪，高原的温度因此有微弱的升高。

凡有部队的地方就有陵园。每逢清明和突然牺牲将士的时候，我们就要赶制花圈。因为我们是女兵，花圈就要扎得格外美丽。当我们最初扎花圈的时候，觉得像做手工一样有趣。

做花圈先要有架子。若在平原，竹子、藤条、木棍……都是上好的材料。但对于高原，这些平常物都是奢侈品。男兵用钢筋焊出一人多高的巨环，中间用钢丝攀出蛛网似的细格。花圈的骨骼就挺立起来了。

我们在乒乓球案子上做花。五颜六色的花纸堆积如山，刚开始的时候，似乎有些节日的气氛。女孩们分成几组，有的把纸裁成大小不等的方块儿，有的剪出形状各异的花瓣，有的用糨糊粘绿叶……有条不紊，各显神通。

忙了一阵子之后，所需的花朵基本上备齐了。屋里花红柳绿的，对我们习惯了莹白冰雪颜色的眼睛来说，真是享受。

该往黝黑的钢环上绑花了。一圈红的，一圈蓝的……白花最多，像高原上万古不化的寒冰。

花圈渐渐成形，女孩子们的嬉笑声渐渐沉寂。一朵朵的花是艳丽的，一圈圈的花就有了某种庄严。当一个个硕大的花环肃穆而凝重地矗立在我们面前时，一种被悲哀压榨的痛苦，像鸟一样降临在我们心头。

这是献给一个或一组年轻生命的祭品。

每次做花圈，都要整整干上一天。先给司令部做，再给政治部做，然后还有后勤部……人们认为女孩天生与花有缘，殊不知这凄冷的花卉，令人黯然神伤。

有一天下午，我们为一位牺牲在边境线上的战友赶制花圈。因为第二天就要下葬，一直干到凌晨三点。倦意袭来，绑花时钢丝不停地扎手，鲜血像红豆似的渗出。马上就要完工时，桌上的电话铃猛然响了。我揉着眼睛问，什么事啊？

对方低沉着嗓音说，刚才夜间紧急集合时，一个战士翻身跃起，突然倒在地上死去了。请你们再赶制一副花圈。

那一瞬，我痛彻骨髓。那个不认识的男孩啊！当我们开始制那副花圈的时候，你还活着。当我们制完那副花圈的时候，就要为你制花圈了。

那一夜，女兵们彻夜无眠。当雪山上的朝阳莅临军营，大卡车把我们的产品运至墓地。

摄影干事们很忙。他们用最好的角度把墓前的花圈照下来，寄往内地的某处小村。那些牺牲了的士兵的父母，永远无法到达高原。他们会在无数个月夜，看着相片上的一丘黄土和伟岸辉煌的花圈，潸然泪下。

（摘自湖南文艺出版社《白云裁剪的衣服》一书）

艳　遇

裘山山

十年前，有个年轻姑娘只身一人去了西藏，她在西藏几乎看遍了所有的高原美景，但离开西藏时，却带着一丝遗憾。因为藏在她心底的一个愿望没能实现。那就是，与一个西藏军人相遇，然后相爱，再然后，嫁给他。

不知是否因为出身军人家庭，她从小就有很浓的军人情结。曾经有过一次当兵的机会，错过了，于是退一步想，那就嫁给军人做军嫂吧。身边的朋友知道后跟她开玩笑说，你要嫁，就到西藏去找一个吧。她马上说，去就去，你们以为我不敢吗？她就真的一个人进藏了。

西藏归来，家人和朋友都劝她不要再固执了，可她就是不甘心。于是，2000 年的春天，她又一个人进藏了。

也许是感动了月下老，在拉萨车站，她遇见了一个年轻军官。军官其貌不扬，是个中尉。他们上了同一趟车，坐在了同一排座位上。路上，她打开窗户想看风景，中尉不让她开，她赌气非要开。两个人就打起了拉锯战，几个回合之后，她妥协了，因为她开始头疼了。中尉说，看看，这就是你不听话的结果。这是西藏，不是你们老家，春天的风不能吹，你肯定是感冒了。她没力气还嘴了，中尉就拿药给她吃，拿水给她喝，还让她穿暖和了蒙上脑袋睡觉，一路上照顾着她。

他们就这么认识了。或者说，就这么遇上了。她 30 岁，他 27 岁。

到了县城，中尉还要继续往下走，直到边境，他们就分手了。分手时，彼此感到了不舍，于是互留了姓名和电话。

可是，当她回到内地，想与他联系时，却怎么也联系不上。她无数次地给他打电话，却一次也没打通过。因为他留的是部队电话，首先接通军线总机就很不容易，再转接到他所在的部队，再转接到他所在的连队，实在是关山重重啊。在尝试过若干次后，她终于放弃了。

为了等他的电话，她没换过手机号，一天 24 小时开着。然而，她的手机从来没接到过来自高原的消息。

一晃就是三年。这三年，也不断有人给她介绍对象，也不断有小伙子求爱，可她还在等。她不甘心。

三年后的 4 月 1 日这天，她的手机突然响了，铃声清脆，来自高原。她终于接到了他的电话。他说，你还记得我吗？她问，为什么这么长时间才来电话？他说，今天我们部队的光缆终于开通了，我第一个电话就是打给你的。她不说话了。他问，这几年你想过我吗，你喜欢我吗？她答，三年前就喜欢了。他问，那可以嫁给我吗？她笑了，半开玩笑地说，可以啊，你到这里来嘛。他沉吟了一会儿说，你给我四天时间，4 月 5 日，我准时到。

她把他的话告诉了朋友，朋友说，你别忘了今天是愚人节！他肯定是在逗你呢。西藏边防，多远啊，怎么可能因为你的一句话就跑到这里来？

4 月 5 日这天，铃声再次响起。他说，我在车站，你过来接我吧。她说，你真的来啦？我朋友说那天是愚人节。他说，我们解放军不过愚人节。

她就把他带回了家。家人和朋友都大吃一惊，你真的要嫁给这个只见过一次的男人吗？你真的要嫁给这个在千里之外戍守边关的人吗？她说，他说话算话，我也要说话算话。

最后父亲发了话。父亲说，这个当兵的，我看行。

几乎所有人都不看好他们的婚姻，不看好这路上撞到的婚姻。

今天上午我在办公室见到了她。其实三年前我就见过她。那时我去她所在的小城做文学讲座，她来听课。课后她曾找过我，说想跟我聊聊自己的故事。可当时时间太紧，我没能顾得上。于是，这个美丽的爱情故事就推迟了三年才来到我身边。

当然，比之三年前，故事有了新的内容：他们有了一个来之不易的女儿。婚后很长时间她都没有孩子。为了怀上孩子，她专门跑到西藏探亲，一住一年，可还是没有。后来，丈夫因为身体不好，从西藏调回了内地，也许是因为离开了高原，她很快就怀孕了。这一年，她已经 35 岁。

怀孕后她反应非常厉害，医生告诉她，她的身体不宜生孩子，有生命危险，但她说她丈夫太想要个孩子了，她一定要为他生一个。丈夫也劝她拿掉，她还是不肯。一天天地熬，终于坚持到了孩子出生。幸运的是孩子非常健康，是个漂亮的女孩儿。

她坐在我对面，浅浅地笑着，给我讲她的他，还有，她的孩子。

她忽然说，今天就是我女儿一周岁的生日呢，就是今天，9 月 17 日，一想到这个我觉得很幸福。

不知什么时候，我的眼里有了泪水。我不知说什么好，只能在心里默默地为他们祈福。他们有充足的理由幸福，因为他们有那么美好的相遇，那么长久的等待，那么坚定的结合。

她急着去为女儿买礼物，当我与她道别时，忽然想起了不久前看的一出话剧，名字叫《艳遇》，讲的是现代人的办公室恋情以及婚外恋三角恋之类。看的时候我就想，这算什么艳遇呢？以后我一定要写个真正的艳遇。

没想到这个真正的艳遇，突然就出现了。

他们在世界最高处、最寒冷处、最寂寞处，有了一次温暖的美丽的刻骨铭心的相遇。这样的相遇，难道不该命名为艳遇吗？

（摘自《读者》2008年第1期）

为他唱歌

春　分

1949年元月初，正是寒冬之际，在苏北平原的淮海大地，共产党领导的解放军和国民党的部队在这里进行大规模的战略决战。战火在这里已经交织了好多天，所有的村庄被炮火光顾了多次，大都成为废墟，层层包围和反包围，参战的双方还在源源不断地投入兵力。战争的胜负仿佛就在瞬间即可完成，可这个瞬间由于持续的时间过长，而令人感到焦虑。

在那天下午6时，太阳已沉入裸露的大地，运河边一个叫薛庄的仅有十几户人家的小村落，一个长辫子姑娘正和一个年龄与她相仿的解放军战士在那儿僵持着。姑娘十七八岁，年轻的脸颊被西北刮来的夹着雪花的风吹得透红。

小战士的脸也有点红，但那红不是被雪吹的，而是因说服不了年轻姑娘而感到无可奈何，或许还夹杂着一种气恼。老村长的及时赶到，使事情最终有了圆满的解决。原来长辫子姑娘是村里青妇会的，正在为部队准备干粮，而年轻的小战士则是运送干粮的。这本来是正常的支前工作，可因为负责带队的小战士所在的运粮队带的牲口不够，需要借用几户老乡家的，进门时他发现姑娘家有头正拉磨的毛驴，便想借用一下。没想到姑娘一听这话，扬扬眉说，借用可以，但她必须和战士一起去，完成任务后把牲口牵回来。小战士说送干粮去的地方正打仗，非常危险，不能去。解放军说话算话，他一定会将毛驴安全送问来。双方谁也说服不厂准。老村长十分清楚，别看是一头小毛驴，可一头牲口对一个庄户人家来说就是命根子。于是，老村长对小战士说，我们这里是老区，这里的人见得炮火多了，不会给你们添麻烦的，相反，她对这儿的地形熟悉，还可以给你们带个路。听了老村长的话，姑娘朝小战士眨眨眼，仿佛说，这下你没得说了吧。

姑娘和小战士一起随送粮的队伍趁着黑夜出发了，一路无语。他们沿着被炮弹炸焦的土地匆匆而行。只有牲口的蹄声在空寂的夜色中显得越发急促。在走了两个多小时后，一条小河挡住丁去路，尽管河面不宽，只有几十米，但由于不时有炮火和流弹飞过，使运粮的牲口受到了惊吓，蹄子还未沾水，屁股便拼命地往后挪，说什么也不愿下河，弄得几个牵缰绳的战士拼着老劲才拉住，急得带队的小战士来回踱着圈子。正当小战士一筹莫展的时候，长辫子姑娘突然闪现在他眼前说：“用东西把牲口的眼睛都蒙住，他们就听话了。”

“行吗?”

“准行”。

果然被蒙上眼睛的牲口分不清东南西北只好乖乖地被牵着渡过了河。

过了河，小战士靠近姑娘低低说了声：“谢谢你，大姐。”

第二天凌晨，送粮队准时到达了部队。姑娘牵回了自家的毛驴，说要立即回去。部队首长说，等天亮了再回吧。姑娘说，你们有任务，我在这里碍事，再说早回去还得准备支前的事。首长说也行，不过这么多牲口你一个人是无法赶回去的，这样吧，还是让“小张”再辛苦一趟，送你回去。原来那个年轻的小战士叫“小张”。

长辫子姑娘和“小张”赶着牲口往回走，此时天已经蒙蒙亮了，走了一夜路的俩人并无睡意，姑娘嘴里甚至还哼了几声当地的小调。“小张”也兴奋起来，他告诉姑娘，这一仗打下来，离全国解放就不远了。说话间，俩人过了河，隐隐约约可以看见姑娘家所在的村庄了，长辫子姑娘对小战士说我已经到家了，你现在可以回去了。小战士向姑娘敬了一个军礼说，大姐，谢谢你。小战士说完，正要转向往回走，忽然几声呼啸而来的炮弹声在耳边响起，小战士立即用身体将面前的姑娘扑倒在地上。转眼间，爆炸掀起的气浪掩埋了姑娘。当爆炸声停止，姑娘爬起大声呼喊“小张”“小张”时，才发觉刚才那个活蹦乱跳的年轻生命已停止了呼吸。

长辫子姑娘默默地站起身，她擦干了眼泪，深深地向小战士鞠了一躬。然后，她将小战士抱在怀里，一步一步向黎明前的村庄走去。

10 天后，淮海战役结束，全歼国民党部队 55 万。

此后不到 10 个月，中华人民共和国成立。

而那位叫“小张”的战士被埋葬在运河边。时至今日，没有人知道他的真实名字，也不知道他是哪里人，家在何处，只有运河两岸的迎春花年年在为他次第开放。

而那个长辫子姑娘在多年后成了我的母亲。这个故事，自我懂事起，每年她都会给我讲述一遍，每次讲述的时候，母亲的双眼都浸满泪水。

母亲说，寻找“小张”的部队是她今生的一个心结。因为那场战争参战部队太多，而部队驻防、换防频繁，打完淮海战役之后，听说“小张”所属的部队又去解放大西南。从解放前到解放后，她多方打听但依旧没个结果，但她相信“小张”的部队是不会忘记他的，他的战友们也都不会忘记他的。运河边的村民们同样没有忘记这个不知名的小战士。每年的清明，“小张”的坟前会堆满这块土地上开放的数不清的野花。而用“小张”的生命为代价才活下来的母亲，她一生都认定自己的命是“小张”给予的，她说，她活着是因为“小张”的生命而存在；死了，她要埋葬在“小张”的坟墓旁，在这古老的大运河边陪他说话，为他唱歌……

（摘自《读者》2011 年第 19 期）

勋章献给她

王建蒙

1999 年 9 月 18 日，古稀之年的孙家栋获得了“两弹一星功勋奖章”。回到家以后，孙家栋给妻子魏素萍戴上勋章，以表达对她的感谢与爱意。魏素萍笑着说，勋章有 500 多克金子，有她一两克就够了。这一年，孙家栋与爱妻已相伴 40 年。

孙家栋与妻子魏素萍于 1959 年 8 月 9 日在北京结婚。婚后，魏素萍领教了丈夫工作的忙碌和神秘。

一个深冬的夜里，魏素萍被铃声惊醒，只见孙家栋衣服都没披就跑到客厅接电话。魏素萍见状，拿着大衣跟过来给丈夫披上。正对着话筒说话的孙家栋条件反射般急忙用手将话筒捂住，用眼睛示意妻子快点离开。魏素萍委屈地瞪了丈夫一眼，默默地走进了卧室。谁知孙家栋一边听着电话，一边还想把卧室门关上。电话线不够长，他就斜着身子伸腿用脚尖把门勾上了。此时，中国的导弹研制事业刚刚起步，保密纪律是“上不告父母，下不告妻儿”。

1967 年 7 月，年仅 38 岁的孙家栋成为中国第一颗地球卫星“东方红一号”的总设计师。孙家栋更忙了，就连晚上也抽不出时间回去看看怀孕的妻子。这一年 12 月 8 日，魏素萍临产，孙家栋却忙得抽不开身。当阵痛袭来时，魏素萍渴望能握住丈夫的手，然而，直到女儿出生的第二天晚上，孙家栋才赶到。身体虚弱的魏素萍幽怨地看着丈夫说：“你到底是干什么的？什么工作能比老婆生孩子更重要?”

1970 年 4 月 24 日，“东方红一号”发射成功，世界为之震惊。举国欢庆时，魏素萍仍不知道那是丈夫的杰作。

直到 1985 年 10 月，中国航天工业部宣布中国的运载火箭要走向世界，进入国际市场。随着电视向全世界直播“长征三号”运载火箭将国外的卫星送上太空，与孙家栋生活了 20 多年的魏素萍才知道丈夫是干什么的。

1994 年 9 月，魏素萍被查出患有胆结石。此时，中国第一颗大容量通信卫星发射在即，孙家栋要前往西昌卫星发射中心。临行前，魏素萍一边为丈夫收拾行装一边说：“你出差了，我正好借这个机会到医院做手术。”11 月 24 日，西昌卫星发射中心的各项工作都已准备就绪。正是这一天，做了胆结石手术的魏素萍突发脑血栓，落下了偏瘫的后遗症。

一周后，卫星被成功送入太空，孙家栋终于松了一口气，顿时觉得浑身像散了架似的疲乏无力。可是，他还要立即赶回北京主持与美国航天代表团的谈判。孙家栋强撑着疲惫的身体完成谈判，随即累倒了，被送到附近的海军总医院。躺在医院里，孙家栋才想起妻子的手术。弄清了情况，经他再三要求，老两口住进同一家医院治疗，并被安排到同一间病房。

孙家栋有了补偿妻子的机会。每天早晨，孙家栋搀扶着行动不便的妻子在疗养院的林荫小道上散步，一边走一边和妻子说话。魏素萍乐了：“我是因祸得福呢。除了第一次见面时，你滔滔不绝地和我谈了 20 多个小时，以后再也没听你说过这么多话。”孙家栋感叹：“一眨眼，我们都是快 70 岁的人了。这么多年，让你受累了！”魏素萍眼里一热，感叹着：“我等了你一辈子！就盼着什么时候能像别的女人一样，和丈夫守在一块。终于等到了，我却老了，连身体也残了。”

出院后，为了让魏素萍的四肢恢复正常功能，孙家栋只要有空就搀扶着她到外面散步，每天给她做按摩，说笑话逗她开心，在百忙中挤出时间，和她一起锻炼身体，还抽空查找了大量关于脑血栓后遗症方面的资料。他经常鼓励老伴说："素萍，你这算是很轻的后遗症，只要每天开开心心，坚持锻炼，我保证你很快就会完全恢复！"在生活上孙家栋也想方设法调剂老伴的饮食，他要求保姆按照他列出的食谱买菜。魏素萍跟他开玩笑说："老头子，你这哪里像个科学家，简直就是一个保姆了。"孙家栋笑着说："这么多年对你照顾得太少，正好借此机会好好陪陪你。你看，我还得感谢你呢，陪你锻炼身体，我自己都瘦了 20 多斤，连脂肪肝都好了！"

阳光雨露般的关怀温暖了魏素萍的心，一年后，魏素萍竟奇迹般地康复了。身边的人都惊讶不已，魏素萍跟他们开玩笑说："这就是老孙用爱情创造的奇迹！"

2004 年 2 月 25 日，75 岁的孙家栋被任命为中国探月工程的总设计师。孙家栋更忙了。

2006 年 12 月，魏素萍又患重病做了大手术。后续治疗让魏素萍痛苦不堪，她第一次感到恐惧，对丈夫充满了依恋。尽管孙家栋尽量压缩在外的时间，然而此时，"嫦娥一号"已进入了奔月倒计时，有无数的事情和技术难题等着他去解决。

那天，孙家栋又要前往西昌卫星发射中心。眼看丈夫收拾行装，魏素萍心中不舍，强忍着泪说："有时间就快点回来，你知道我在等你。"孙家栋将妻子的手放在自己手心里，70 多岁的妻子经历这样一场大磨难，自己却不能守在身边，孙家栋心里酸酸的，觉得这辈子欠妻子的太多了。

孙家栋走后，魏素萍才发现，丈夫已将她在家里要用的东西都准备好了。生怕她看不清药瓶上的小字，孙家栋在每个药瓶上都重新贴上标签，写清服药的时间和剂量。

2007 年 10 月 24 日，“长征三号甲”火箭搭载着“嫦娥一号”腾空而起，直刺苍穹。看着电视直播，魏素萍止不住地流泪。当孙家栋清瘦的身影出现在屏幕上时，魏素萍忍不住伸出手抚摸屏幕上丈夫的脸，喃喃道：“老伴，这样的一辈子，值呢！”这对聚少离多的夫妻，用一生的相思将牺牲和奉献刻在了流金岁月里。

（摘自《读者》2018 年第 14 期）

一个人就是一支骑兵

毕淑敏

我曾行进在漫天皆白的冰雪中，在一支骑兵的中段靠后部分。那时还不到 17 岁的年龄，在藏北边防线上。无比艰难的跋涉中，我往前看，是英勇攀缘的战友；向后看，也是英勇攀缘的战友。我明白自己是队列中的一员，只能做一件事，攀缘。

那时的我很懦弱，高寒与缺氧像两把冰锥，揳入我的前胸后背。极端的苦乏，让我想到唯一解脱的方法就是自杀。我用仅存的气力做告别人世的准备，可是因为我在连绵不绝的队列中，队列的节奏感和完整性，让我找不到机会对自己下手，就这样拽着马尾翻过雪山，被迫保全了性命。

之后，我对军队生出一种敬畏和崇拜。

军队是有头有尾的，也有心脏。司令部就是军队的指挥中枢，而司令员就是至高无上的王。无论情况怎样危急，无论条件怎样恶劣，无论事态多么复杂，无论困难怎样重峦叠嶂，指挥机关总是镇定和胸有成竹的。它冷静而清醒，不出昏着儿，不忘乎所以。胜不骄败不馁，紧张地运筹帷幄。

我私下里曾想，司令员永远是不可战胜的吗？他可有孤单无能的时刻？一次，司令员病了，卫生科长派我去给他输液。司令员虚弱地躺在白色被子里，须发杂乱，同寻常庄户老汉并无太大的区别。他的萎靡让在一旁看护他的我，有了发问的勇气。

趁他神志稍清，我说：“司令员，你可有胆小的时候？”

他看着输液瓶里眼泪般溅落的药水说：“有。”

我说：“什么时候？”

他说：“就是现在。我不知道我还要躺多久，才能站起来指挥我的队伍。”

在那时的我看来，这个回答同没回答差不多。

一支军队是有政委有政治部的，它看起来有些儒雅气，虽说也配着枪，杀气却不浓重。但你不可小觑，它坚硬如铁又心细如发。它的勇气是深藏不露的，永远知道最初的方向和最后的目的地。知道我们何时软弱，它会给予激励；知道我们何时轻敌，它会给予警示；知道我们何时灰心丧气举步不前，它会给予鞭策……

政委经验丰富，处事老到，表面上不动声色，内里洞若观火。说起来我对于政委的好感，还来源于一份血缘。我的父亲曾是一位师政委，这使得我近水楼台先得月地敢于探询政委的内心世界。

“您是什么时候变得像一个政委的？”我问父亲。

这句话有很大的语病，如果问别的政委，可能会被批评。好在他是我的父亲，原谅我的好奇和冒犯。

他说：“嗯，政委是慢慢变成的。”

我说：“具体是什么时候呢？比如是您30多岁，40多岁，还是更老的时候？”

他说：“很难找到一个具体的时间，总之变化是逐渐发生的。你先要做自己的政委，然后才能做大家的政委。”

这句话，我也不大懂。当时认为主要区别在于——当自己的政委不用任命，而成为一支军队的政委，是需要更高机构任命的。直到很久以后我才醒悟，一个当不好自己政委的人，不配给更多将士当政委。

说完了一支军队的司令员和政委，就要说后勤部长了。通常我们想起后勤部长，总伴着食堂的烟火气。后勤部掌管的就是粮草之事，虽说有“兵马未动粮草先行”的古话罩着，但比较起来，后勤部的重要性还是稍逊一筹。比如破釜沉舟，砸坏的都是属于后勤部的设备，可见对于打胜仗来说，后勤部是可以暂时割舍的。起码离开几小时或是一天，没有太大的风险。

我一回忆起当年阿里军分区的后勤部长就想笑，他有点邋里邋遢，单帽的檐总是捋不直，好像被特意发了一个伪劣品。我们是新兵，但帽檐笔直。后来才明白，只有极老的兵，才敢藐视军纪。发夏装的时候，他说，这几个女娃娃怎么能在雪山上穿单衣呢？快给基地打报告，把她们的夏装换成冬装，才不会落下病。

那时候的藏北高原比现在要冷。在一个风和日丽的冬日，我随手拿了温度计到室外去测，得到的数据是零下 38 摄氏度。我有 365 天都没有脱下过棉裤的纪录，膝关节还是如小虫噬咬。男兵的夏装和冬装式样相同，只是一个瘦些一个宽松些。男兵领夏装的时候故意放大一号，就可以把夏装罩在棉衣棉裤上。女式军服夏装有掐腰和小翻领，想要把它套在棉袄棉裤之上简直痴心妄想。

那时年轻的我们，其实很想在严寒的风雪中，穿半开领的夏装窈窕过市，让众多的男性士兵侧目。至于久远的损害，我们完全顾及不到。后勤部长铁嘴断金，一句话毁了少女们扮俏的梦想。那时我们是愤愤地，便私下里骂他军阀作风。

后勤部长似乎能掐会算，他说，你们现在骂我，将来会感激我，傻娃娃啊。女式夏装在严寒的高原，的确是没有用武之地的鸡肋。勉强穿戴，关节炎、气管炎一定会缠上我们。现在我已年逾花甲，还未曾骨折且没有大关节的红肿热痛，这和后勤部长的“军阀”作风密切相关。

以上是我对一支作战军队基本配置的了解。

也许你要说，哦，你忘了，还有武器。

是的，军队不能没有武器，骑兵不能没有马。但这对骁勇的军队来讲，并不是最重要的。

那时我有一支步枪，我练到闭着眼睛能在几分钟之内迅速拆解组装，也用它打出了优秀的成绩。我一直以为配给我这种小兵的枪，一定是无名鼠辈。直到我退役很多年之后，才知道它是大名鼎鼎的 **AK–47** 的一个版本。

枪械是不断改进的，武器是不断发展的，然而如果没有人来操控，枪就是钢铁的生冷拼装，无人机也不过是求婚时的玩具。虽然由于级别的不同，枪和无人机的性能也会有天壤之别，但骨子里，它们是没有生命的。马是骑兵的伴侣，但马服从人。

一个人就是一支骑兵，你要有勇气。你能掌握什么技术，这并不是最关键的。普天下的本领千千万，归根结底，都是枪和无人机的远房亲戚。

你之所以成为你，是因为你有你的司令员和政委，你有你的后勤部长，你是你自己的小兵，又是你自己的统帅。

你要知道这支军队向何处去；你要在这支军队沮丧的时候给它打气；你要在这支军队迷路的时候，做它永不失灵的 GPS；你要在这支军队忘乎所以的时候，适时地给它兜头一盆冷水；你要在这支军队重伤的时候，给它输血，给它包扎；你要在这支军队畏葸不前的时候，擂响战鼓；你要在它恬然酣睡的时候吹起冲锋号；你要给它以休养生息的机会；你要让它安然和健康；你要知道什么对它是真正的好，并要不懈地坚持；你要知道什么是可能伤害它的陷阱，早早地发出警报，远离可能的危险；你要冷静要镇定要充满激情又能适可而止；你要令行禁止健步如飞；你要能帮他找到最相宜的伴侣……

想到虽是独自一人，但身后有一支军队。车辚辚马萧萧，罡风浩荡，旌旗猎猎，号角长鸣，司政后一应俱全指挥若定，真是令人豪情万丈的事情。

（摘自湖南文艺出版社《一个人就是一支骑兵》一书）

远去的马蹄声

贺捷生

1935 年 10 月的湘西，霜风扑面，万山红遍。接到北上命令的红二六军团且战且退，正在苦苦寻找一道缝隙，准备杀出重围，去追赶遵义会议之后大踏步前进的红一方面军。

但偏偏就在这时，十月怀胎的母亲蹇先任却迟迟没有生产的迹象。被父亲贺龙安排在故乡桑植县南岔村冯家湾待产的母亲心急火燎，每天早晨醒来都拍着圆滚滚的肚子，对我说："儿啊，你怎么还不出来啊？你爸爸就要带着大部队远远地走了，如果不跟着走，到时我们娘儿俩可怎么办啊！"

好像是听见了母亲说的这些话，11 月 1 日，母亲去上厕所，我懵懵懂懂地从她的身体里爬了出来，似乎要看看她到底急成了什么样子。血泊中的母亲忘记了疼痛，脱下一件衣服把我裹了起来，让人火速给父亲报信。父亲正在前线阻击敌军，最先得到消息的红六军团政委王震命令电台给他发报："祝贺军团长，生了一门迫击炮！"

父亲大喜，命令部队乘势出击，把潮水般涌来的白军打回去。这一出击不要紧，红军势如破竹，摧枯拉朽，连续取得了龙家寨、十万坪和忠堡战役三场大捷，斩杀了敌军师长谢彬，俘虏了敌军师长张忠汉。

到这时，父亲才长出一口气，抽出大烟斗装上一袋烟，坐在指挥部里美美地吸起来。然后，他对围绕在自己身边的任弼时、关向应、萧克和贺炳炎等战友和爱将说："我当父亲了，你们说给这个丫头片子起个什么名字啊?"那时副军团长萧克刚娶了我的二姨蹇先佛，和父亲在搭档的基础上又成了连襟，他说："恭喜，恭喜，军团长带领我们打了胜仗，又喜得千金，我看孩子的名字就叫'捷生'，在捷报中出生的意思。"父亲一锤定音："要得，孩子就叫捷生，这名字响亮!"

18天后，我躺在由一匹小骡马驮着的摇篮里，成了红二六军团从桑植刘家坪开始长征的一员。队伍上路时，"嚓嚓喳喳"的脚步声和"嗒嗒"的马蹄声，让我乖得不敢发出哭声。我不知道为什么要躺在这样一个摇篮里，不知道队伍朝哪里走，也不知道驮着我们的那匹黑色小骡马，是父亲特供母亲和我使用的。

我不敢不乖啊! 父亲原本是不准备带我走的，他连寄养我的人家都找好了——是他的一个亲戚，说好部队在离开前把我送过去。但当父亲和母亲轮番抱着我赶到那个亲戚家时，他们一家人已吓得不知去向。还在月子里的母亲虚弱得像片随时可能飘落的树叶，在这时像母狼般紧紧地抱住了我。父亲也不是铁石心肠，看到母亲生怕失去我，咬咬牙说："那就把捷生带上吧，路途艰险，是死是活看她的命了。"

我就这样跟着父亲和母亲走了，跟着那串时而敲打在岩石上，时而踩踏在冰雪中的马蹄声走了。从此山高水长，风餐露宿，"嗒嗒"的马蹄声始终陪伴着我，就如同母亲始终对我不离不弃。

母亲当时还在产褥期，我也没有满月，我们母女俩最早被安排跟随军团卫生部行军。卫生部部长贺彪又把我们编入伤病员队，还给母亲和我准备了一副担架。伤病员行动缓慢，走到澧水河边，敌机飞来了，扔下无数颗炸弹。河面上水柱冲天，伤病员乘坐的小船在波涛中打转，许多人落进了水里。小骡马吓得蹿了起来，前蹄腾空，差一点把我的摇篮掀翻了。贺彪叔叔扔下部队，把我从摇篮里抱出来，塞进母亲怀里，亲自撑一只船把我们送向对岸。

船到河中心，我被巨大的爆炸声和敌机的尖叫声吓得号啕大哭，贺彪叔叔冲着母亲怀里的我喊道："你哭，你哭，看你把敌机都招来了，再哭把你扔进河里！"这一吓，我真就不哭了，不知道是不敢哭，还是哭不出来了。到了对岸，警报解除了，母亲跟贺彪叔叔打趣说："捷生那不是哭，她是在吓唬敌机呢，你看敌机不是飞走了吗？"贺彪叔叔想到刚才对我太粗暴了，连忙伸出手来刮我的鼻子，逗我一笑。

那次整整走了两天一夜。到了宿营地，母亲什么都不顾，只顾把我从摇篮里抱出来，手脚并用地给我喂奶、换尿布。经过那么长时间的颠簸和惊吓，我不仅饿了，而且变得臭不可闻。你想啊，两天一夜马不停蹄地奔走，在层层叠叠裹着我的襁褓里，积攒了多少屎尿！那股臭味，简直要熏翻天。医疗队有个男护士掩着鼻子开玩笑说："等过 20 年后她长大了，我们把这情景说给她听，她肯定会害臊的。"

还未走出湖南，母亲说什么也要回军团总部。卫生部拖着那么多的伤病员，还有那么多丢不下的设备，她不好意思让人照顾。贺彪叔叔拦不住，让她把抬担架的两个兵和担架也一块带走。母亲说："这怎么可以呢？我离开卫生部，就是想把担架留下来抬伤病员。"

父亲虽然日理万机，但见到我们回到他身边，心里很高兴。他知道母亲太不容易了，除了每天要背着行装自己赶路，还得一把屎一把尿地照料我。晚上宿营时大家睡下了，她又得把我弄脏的衣服和第二天要换用的尿布洗出来。那时快到冬天了，洗好的衣服和尿布干不了，必须找炉火一件件烘干。做完这些事再躺下时，已是凌晨时分，队伍又差不多要上路了。让我们跟着军团总部走，父亲总能搭把手。

毕竟还在月子里，母亲也有走不动的时候，就抱着我骑在小骡马上走。父亲看见了，大惊失色，说：“这怎么行啊！倘若骡马受惊，一摔就是两个，还是我替你抱吧。”说着把马并过来，俯下魁梧的身躯，从母亲手里接过襁褓中的我，然后在马屁股上狠狠地抽了一鞭。

父亲那匹马高大健壮、背脊宽阔，跑起来像一阵旋风。在驰骋中敲响的蹄音，像奔雷，像风暴，像大浪拍打着礁石。

此后几天，父亲每天都带着我在山道上奔驰。他勒紧腰间的皮带，拉开领口，把我小心地放进他宽大的胸怀里，如同一只大袋鼠装一只小袋鼠。偎依在他那温暖的胸膛，我一声不吭，仿佛回到了母亲的肚子里，仿佛那一路上“嗒嗒”的马蹄声，仍是母亲的心跳。

没几天，发生了那个流传甚广的故事：他把我弄丢了。

那是过一个山垭口时，前后突然发现了敌人。父亲意识到有落入包围的危险，策马狂奔，迅速调动被挤压在山垭里的部队抢占两边的山冈。但他没想到，就在这时，我就像个飞起来的包裹，从他的怀里被颠了出来，重重地落进路边的草丛里。接下来杀声四起，红军从山垭口夺路而行，谁也没想到，这时军团长的孩子掉进了草丛里。

我猜想，我落进草丛后的反应纯属条件反射，当那串熟悉的马蹄声消失之后，摔晕在草丛里的我蓦然醒来，感到周围冷冰冰的，不由得哭了起来。但我那天的哭声是那么微弱，那么有气无力。

山垭遭遇战后，父亲带领部队一口气奔袭了几十里。喘气的时候，他习惯性地伸出手去拔腰间的旱烟袋，像触电一般，他猝然发现身上少了什么。一声“糟糕”还未出口，身上的汗珠已滚滚流淌。当即他烟不抽、脚不歇，带上两个警卫员，快马加鞭，火速返回去寻找。

路过一片树林时，几个坐在树下歇息的伤病员看见军团长驰马过来，急忙站起来向他敬礼，父亲的马像风一样从他们的面前刮过去。因为这时候他的心里只有孩子，只有他认识丢失我的那个山垭。

跑着、跑着，父亲下意识勒住了缰绳，掉过马头回来问那几个伤病员：“你们看见我的孩子了吗?”伤病员们举起捡到的襁褓说：“军团长，是这个吗?”

原来，落在大部队后面的这几个伤病员，在经过刚打过仗的那个山垭口时，听见了孩子的哭声。他们在草丛中找到我后，见我裹着红军的衣服，认定我是红军的后代，于是抱上我继续赶路。

“是她！是她!”父亲从马上滚下来，如同抢夺一般把襁褓接过去，掀开一看，我哼哼唧唧的，饿得正吮着自己的手指呢。

父亲的眼睛红了，两滴浑浊的泪水夺眶而出。

76年过去，我至今对父亲和母亲深怀歉意。因为我生得那么不是时候，以致成了他们割舍不下的包袱。二万五千里长征，他们在纷至沓来的战事、饥饿、寒冷和死亡中，既要保住自己的生命，带领和跟随部队前进，又要保住我的生命，无论多么危险多么艰苦，他们都没有把我扔掉，或随便送个什么人家。而与我同时期生养的孩子，有的死在路上，有的被送给路过的老百姓，以后再也没有找回来。

说起来，最难的还是我母亲，她可不是粗手大脚的乡下女人，而是长沙名校兑泽中学毕业的进步学生，长得细皮嫩肉。但她选择了革命，选择了我父亲，也就选择了此后遍布荆棘的苦难人生。背着刚剪断脐带的我长征，她遭受的折磨和艰辛，起码是其他人的两三倍。她可是一个女人，一个在月子里以虚弱的身子长征的产妇啊!

刚出发时，我还能躺在马背上的摇篮里，让母亲拄一根竹竿走自己的路。但到了云南境内，山高路险，树杈横生，她怕划伤我娇嫩的皮肤，便用一个布袋子兜着我，将我挂在胸前。走那样的路，连骡马都会失足跌进深渊，她一个女同志胸前挂个四肢乱蹬的婴儿，需要付出多大的体力和毅力!

一次，我病得非常重，两三天都哭不出声来，大家认为我不能活了。新中国成立后担任农业部部长的陈希云叔叔看见我奄奄一息的样子，不知从哪儿寻来一块花布，交给母亲说：“女孩儿爱美呢，走的时候用这块花布包包吧。”母亲的心里一颤，藏起花布，用尽办法救我的命。她想，女儿可是贺龙的命根子，只要还有一口气，就要用自己的胸膛把她暖过来。即使死，也要让她死在自己的臂弯里。万幸的是，我真是命大，几天后又能哭了，大家悬着的心放了下来。

新中国成立之初，母亲回想起这段经历，在她后来亲手烧了的回忆录中，写下了一段让我什么时候想起来都会热泪盈眶的文字：

“……行军一天的战友们都睡着了。我手里缝着小衣服，眼睛望着背篓内的小捷生，见她闭着小眼睛不哭不闹的姿态，我的心就像被无数针扎似的剧痛。我暗自祝愿：儿啊！你在襁褓中就与父母一起长途征战，吃够了苦头，受够了磨难，只要你平安无事，渡过难关，妈妈就是受尽了艰辛，也是心甘情愿的！无论遇到什么样的危险，母女俩也要相依为命，永远患难与共。”

翻越连绵不断的雪山，没有人不筋疲力尽。由于天寒衣单，空气稀薄，腹里空空，一些熟悉的面孔走着走着便不见了。我最小的舅舅蹇先超只有16岁，稚气未脱，是跟着母亲和有孕在身的二姨蹇先佛一起长征的。因姐夫贺龙和萧克分别是军团长和副军团长，他原本能受到很好的照顾，但他执意要跟着战斗部队走，跟着他一路护送来的伤病员走，最后自己被冻僵在雪山上，再也没有起来。

从湘西启程到跌跌爬爬翻过雪山，红二方面军在路上足足走了7个月。像我这个走时还未满月的孩子，被父母和许多叔叔阿姨背着、抱着，被马背上的摇篮没白没黑地颠着，也终于像金蝉蜕壳那样蜕去了每天都要反复捆扎的襁褓，开始自己坐立、爬行和牙牙学语。

接着，一望无垠的草地扑面而来。在这里，到处都是腐烂的草、浑浊的水，冒着水泡的沼泽地深不可测。因长期浸泡着各种动物的腐尸，酱紫色的水面漂着一块块铁锈色的物质，脚泡在水里或被杂草划破，马上就出现浮肿和溃烂。队伍再难以成建制前进了，只能各自择路而行，水一脚泥一脚的。许多人走起来，像纸那样在寒风中飘。

从阿坝到包座，连续几天走水草地，行进极为缓慢，走一步，滑一步，官兵们接二连三地摔跤。马蹄声也变得绵软起来，仿佛钟表的发条松弛了，走得慢吞吞的，随时可能停下来。

我一生中无法说清的对饥饿的记忆，就是在草地上形成的。母亲后来告诉我，那时我饿得只会哭，像头小野兽那样哭，像谁要杀我似的那样哭，怎么也哄不住。哭着哭着，抓住她的手吃手，抓住自己的衣角吃衣角。但饥饿是共同的，没有指挥员和普通士兵之分，也没有大人和孩子之分。我是整个方面军带着过草地的 4 个孩子之一，又是贺龙的女儿，听见我天天哭号不止，许多叔叔阿姨要分我一点口粮，母亲坚决不收。她说：“现在粮食就是命，不能舍了别人的命，救自己孩子的命。”

有一回，父亲亲自动手给我做吃的，可他的粮袋空了，他就拿一只搪瓷缸，倒提着袋子往下抖，又团在手里反复地揉，把粘在粮袋上的粉尘和钻进针脚里的颗粒都搜出来，才勉强把搪瓷缸里的清水弄浑。接着放到火上去煮、去熬，直到熬出一层薄薄的糊糊，然后用手指勾起糊糊，一点点往我的嘴里刮。我吃得津津有味，有几次叼着他的手指，狼吞虎咽地往喉咙里送。

到达陕北保安后，中央财政部部长林伯渠赶来看母亲，不明白母亲为什么老抱着我，问孩子多大了，母亲说一周岁了。林老说：“一周岁了还要抱？”母亲说：“孩子长征跟过来，营养不良，小腿是软的，站不起来。”林老当场就流泪了，让随员立刻送一条羊腿来。有了这条羊腿，母亲每天用小刀削一块，拿长征时用过的那只搪瓷缸放在火盆上煨熟炖烂，再加上一片馒头或一小碗米饭，喂给我吃。吃完这条羊腿，我挣脱母亲的怀抱，颤颤巍巍，在大地上迈出了第一步。

啊，长征一年，在这条充满险恶也充满希望的道路上，我花蕾初绽的生命能够活下来，就是一个奇迹！

（摘自《读者》2012 年第 24 期）

你在外面，不必担心家里

武六七　七　燚

一

碗里的粥和餐桌上的筷子突然震动起来，我比其他人反应更快——地震了。

几秒钟后，传来大队干部的喝令：“到场院集合避险！”

紧接着，我们收到消息：甘肃岷县、漳县交界区域发生了6.6级地震。5分钟后，森林消防大队接到任务：奔赴300公里外的震中岷县禾驮乡参与救灾。

奔赴震区的军车上，像我这样的新兵蛋子一个个摩拳擦掌，老兵则淡定很多。突然，我的手机震动了一下，打开一看，是父亲发来的消息：“新闻说你那边地震了，你是不是要参与救援？”

我本想向父亲炫耀，作为一名人民子弟兵到了派上用场的时候，但想起上车时老兵们的教诲：在部队，对家里要报喜不报忧，别让家人再为你操心。

于是，我回复父亲："灾区救援那么重要的事，怎么轮得上我这个小兵。"我又故作轻松地问他在干什么。父亲回复："正在太原卖西瓜。"

二

经过4个多小时的急行军，大队赶到了震中岷县受灾严重的禾驮乡山脚。

这是我第一次见识灾难的可怕——房屋倒塌，路基被山体的流土截断，灾民惊慌失措，哀声四起。

其他救援队已经到了，四处都是警笛声，直升机在头顶盘旋。

大队干部和指挥所沟通完毕，确定我们的任务是上山进村，在直线距离3公里山腰处的拉路村，挨家挨户排查搜救被压埋的生命。一句话，就是救人。

刚到村口，我们就碰见一个满脸泥土的小女孩，她眼神惊恐地看着人群。

小女孩家的老房被震垮，母亲抱着她在路边号啕，她却目不转睛地盯着我们。中队长似乎觉察到什么，上前问小姑娘需要什么帮助，她指了指坍塌的房屋说："弟弟，弟弟还在里面。"

我们立刻扑向废墟，用肩扛，用手刨，将房梁、土坯一块块挪开。直到天快黑了，我们才把小女孩的弟弟救出来。当时他已经血肉模糊，但还活着。

虽然森林消防平日受过搜救护理训练，但在地震搜救的专业性和设备仪器上，还是不能和救援队比。当下我们能做的，就是最简单的敲、抬、刨、喊，跟时间赛跑。

三

救灾当晚的下山途中，我忍着搜救时受伤的剧痛给父亲打电话，骗他说自己在训练。

我暗自庆幸，父亲没往别处想。

第一天，最关键的人员搜救已经完成。从第二天开始，大队即将开展更细致的财物搜救。

拉路村是贫困村，草药是村民们的重要经济作物。地震过后，大量草药被埋，天气预报显示，两天后会有大降雨。上级命令我们，尽可能挖出被埋的草药。

余震中，我们钻进废墟，搬挪挖掘。

第三天，由于连续高强度的作业，我们的体力已经开始下降。各班组为了提高士气，一边在废墟中挖，一边互相喊着号子："二班啊，加把劲儿啊，看谁救的东西多呀!""一中队啊，比一比啊，看谁手上速度快啊!"

终于，在大雨来临前，我们把村民的草药全部转移到了安全地带。

四

第四天，大雨如期而至，整个灾区一片泥泞。

由于积水，双人帐篷里湿漉漉的，隔潮垫已经失去作用。我顾不上那么多，只想倒头就睡。临睡前，我想到了父亲。

我家世代务农，暑夏没有农活，父亲就开着三轮车到周边收西瓜，然后再拉到城里卖。有时候他连着十天半个月都不回家，晚上就把三轮车前的轿棚扯出来，搭个简易帐篷，在马路边上睡一晚。和年迈的父亲相比，我这几天吃的苦，也算不了什么。

我打算给父亲打个电话，掏出手机，却发现不知什么时候手机没电关机了。

救灾完毕，回到部队营区，我打开手机，发现父亲的几条信息——他知道我们每周一到周五训练期间都会上交手机，但这次一连 8 天没有音信，让他很担心。我谎称最近在加强训练，不让用手机。我问他在忙什么，父亲语气轻松地说："我还在太原卖西瓜呢。"

五

一年后，我考上武警警官学院。2 月学校放假，我参军以来第一次回家探亲。从上次父亲送我入伍，我已经两年多没见到他了。

饭桌上，父亲不胜酒力，喝两杯就话多起来。他问我："你讲实话，7·22 地震时，你是不是参加救援任务了？"

此时距救援已经过去快两年，我很是自豪地把整个救援过程向父亲和盘托出。

我问他："你怎么猜到我是去执行任务了？"

父亲从柜子里拿出一个笔记本，翻到某一页念起来："7 月 22 日，甘肃岷县地震，儿子发信息说在参加训练；7 月 23 日到 30 日，儿子电话一直关机……"我拿过笔记本，看到上面全是有关我的记录。父亲说："从你当兵那天起，我就开始写，我没办法照顾你，就把你的点点滴滴都记下来，没事儿的时候就看看。"

我翻到 7 月 22 日地震当天的记录。

那天父亲的确在太原卖瓜，跟路人问清楚地震的震级后，连忙贱卖一整车西瓜，连夜回到家里，和母亲守着电视关注震区消息。

此后的几天怕影响我，他们一直没敢打电话，只发了几条信息。当我完成救灾任务给他们回电话时，父母已在电话旁整整守了 8 天。

我想起打电话的那一刻，父亲对我说："我正在太原卖西瓜呢，你不要担心家里。"

2018 年，我从军校毕业，回到甘肃部队，成为一名基层军官。同年夏末，依然是个多雨的季节，父亲突发心梗，永远地离开了我们。

（摘自《读者》2020 年第 21 期）

摘　星

高满航

一

夕阳的余晖刚才还洒满东边的群山，一转眼的工夫，便隐去了。星星随即灵动地跃上黑色夜幕，一颗又一颗，亮晶晶的，点缀出梦幻般的苍穹。

火箭军某旅在戈壁上已经驻训半个多月了。参谋长黄斌裹着夜色检查完导弹发射阵地，又到各营的宿营地和远近的哨位看了看，秩序规整，各就其位，他这才放下心。黄斌踩着温热的碎石和沙砾回到旅部，正要钻进帐篷，却被漫天的繁星吸引住了。黄斌回转身子，仰起头，望向天幕。

高原戈壁的天很低，一颗颗星星近在眼前，似乎伸手便可摘得。

黄斌不由自主地想起了一个星夜。那时儿子黄豆已经 3 岁，离家一年多的黄斌一进门放下行李就蹲下身要抱黄豆，黄豆却转身跑了，跑两步看甩不脱黄斌，竟哇哇哭起来。

黄斌好说歹说，终于把儿子抱在了怀里，可黄豆对他又是亲脸又是顶头的亲昵无动于衷。没一会儿，便不耐烦了，带着痛苦的表情挣脱禁锢着他的臂弯。黄斌只能任凭黄豆远远地躲到妻子于丽颖身后。

赶上中秋节，一家人摆了月饼和苹果在院子里，聊天，赏月。黄豆怯怯地挨于丽颖坐着，仍对黄斌保持着戒心。

“来，到爸爸这里来。”黄斌继续尝试着和黄豆套近乎。

“去，不是老说想爸爸嘛，去跟爸爸玩。”于丽颖也劝导黄豆。

“不去！”黄豆躲在于丽颖身后，偷看黄斌，拨浪鼓一样摇着头。

“爸爸给你买遥控汽车。”于丽颖扭头给黄豆许诺。

黄豆不为所动。

“那你要什么？”于丽颖问。

“你说，儿子，只要你想要，爸爸都给你买。”黄斌更是积极表态。

黄豆似乎动摇了，脸上露出笑来。

黄斌以为有戏，追着问：“要什么？快告诉爸爸。”

黄豆起身，伸着小手指天：“我要星星。”

黄斌张开了口，却说不出话。

二

时间真快，一晃五六年就过去了。

黄斌对黄豆的记忆只有为数不多的一件件事，就像时间坐标上的一个个点，因稀疏而愈发清晰可见。黄豆上小学之前，黄斌休假的次数屈指可数，即使黄豆上小学后跟于丽颖随军了，他也因为任务重，一年难得回去几次。他休假了，他们父子才有交集，他在部队，黄豆便在他的想象中成长。

可随着黄豆一天天长大，黄斌发现自己的儿子越来越陌生。去年春节休假，黄斌的这种感觉更为明显。

他难得回趟家，自告奋勇收拾家务、买菜做饭。于丽颖也闲不住，黄斌做饭，她催着黄豆做作业，并坐在旁边辅导。可没一会儿，母子俩就爆发了战争。一个训斥，一个顶撞，交锋的声音一浪高过一浪。黄斌闻声赶紧进屋，见到于丽颖气得浑身发抖，眼睛也红了。而黄豆呢，吊着脸木然地坐在书桌前，无动于衷。黄斌好言把于丽颖劝出了房间。

于丽颖脸上挂满泪水，狠着心说："爱学不学，我以后也不管了。"锅里的菜滋滋作响，黄斌赶紧跑过去关了火。劝慰一番于丽颖，又到房间去看黄豆，他依然跟刚才一个样，坐着，愣着。

夜里，黄斌清理卡顿严重的电脑，无意中翻出存放电子照片的文件夹。从 2011 年到现在，几乎记录了黄豆所有的成长过程。有黄豆满月的全家福，黄豆和妈妈在姥爷家的照片，黄豆和妈妈在幼儿园门口，妈妈参加黄豆的家长会，妈妈带黄豆在公园……黄斌瞬间心疼起来，是啊，黄豆已经 9 岁了，自己这个当爸爸的和孩子在一起的日子屈指可数。一张张照片里，几乎都是于丽颖和黄豆，而他差不多缺席了黄豆 9 年人生里所有重要的时刻。

黄斌决定补上在黄豆成长过程中缺失的父爱。接下来的几个月，导弹旅没有重大任务，平日里也就是组织常规训练。黄斌周末回家后，除了辅导黄豆完成作业，还带着黄豆爬山，环城骑行，去科技馆，到动物园，学游泳。黄豆自己都说了，只要爸爸一回来，他肯定是筋疲力尽，但他倒也喜欢上了这种快节奏，开始盼着见到黄斌了。

"我爸爸这周回来不?"周五放学，黄豆又急不可耐地问于丽颖。

"你爸爸值班。"于丽颖也盼黄斌回来，早打过电话问了情况。

"啊，又回不来了?"黄豆瞪圆了失望的小眼睛。

"一个月四周，这周末不回来，下周末回来的几率就大了。"

道理黄豆都懂，可他还是拉着脸，表达着不高兴。

终于，四个周末就像落在初春季节里的雪，一眨眼的工夫就消失不见了，可是，黄斌仍旧没有回来。

两个多月后，黄斌执行完任务，才又回到家里。黄斌看到了家长微信群里对运动会的讨论。他动了心思，决定动员黄豆参加这次运动会。他想让黄豆参加比赛，并争取在众人的掌声里获奖。黄豆一旦得到勇敢带来的奖赏，就会信心倍增，不断地挑战自己、超越自己。

黄斌越想越激动。等到他带黄豆一训练才惊讶地发现，小家伙竟然也是当运动员的好苗子。口令一下，一双细腿就劲道十足地蹬了起来，像蓄满能量的风火轮，比当年的自己只快不慢。

“好小子，你这速度可以呀。”黄斌为有这样的儿子感到自豪。

“没发挥好。”黄豆也不谦虚。

“这好办，咱再跑一趟。”黄斌又拉开了架势。

“啊，还跑呀？”黄豆这才意识到夸口的代价。

黄斌不由分说，拉着黄豆再跑一趟，果然比之前用时更少。黄斌更加坚定信心，要把在学校运动会上的夺冠，作为打响帮助黄豆成长的第一炮。他耐心细致地给黄豆讲解接力赛跑的动作要领、注意事项，那认真劲儿就跟要参加奥运会似的。

黄豆信黄斌，也听黄斌的，那段时间不管是学习还是训练都热情极高。尤其报名之后，更是像换了个人似的。黄斌给他传递夺冠的信念，他也自个儿一遍遍在脑海里放电影一样幻想着夺冠后的种种美好：老师微笑着夸他，同学们对他竖大拇指。冠军还没拿到，美妙的感觉已经扑面而来。回到现实里，黄豆训练得更加积极和卖力。

黄斌比黄豆更急迫地等待着召开运动会的日子。因为旅里将要有任务，具体时间未定。也是凑巧，黄豆上学前脚走，黄斌后脚就接到了归队的电话。正好有车从市里出发进山，他不敢耽搁半点，抓紧收拾完行李，就匆忙出发了。

黄斌在去执行任务的路上就接到了于丽颖的电话，知道接力赛垫了底，也知道黄豆怨恨他说话不算数。当天他想给黄豆解释的，但黄豆还在气头上，压根儿不和他说话。他理解黄豆，也感受着黄豆的愤懑和失望。

三

起风了，坚硬的沙砾随风打在脸上，将黄斌拉回了现实。云层严严实实地把星星挡在了后面，风越来越大，能听到裹挟砂石滚过戈壁的凄厉之声。

“快，通知各营加固帐篷。”黄斌大声向值班员命令。

“是。”值班员应声如雷。

戈壁的风，起得急，停得也快。

狂风过后的早晨清新空阔。按照演习指挥部命令，旅里发射了多枚导弹。几分钟后，前方传来消息，导弹精准命中目标。

官兵们还没来得及庆祝，黄斌又收到命令：即刻起，执行任务的官兵和装备要以铁路输送的方式到一千多公里外的 B 作战区执行另一项任务。军令如山，几个小时后，他们裹着昨夜的风沙，深藏发射成功的喜悦，又踏上了征程。

在横穿大半个中国疾行向前的火车上，黄斌觉得对不住儿子黄豆。但又想着，这也算是对黄豆的一次挫折教育吧。作为父亲，黄斌想为儿子摘下闪闪发亮的满天星，不过人的一生不可能事事如愿，总有意想不到的突发状况，总要经受这样那样的困境，成长本身就是一个不断跨越艰难困苦的过程。

黄斌想着，黄豆总会理解的。

火车穿过了戈壁，开始进入一望无际的平原。地平线一眼望不到头，肥沃的田野里生长着茂盛的庄稼。

（摘自《解放军报》2020 年 11 月 24 日）

我的国与你的家

胡宝林

2018 年 6 月 29 日清晨，一场简朴而隆重的葬礼在关中的一个小山村举行。97 岁的抗日战争老兵黄清海走完了自己的一生，被安葬在陕西省宝鸡市高新区钓渭镇谭庄村金台二组的黄土地里。头勒手巾、身着孝服、执孝子礼为他送葬的，是他 70 岁的邻居张引乾。

黄清海是一位参加过中条山战役的老兵，曾获抗战胜利 70 周年纪念章。在生命最后的 31 年，他一直住在邻居张引乾—— 一位普通的关中农民——家里。

一

有关黄清海的一切，都深深地烙在了这片黄土地上。他生于 1921 年，1941 年年初在汉中南郑县参加了国民革命军。抗日军情紧急，他才训练两个月就匆匆上了战场，先在河南灵宝县与日军作战，接着又参加了中条山战役。中条山战斗惨烈，黄清海和战友操作马克沁重机枪，在枪林弹雨中与日军鏖战了很久，他的腿上留下了伤。抗战胜利后，他离开了部队，辗转来到秦岭下的雍峪沟，靠给人打零工生活。

日子一天天过去。到了1987年，当年那个在抗日战场上浴血杀敌、矫健如虎的毛头小伙子已经成了66岁的老人，妻子去世，女儿出嫁，他孤身一人居住在一口破窑洞里。因为居住在高崖之下，窑洞成为危窑，左邻右舍都要搬迁，而老人却无力搬迁。

老人是打过“日本鬼子”的人，老了一个人咋生活呀？张引乾和妻子蔺旦旦心中暗暗焦急。老人在村里和乡亲们一起生活惯了，去乡上的养老院不一定适应，他们也舍不得。最后，张家人一商量，干脆把老人接到自家新盖的砖瓦房里一起生活。张引乾说：“老人上战场打鬼子，保家卫国为大家，现在老了，咱要把老人经管好。”从此，他们把这位老兵当亲人赡养。

黄清海是个勤快人，耕田种地，雷厉风行，像个小伙儿。他爱给村里人帮忙：谁家有红白喜事，他帮挑水；谁家盖房子，他帮和泥；谁家地里有急活儿，他就去搭手。但是，村里人也知道，老人性子直、脾气大。刚搬到新屋，睡的是新炕，他将自己窑里用的长炕耙带来捅炕眼，觉得不趁手，就到街上当着众人的面发了一通火。张引乾没往心里去，对家人说：“牙和舌头那么好都有碰着的时候，一个锅里搅勺把，难免磕磕碰碰，老人就是这脾气，过几天就好了。”

他们不计较老人的脾气，精心照顾老人。老人爱吃干饭，蔺旦旦就少做稀饭，让老人吃得舒心。随着年龄增长，老人的牙慢慢掉落，给老人做饭时，怕老人难消化，就把面煮软，菜炒烂。有几年，原本身体就瘦弱的蔺旦旦添了比较严重的胃病，但她硬撑着做饭，不误老人的一日三餐。冬天，她给老人把炕烧得暖暖和和。老人一直有用热水洗脸的习惯，无论冬夏，她都早早给老人把水烧好。老人的衣裳，她也给洗得干干净净，让老人清清爽爽。

二

黄清海初搬来时，张家的孩子还小。慢慢地，他们长大了，两个女儿出嫁，儿子也成了家。一大家子人要生活，光种地不行。村里好多人都出去打工了，但张引乾操心照顾老人，没有出去，在家里养起了奶牛。

2004 年，同村有人出售奶牛犊，因为是熟人，本来要卖 4000 元的牛犊，3800 元卖给了他。牛犊进了家，一家人把它当宝贝一样伺候。小牛犊很顽皮，爱撒欢，喜欢跑出跑进。一天，牛犊拨拉了一阵小筐子，不久就烦躁不安，不对劲了。原来，隔壁是所小学，小学的学生们将写过的作业本扔在了河边。黄清海老人是个仔细人，他不用家里备的手纸，把那些废作业本从垃圾堆里捡回来放在那个筐里，平时当手纸用。那天，牛犊寻着那个筐，将纸连同上面的订书钉都嚼着吃了。牛犊病情加重，张引乾雇车将牛犊拉去寻兽医看，不行，又拉去农科城杨凌看，结果在半路上，牛犊就死了，最后只卖了 800 元，全付了车费。

这件事，张引乾没有给老人说，怕给老人心里添负担。

2011 年 4 月，老人头晕住进了卫生院。当时，儿子张建军和媳妇不在家，家里就剩下张引乾夫妇。一大早，张引乾赶几十里路到卫生院照顾老人，之后，又回家里给奶牛备料、挤奶，忙地里活儿。有一天，等他赶回家里时，那头大奶牛因为没有及时挤奶，卧时奶头撞地，发了炎。这对奶牛产奶产生了极大影响。没办法，他只得将价值 7000 元的奶牛以 5200 元贱卖了。

这事，张引乾仍然没给老人提过。有人问起，他只说：“我想把奶牛倒换一下。”

三

有了父母的榜样，自小爱听抗日故事的张家子女也把老人当亲爷爷爱。一次，黄清海突然晕倒在街上，张建军和媳妇听到乡亲们的呼喊，赶紧跑出去，背老人回屋平躺救护。小两口平时在外打工，每次回家不忘给爷爷买可口的食品。天气好时，张建军烧开水，给老人洗澡擦背。大女儿张小琴从新疆回来探亲，把爷爷的被褥很细心地拆洗了一遍，让爷爷睡着舒心。

在一家人的精心照护下，黄清海九旬高龄时仍然身体硬朗，耳聪声亮。

2015 年是抗战胜利 70 周年。在抗战胜利纪念日前，黄清海老人获得中共中央、国务院、中央军委颁发的抗战胜利 70 周年纪念章。他很高兴，把金灿灿的奖章佩戴在胸前。

张引乾家里的经济状况一直不好，但一家人将赡养抗战老兵的重担挑了几十年。有人说："孤寡老人应该由国家管，何况是抗战老兵，你把这担子挑到啥时候?"张引乾说："国家政策好，也有敬老院、养老院，但咱跟老人处了这么多年，成一家人了。有感情了，老人不在，人心上就像缺了一个豁子。老人是打过鬼子的人，是保家卫国流过血的，我要给老人养老送终。"

四

就在 2016 年，黄清海老人觉得自己眼睛模糊了，看东西没有以前那么清楚。

宝鸡市政协获悉，派人接老人到宝鸡市第二人民医院诊疗。医院经过精心准备，给黄清海做了白内障手术。张引乾家的房子已住了 30 年，破旧不堪，孙子慢慢长大，家里又养牛，房子明显不够，已将就多年。当年一起从崖头搬迁下来的乡亲们，早就盖了新房。盖新房，能改善家里条件，也能让老人住得舒心些，多享些福，这好处张引乾不知想过多少回，但一直下不了决心，原因是手头拮据。

2018 年春天，在镇政府的支持下，张引乾的新房终于开工。但 97 岁高龄的黄清海老人身体明显衰老，饭量减小，住了几回医院。医生说没有大毛病，主要还是年龄太大，器官衰老。张引乾将盖房的事交给家人，自己到医院日夜陪护。

6 月 22 日下午，在新房住了 10 天之后，和张家人一起生活了 31 年的黄清海安详离世。

70 岁的张引乾像亲儿子一样操办了葬礼，实现了他为老兵养老送终的诺言。

（摘自《读者》2018 年第 20 期）

绝望的境地

从汽车抛锚在藏北草原的那一刻，直到五十多年后的今天，回忆起来，我始终认为那个夜晚是我人生中最黑暗也最郁闷的一夜，当然也是我温馨地享受藏汉民族之间深情厚爱的一夜。

如果用伸手不见五指来形容那晚的漆黑和阴森，显然太轻描淡写了。我和助手昝义成共同的感觉是，我们掉进了深不见底的井里，成为一只随时都可能漂走或沉没的浮在水面的木桶。嵌进骨髓里的可怕孤独把我们逼到黑暗的深处，绝望的境地。或者更确切地说，我们的身体也仿佛变成了黑夜的一部分。当时我已经从驾驶室下来站在了汽车保险杠前，什么也看不见，但是我莫名其妙地感到我离天很近，所以我多想用指头在夜幕上戳个洞，让太阳光射进来。没有太阳，钻进来几颗星星也行啊！

我们要干活呀，坏了的汽车需要修理！

偏偏又是车灯坏了，无月无星无车灯，怎么修车？

那天，我们从拉萨出发赶回西宁时，已经是午后两点多钟了。原计划是次日清晨回驻地，我和助手为了驻地执行另一次运输任务，就提前出发了。生活中发生的所有事与愿违的事几乎都是突然袭来的。我驾驶汽车行驶在藏北草原不久，车灯就莫名其妙地坏了。当时大约是深夜一点钟，周围无村无店，夜色浓重得仿佛刺刀也戳不出一点火星来。四周是黑洞洞的深渊，我们的眼睛完全失去了功能，车和人整个被夜色淹没。那条延展在汽车前后的青藏公路也随着车灯的熄灭而匆匆远去。

藏北夜晚的这一刻，变成了一部厚厚的无字书。世界仿佛不存在，也没有了时间的概念。我们要创造新的故事，因为夜色里有两个醒着的军人！

我对昝说："拿扳手来，咱们把灯修好！"

他递过来的却是钳子。

我又说："给我电线。"

他回应："摸遍了工具箱都摸不到。"

黑灯瞎火。黑夜不仅使时间变得漫长，也让人的思维错乱！

我索性自己在工具箱里摸揣着我需要的一切。我想，哪怕能摸出一颗星星也好！我确实有一种本能的感觉，我的指尖能把黎明牵出来，让它突然出现在这藏北夜色浓浓的时候……

她就是在这时候出现的。

藏族姑娘卓玛

我是在闻到一股淡淡的无法忽略的幽香之后看到她的。她那温和宁静的身影虽然融在夜色里，我却能感觉出，她的眼神远远地将生命的甘露洒向我们冰冷的心田。

那是几点晃动的微光，有时又晃成了一点，不是火，也不像灯。如米粒般的微光又很倔强，夜色始终没有吞没它。它坐在夜的皮肤上，毫不示弱地将微光展示给藏北。乍看一眼，很像饥饿时见到果子；多瞅一会儿，心就被它烘暖。那是拯救饥饿的圣火！我们对它，不，首先是它对我们饱含着激励和爱意。

我捅了捅昝："不要惊动它，多看一会儿！"

"别出声，让它走近我们！"昝的声音很小。

我俩暂时停下手中要干的活儿，毫不夸张地说，我的每一个毛孔都怀着既惊讶又不是特别疑惑的温暖心情，眺望着不远处那一束犹如蔷薇花静静开放着的光点。向往的喜悦使我心头的倦意渐渐消失。

天在夜里，山在雾里，光在夜行人的心里。

藏北夜的精灵，魂的眼泪……

我突然有了一种愿望，索性把自己融入夜色的血管里——我深信藏北的大地会有血管，那微光就是它流动的血液——甩掉身上的压抑、寒冷和疲倦，让这纯净的微光把心儿洗净。

我做梦都没有想到的是，那束微光在快要逼近我们的一瞬间，竟然发出了声音："金雕来了要找窝，金珠玛米（藏语：解放军）来了要歇脚。你们为什么宁愿在山里挨冻，却不进藏家的帐篷去暖暖身子？"

女孩的声音，仿佛带着草尖上的露珠和太阳暖色的柔美。绝不是隔山架岭，她分明就在我们眼前。虽然她并没有现身，声音仍然来自那一豆微光。坦率地说，这是一个我们无论如何没有预料到的结果——会有女孩来请困在山野中的我们到她的帐篷里歇脚。我一时手忙脚乱，竟然不知对她说些什么。昝毕竟是我的助手，他知道这时候自己有事情做了，便迎上去说："谢谢姑娘的好心好意，我们的军车坏了，需要在这里修好。麻烦你借一盏灯给我们照亮，你的帐篷我们就不便进去了！"

姑娘执意要让我们到她的帐篷去歇脚，她说："修车可以等到天亮太阳出来的时候，这么冷的天气，荒天野地你们要挨冻的！帐篷里就是家，先暖和了你们的手脚，再暖和你们的心。还是进家吧！"

说毕她自报家门："我叫卓玛，是阿妈让我出来请你们到帐篷里去歇脚的。她知道是金珠玛米的军车才让我出来请你们的！"

善良最能拉近人心的距离。会说话的卓玛打动了我和昝的心，我俩不约而同、不由自主地上前一步，要仔细看看这个姑娘的脸蛋。藏家人有这样的俗话："善解人意的姑娘最漂亮，漂亮姑娘总是把自己的热心肠挂在红红的脸蛋上。"这样夜色浓浓的夜晚，我当然看不清卓玛的脸蛋了，但是我却清楚地看见她手里捧着一束正燃着的藏香。点点火星，明明灭灭，喷吐着浓浓淡淡的扑鼻香气。她的脸庞在藏香的映照下，显露着明明暗暗的被高原风雪镀得如岩石般的光，一束束编扎得紧密、细小的辫子修饰着她的脸蛋，使她显得羞涩而美丽，看着让人欲罢不能，舍之不忍。啊，好一朵藏北深山的格桑花！卓玛，你是用花擦亮了脸蛋的姑娘！如藏北的小溪，清澈见底又深藏不露！

我逮住了卓玛在谈话中透露的这样一个细节：她说是她的阿妈让她出来请我们这两个金珠玛米到帐篷里去歇脚的，这使我好生奇怪——黑沉沉的深夜，老人没有出门，她怎么会知道是金珠玛米的军车？

卓玛回答我："阿妈是我们村里人人都尊敬的精明又善良的老人。她虽然双目失明，什么也看不见，瘫痪在床上快二十年了，可是她的耳朵很灵敏——不能眼观六路，却可以耳听八方。她长年坐在地铺上，手里捻着佛珠，安静地听着帐篷外公路上的各种声音——动物跑过，行人走过，汽车驶过，甚至就连风儿吹过，她都能分辨得很清楚。特别是对金珠玛米的汽车声音辨得最清，司机一摁喇叭，她就知道是亲人的汽车开过来了！"

"怎么一听喇叭的声音，就能辨别出是金珠玛米来了？"

"军车司机过村时，车子开得很慢，摁喇叭总是轻轻地，绝不会狠摁不放。特别是在夜晚，他们的汽车像一阵轻风吹过村子一样，怕惊扰了牧民的睡梦！"

有时一棵草就是一片草原

我深情地看着手捧藏香站在面前的卓玛姑娘，心里涌满激动和爱怜之情。对她，更多的是对我还没有谋面的她的阿妈的感恩、钦佩。藏北草原是那样辽阔，远方仍然夜幕笼罩，星月也没有钻出云层，可是我已感到了迎面扑来的亲人的气息和温暖。有人说，有时一棵草就是一片草原，也许这棵草尖上的露珠还带着没有褪净的苦涩，但毕竟让我尝到了清凉。我当然很愿意走进帐篷里去歇脚，尤其想给热爱着金珠玛米的老阿妈行一个正规的军礼，但是军情在身的我们无暇实现这个心愿，只有待来日再回拜慈善的老人家了。

我对卓玛姑娘说："我还是那个请求，借一盏油灯，就是你们家的酥油灯，给我们照明，让我们修好汽车好赶路！"

卓玛竟然那么固执，说："酥油灯就不必借了，我再燃起一束藏香，照着你们修车。你要知道两束或者三束藏香的光亮会像酥油灯一样明亮！"

"为什么非要用藏香照亮呢?"

卓玛这样回答我："阿妈这大半生都坚信，她认为藏家人迎接尊贵的客人，就应像进寺庙朝佛拜神一样敬重。我们请回来的藏香只有进寺庙时才用，但对于心中的活菩萨金珠玛米当然例外！"

一片温暖的祥云在藏北的寒夜里升起，我和助手麻利地借着卓玛手中藏香的微光，修理抛锚的汽车。也许我们依旧看不大清楚一些东西，但是因为我们的手指尖上长了特殊的眼睛，特别是心里亮着阿妈赠送的藏香，所以我们很快就修好了汽车。告别卓玛，我们就要上路了。我要收藏这淡淡的藏香味，就像收藏月亮的清辉和太阳的明媚。我当然也会留一些激情，去点燃那些遥远的或在身边的仍然沉浸在雾霭中的星星！

（摘自《读者》2012 年第 22 期）

我们为什么需要北斗

月落乌堤

2020年6月23日9时43分，西昌卫星发射中心，由中国自主研制的“长征二号乙”运载火箭，成功发射第55颗北斗导航卫星，这也是“北斗三号”组网部署的最后一颗卫星。卫星发射成功后，北斗全球定位系统组网卫星部署圆满收官。

一次偶然的发现

1957年10月4日，人类历史上第一颗人造地球卫星在苏联发射成功，标志着人类迈出太空探索的第一步。

这引起美国的极大震动。在美国马里兰州的约翰斯·霍普金斯大学由美国政府组建的物理实验室中，两名科学家对这颗卫星展开了连续的跟踪和监控。在对卫星的无线电发报机信号的追踪过程中，他们发现了一个苏联人忽略的物理现象——多普勒频移。根据多普勒频移，可以确定卫星的实时位置。

不久之后，美国向外界公布了苏联卫星的运行轨道。这一数据，作为卫星设计及发射的国家，苏联也未能精确计算出来。

1958 年 2 月 1 日，美国在匆忙中将自己的第一颗人造卫星“探险者 1 号”发射升空，并在“探险者 1 号”卫星上，增加了一个无线电信号功能：导航。

1958 年 3 月，一项“公交导航系统”的实验性项目，在物理实验室开展起来。原理就是既然通过地球上固定的点，可以计算出卫星的轨道、速度及方位，那么通过卫星，也可以计算出地球上某一个信标的轨道、速度及方位。

没有人能想到，全球定位系统竟发轫于美国对苏联卫星的监控。

1968 年，美国军方的第一代卫星导航系统正式投入使用，这个名为国防导航卫星系统的项目，成为美国乃至全球卫星导航方面第一次伟大的尝试，这一尝试，拉开卫星定位及导航的序幕。

1973 年，美国国防部召开了一次由 12 名军方各部门人员参加的内部会议，在五角大楼正式提出组建一个全球性的卫星导航系统，为方便引用及推广，又将之称为全球定位系统 GPS（Global Positioning System）。这是美国航空航天史上，继阿波罗计划、航天飞机计划之后，第三大空间探测及应用计划，它持续、深刻地影响着世界。

一项伟大的发明

GPS 是一项伟大的发明，它真正让地球上所有事物之间有了准确的联系信息，让每一个静止的或者移动的物体，有了可以被捕获的方式及手段，并能与其他信号源产生联系，甚至共享实时数据。

但是，GPS 在设计之初只是为军方服务的，直到 1973 年 9 月才由美国国会批准，改为“军民两用”性质。

民用信号为 SPS，这一信号可供公众自由使用。由于 GPS 诞生的特殊背景，美国保留了限制 GPS 信号强度，甚至关闭 GPS 信号的权力。GPS 对提供给非军事用户的信号精度上，进行了一定的限制，在这一公开信号中，美国加入了 SA 码的干扰源，以降低 GPS 功能的精度。

2000 年 4 月 28 日，克林顿政府签署命令，解除对 SPS 的 SA 码干扰，使 SPS 的精度，从之前的 100 米~300 米，直接提升到 1 米~20 米，人们自此得以真正享受到 GPS 带来的便利。

军用信号为 PPS，这一信号，只有获得授权的使用者具备解码设备、密码及特殊信号接收机才能使用。PPS 信号是整个 GPS 系统中最优质的部分，它能达到厘米级定位。为了保障 PPS 信号不被干扰，美国对 GPS 系统加入反电子欺骗技术，通过对 PPS 信号进行加密处理，防止 PPS 信号被电子干扰和非特许用户对精码进行解码。

中国人警醒

20 世纪 90 年代初，海湾战争爆发，这场战争广泛使用了当时最先进的武器装备。战争表明，掌握电磁空间的控制权，对取得战争胜利具有重大意义。

GPS 在战争中的作用，进一步刺激了中国的科学家。

1983 年 9 月 1 日，一架大韩航空客机从纽约起飞，在经过苏联边境时，偏离航线，误入苏联的禁飞区。苏联在发出警告没有收到回应的情况下，将其击落，269 人无一生还。

之后，里根总统签署总统令，开放发展了 10 年的 GPS 系统供民用。这对地球上每一个有志于研究卫星定位导航的国家来说，既是机遇，又是挑战。

这一年，北京跟踪与通信技术研究所所长、国家“两弹一星”科学家陈芳允提出一个有别于 GPS 系统的定位理论——双星定位通信系统，即通过两颗地球静止轨道卫星，实现区域性快速导航定位并兼有通信功能的定位方式。

1985 年 4 月 15 日，GPS 全球定位系统国际运用研讨会在华盛顿召开，中国受邀参加，出席本次会议的是后来成为解放军少将的卜庆君。会上，美国向所有与会者表明立场："在特殊情况下，为了保证国家安全，军方会采取三种措施应对紧急状况：第一，降低对方的导航精度；第二，随时变换编码；第三，进行区域性管理。"也就是说，美国对 GPS 系统有绝对的控制力。

会议结束，卜庆君回到北京，写了一份报告，阐述了两个重要观点：一要跟踪、研究、应用 GPS；二要着手建立我国自己的卫星定位系统。

1986 年，是中国现代科学发展史上最为重要的一个年份，就在这一年，形成了共和国历史上规模最为庞大的一个科研产业化计划——"863 计划"。同时，"双星快速定位通信系统"技术方案形成。

但是，由于国内与国际时局的变化，这一项目被推迟了。

首先，反对者们认为美国有 GPS、俄罗斯有格洛纳斯，中国没必要发展卫星导航系统，与他们合作就可以了。

其次，这是一个烧钱的项目。GPS 到第二代组网完成，前后投资高达 300 亿美元。而格洛纳斯更是因为资金原因，一度停止更新卫星，只能提供区域性服务，在最为窘迫的时候，甚至不能维持基本所需。那么，中国的导航系统又要花多少钱呢?

第三，欧洲也在独立开发导航系统，完全可以选择与他们合作开发，分担风险和资金压力。

国际事件的刺痛

"银河号事件"是第一件刺激中国人的事情。

1993 年 7 月 23 日，美国单方面宣称，驶往伊朗阿巴斯港的"银河号"中国货船载有制造化学武器的化学品，要求中国政府立即采取禁运措施，否则美国将按照其国内法制裁中国。在国际贸易中，货轮代表的是发出国，所载货物代表的是发出国与发往国的贸易主权。

8 月 1 日起，美方派遣在附近巡游的航空母舰战斗群的驱逐舰、飞机对“银河号”近距离跟踪和低空侦察、拍照。

随后，美国中断“银河号”的 GPS 信号，“银河号”被迫在公海漂泊长达 22 天。

1994 年 1 月 10 日，国家批准“北斗一号”工程立项，北斗终于在提出设想 10 余年后得以立项。立项后，紧随而来的危机，加快了北斗的研发步伐。

2001 年 4 月 1 日，一起震惊中外的事件发生，这就是“南海撞机事件”。

当天早上，中国在发现美国一架侦察机飞抵中国海南岛东南海域上空执行侦察任务后，派出两架歼-8Ⅱ歼击机进行合法监视并喊话。9 时 7 分，在海南岛东南 104 公里处，美国军机突然转向，其左翼同王伟驾驶的战斗机相撞，撞击造成我方飞机坠毁，驾驶员王伟少校跳伞。王伟跳伞后，中国调动了超过 10 万人次进行了连续 10 多天的搜寻，最后没有找到。

反观 1999 年 3 月 27 日，南联盟击落美国 F-117 隐形轰炸机，飞行员泽尔科跳伞后，在南联盟首都贝尔格莱德附近 40 公里的农田里被救走。前来营救的，仅仅是一架美军 A-10 攻击机与 3 架 MH-60G 直升机，他们就是依靠 GPS 定位导航系统，精确地将泽尔科找到并救出。

走出第一步

2000 年 10 月 31 日，北斗导航卫星 01 星发射；2000 年 12 月 21 日，北斗导航卫星 02 星发射。从“双星定位通信系统”转变而来的北斗系统，终于初现雏形。这是北斗走出的第一步，“北斗一号”开始初步实施组网并提供服务。

“北斗一号”的成功发射，使我国成为继美、俄之后第三个拥有自主卫星导航系统的国家。

2004 年 8 月 31 号，“北斗二号”正式立项，“北斗二号”并不是“北斗一号”的延续，而是全新设计的导航系统，为此专门向国际电信联盟申请了专属频段。

从 2015 年 3 月 30 日首颗“北斗三号”试验卫星入轨，到 2020 年 6 月 23 日第 55 颗北斗导航卫星成功发射，“北斗三号”全球卫星导航系统星座部署全面完成。

“北斗三号”提供的服务，在全球范围内，定位精度优于 10 米，测速精度优于 0.2 米/秒，授时精度优于 20 纳秒；在亚太地区，定位精度优于 5 米，测速精度优于 0.1 米/秒，授时精度优于 10 纳秒。

从 1994 年立项，2000 年首星入轨，到 2020 年组网完成，中国在 20 年的时间里，发射了 59 颗北斗系统卫星，这在世界卫星发射史上都是罕见的。

过了九九八十一难

“一次次被逼到绝境，又一次次爬起来。”这句话是总设计师杨慧接受采访时说的。这句话，也是对北斗系统最真实的反映。

首先，频段方面，根据国际电信联盟的规则，卫星运行的轨道和信号频率在使用前必须提前申请，必须在申请通过后的 7 年内完成卫星发射入轨和信号接收，否则相关资源会被回收，且有“先申请，先获得；先发射，先占有”的规定。

2000 年 4 月 18 日，中国申请的频段获得通过。这意味着在接下来的 7 年里，卫星必须发射升空并传回可接收的信号。

留给中国人的时间不多了，在“北斗一号”第三颗卫星发射成功，开始提供服务之后，中国选择与欧盟合作，共同推进欧洲版的 GPS——伽利略计划。

根据预估，伽利略计划的资金投入为 33 亿欧元，中国应该出资约 2.3 亿欧元。钱付了，但中国的工作人员连伽利略计划的核心内容都不能接触。

2006 年年中，为伽利略系统注资的政府社会资本共同体瓦解，欧盟委员会决定将伽利略系统国有化。随着欧盟委员会将伽利略计划收归国有，出于对欧美关系以及对安全与技术独立的考量，中国被踢出伽利略计划，中国之前的投资也没有得到任何回报。

2006 年 12 月，中国重启被耽搁的北斗系统，并抢在欧盟之前，率先在 2007 年先后发射了“北斗一号”的最后一颗接续卫星和“北斗二号”首星。“北斗二号”首星的发射时间是 2007 年 4 月 14 日，从变轨到入轨到定点，已经是 4 月 16 日晚 8 时。监控大厅接收到从两万公里外的太空传回的信号并成功解析，此时距向国际电信联盟申请的频段失效仅剩 4 个小时。

借此，中国获得了国际电信联盟划分给中国的“北斗二号”系统的频段，这部分频段，正是与伽利略计划频段重叠的部分黄金优质频段。

绝境不止一次

发射“北斗一号”时，中国采用的授时原子钟是从瑞士进口的。当时，仅美国、俄罗斯和欧盟（仅瑞士）有原子钟。美国不可能出口原子钟给中国，俄罗斯自顾不暇，那么，中国的授时原子钟，只能向欧洲求助。

“北斗二号”立项后，中国试图继续从瑞士进口原子钟，结果瑞士不予出口。原因是“北斗一号”采用的是有源定位，只能民用，军用价值不大，而且“北斗一号”的实验意义更大。但“北斗二号”改为无源定位，这意味着跟 GPS 一样，是军民两用的产品。瑞士作为《瓦森纳协定》的缔约方之一，绝不可能出口高精尖产品给中国，尤其是可能军用的产品。

当时，中国在卫星搭载授时原子钟方面，技术几乎为空白。

用了整整两年时间，中国航天科工集团二院 203 所便突破了铷原子钟技术；之后，上海天文台自主研发了星载氢原子钟。也就是说，中国不同的部门，自主研发了不同的星载原子钟，而且精度比从欧盟进口的还要高。

北斗的突破，其实不只是单个器件的突破，还是整个系统和整个系统之下的产业链，甚至包括运载火箭的突破。

“北斗三号”卫星的使用寿命，从“北斗二号”的8年增至10年以上，其部件全部实现国产化，其中被限制进口的原子钟，性能更是得到极大的提升，精度已经达到1000万年差1秒，并且还有两套不同类型的原子钟可供选择。运力方面，2017年年底发射1箭2星，2018年发射9箭17星，2019年发射6箭8星，2020年发射3箭3星……不到3年时间，30颗卫星发射升空，完成组网。

浩瀚星空，北斗指路。古人借助北斗七星，找寻方位和星座；而今，借助北斗系统，我们踏上星辰大海的征途。

（摘自《读者》2020年第21期）

天高歌长

程不时

立志设计飞机

我上初中三年级时，我们全家随父亲的单位搬到桂林。桂林有中国空军和美国“飞虎队”的联合空军基地。我们的课堂教学常被市区内独秀峰上发出的空袭警报打断。

我目睹过空战。从地面看去，飞得很高的飞机在蓝天上只是一些小小的白色十字，看起来行动很迟缓；但是飞机俯冲时发动机的尖啸声是那样凄厉，特别是当尖啸声与机枪连发的爆裂声一同从云端传来，声音尖厉无比，使人惊栗。

我家当时在与桂林城隔江相望的七星岩下。我放学回家经过漓江大桥时，常能看到我方的飞机在宽阔的漓江上空进行飞行练习，它们做出各种翻滚特技，多是机头画着“飞虎队”标志的美国 P-40 和 P-38 战斗机。每当这时，我都会长时间驻足观看。那时，在家中院子里抬头仰望，可以看见七星岩悬崖边的群鹰在翱翔。我常常畅想，有朝一日我设计的飞机也要像这些鹰一样展翼长空、御风破雾、追日耕云。

我寻找各种介绍航空知识的书刊贪婪地阅读，不放过任何参观飞机模型展览的机会。我还常在练习簿的空白处画飞机图样，并向同学们宣布：我将来要设计飞机。

1947 年，我高中毕业。之前，我从介绍大学的资料上得知，远在北平的清华大学开设了航空工程系。我便报考了清华大学航空工程系，并且被录取。

我满腔兴奋地进入清华园，几天后便参加了欢迎新生的座谈会。当时北平尚未解放，航空系系主任介绍本系情况时说，中国航空事业的发展势头很微弱，学航空的学生毕业后很难找到合适的工作。他建议航空工程系的新生考虑转到其他科系去。这对我简直是当头一棒！

应该说系主任说的是事实。第二学期果然有一些同学转到了其他科系。有一位同学转到了建筑系，他看我平时对艺术很有兴趣并有一定基础，就竭力鼓动我也转到建筑系去，他认为那是工程与艺术结合得很好的领域。但是，想到自己从小就向往征服天空，想到在国难当头期间亲历的那些血与火的苦难，我从悲痛忧愤的经历中树立起来的豪情壮志，难道就这样放弃了？不，我要设计飞机！凭着这一份执着，我坚定地继续学习航空工程。

21 岁时，我大学毕业。我们这一届毕业生，离校后便立即投入 20 世纪 50 年代开始的建设热潮。我毕业后接手的第一项工程，是设计共和国的第一批航空工厂。

共和国在 1951 年建立航空工业，首先需要建立生产能力。我们正是在这一年毕业，全班 30 多个同学约有 2/3 被分配到重工业部新成立的航空工业设计处，成为设计处的主力。

共和国首批选定的 3 个飞机工厂的地址，每一个都有一段不凡的历史。在东北的两座，一座曾是日本侵华时建的细菌工厂，另一座是日本“满飞”

所在地——抗日战争胜利后伪满“皇帝”被押送苏联的起飞机场。在南方的一座，则是民国初期和意大利合资建立的飞机工厂，抗日战争时期这里曾是中国空军的出袭基地，执行轰炸江阴炮台等重要任务的飞机曾在这里起飞。但是，这里也经受过日本飞机强行降落，用机枪水平扫射，然后再次起飞的耻辱。

我们就是要在这样一个负载着耻辱和血泪的地址上，建设第一批现代化航空工厂。

魂牵梦萦的第一架飞机

1956年6月，全国掀起“向科学进军”的热潮。在全国科学规划会议之后，经主管技术的航空工业局副局长徐昌裕提议，我国航空工业决定走出按照苏联图纸单纯仿制苏联飞机的局面，建立我国自己的飞机设计力量。

航空工业局决定成立沈阳飞机设计室，并将当时的飞机技术科科长徐舜寿、老工程师黄志千，以及共和国成立后从大学航空工程系毕业的顾诵芬和我调至设计室。徐舜寿担任设计室主任，黄志千担任副主任，我担任总体设计组组长，顾诵芬担任空气动力组组长。

我们首先讨论设计一架什么飞机。徐舜寿当时的主导思想是：要把需要和可能结合起来。因此他提出，设计室成立后设计的第一架飞机，应是一架喷气式歼击教练机。这不仅是出于培养新飞行员的需要，而且共和国的设计队伍本身也需要一个“教练”过程，应当通过这架教练机的设计使我们自己的设计队伍成长起来。因此，这里的“教练”是有双重含义的。另一方面，我们已经具备制造喷气式歼击机的工业基础，设计一架亚音速的喷气式教练机是完全可行的。这个意见，经过几次讨论，得到航空工业局领导的肯定。

这样，我们就开始对喷气式歼击教练机的设计目标进行准备。我分析了各国的驾驶员训练机制，收集了世界同类型飞机的资料和图片，分析其数据及设计特点，并开始酝酿方案，确定了设计要点。

共和国自主设计的第一架飞机，就是一架喷气式飞机，这个起点不低，赶上了世界航空技术发展的脚步。另一方面，新设计的飞机并不是对国外现成飞机照猫画虎的模仿，也不是仅仅做一些修修补补，而是根据飞机的任务需要，从世界航空技术总库中挑选合适的技术方法，进行新的“工程综合”来形成自己的设计。这是共和国从设计第一架飞机开始就建立起来的设计路线，也是世界航空工业发展所遵循的主要设计路线。

我深深地投入飞机总体设计的任务之中，不断调整、比较各种方案，简直达到废寝忘食的程度。

我们设计的第一架飞机，取名为“歼教–1”，即“歼击教练机 1 型”。在对设计方案做了一系列论证研究后，我们很快便绘出总体设计图，飞机即刻进入了实际设计阶段。

1958 年 7 月，“歼教–1”完成了试飞前的一切准备。7 月 26 日，全体机务人员在检查完飞机之后，在飞机旁列队立正。

执行“歼教–1”第一次试飞任务的是青年空军军官于振武，他飞行技术高超，是空军的打靶英雄。于振武来到登机梯前，看着这架崭新的飞机，不自觉地在地上磕了磕靴底的土，才攀梯登上飞机。

指挥台升起一颗绿色的信号弹。这是给“歼教–1”的放飞信号，是对我们这支航空设计队伍进行初次考核的信号，也是祖国航空设计事业起跑的信号。在这个历史性时刻，我眼里直冒泪花。

翱翔在祖国领空

1971 年 9 月一个阳光明媚的上午，在“歼教–6”的工段里，我穿着工作服正在工作台前进行日常生产劳动。一位同志对我说：“厂部办公室来电话，叫你去一下。”来到办公室，一位女干部对我说：“现在国家决定在上海研制一种民用飞机，组织决定把你调到那里去工作。以后，你就在民用飞机这条线上发展吧。工作等着要开展，你尽快去报到。”

在飞机出现后的半个世纪，大型喷气式运输机成为世界航空技术发展的前沿。航空运输带动经济腾飞，有了“地球村”的提法，并促进了20世纪末“世界经济一体化”的发展。大型喷气式飞机的发展在一个国家的政治、经济、军事、科技、工业等多个领域具有举足轻重的地位。

大型飞机的研制任务于1970年8月由国家下达。按照当时国家重大工程的编号惯例，这项工程被称为“708工程”，指国家文件下达的时间是1970年8月，以后该机型被命名为“运-10”。

为了“运-10”的研制，航空工业部从全国调集了一大批航空技术人员。300名来自各飞机设计所、飞机工厂、航空部门的技术人员，以及航空学院的教师齐聚上海。

“运-10”的设计于我是难忘的经历。仅它的平尾面积，就比我过去设计的喷气式战斗机的机翼面积大5倍。“运-10”是我国的飞机设计首次从十吨级向百吨级冲刺。在科学技术上，凡数量相差10倍就称为达到一个新量级，事物就会有质的变化。如果说我国过去设计的飞机是一些小艇，那么“运-10”就是一艘巨轮。

“运-10”工程中，采用的新设计方法、新规范、新技术、新工艺、新材料、新成品附件的数量，是以前的设计中所罕见的。“运-10”飞机上出现了许多国产飞机从未有过的系统和设备。这支生气勃勃、求实求新的技术队伍，通过不懈的努力，终于迈过一个又一个门槛，使需要与可能得到良好的结合，使我国飞机设计的能力进入一个新的阶段。

自任务下达的1970年8月以来，全国上下无数人付出了10年辛劳。1980年9月，“运-10”飞机终于完成了一切试验及地面准备。

1980年9月26日清晨，我们从上海市南面龙华机场附近的居住地坐车来到北郊的大场机场。到达机场时，太阳尚未升起，朝霞满天。这时，巨大的机库大门被推开了。机库里似乎还留着昨夜的清凉，望进去，光线暗淡。

首先是一个小甲虫似的牵引车从库内缓缓开出，出现在门外的霞光里。慢慢地，在它身后 5 米，出现了“运-10”巨大的流线型机头。接着，驾驶舱的前风挡玻璃出现了，像大睁着充满惊奇的眼睛探望着外面的世界！

“运-10”庞大的身躯逐渐显现。它是如此巨大！

现场的人都为“运-10”能否试飞成功感到紧张。临跑道的一侧，摆着几排座椅，一群白发飘飘的老工人和一位老工程师坐在那里。那老工程师身上挂着从体内接出盛体液的瓶子——大手术之后，他拒绝了继续休养的安排，要求尽快返回研制第一线，把从手术刀下夺回来的有限生命献给这架飞机。终于，他熬到了这一天，并执意要来观看“运-10”的首次试飞。

试飞机长王金大，是民航局的第一批机长。他把担任我国第一架自行研制的大型喷气式飞机“运-10”的试飞员当作一生最光荣的任务。

他胜利完成了试飞，驾驶“运-10”在机场轻盈地着陆，打开机翼上的减升板和反推力装置，如此巨大的飞机竟在很短的距离内停止了前冲。在飞行汇报会议上，王金大的评语是：“飞机的操纵得心应手！”

1984 年 10 月 1 日，在共和国成立 35 周年的国庆游行中，“运-10”巨大的模型代表我国航空工业的成就通过天安门广场，雄伟的图像被传送到世界各地。

此后，“运-10”除了进行常规的试飞项目，还对国内一些城市做了适应性航线试飞。我曾乘坐这架装有 4 台喷气式发动机的大型客机从长江尾的上海直飞长江上游的成都，又顺流而下飞回上海。坐上自己参加设计的“大鹏”俯瞰祖国壮丽的山河，真令人浮想联翩。即便是幼年的梦境，也没有梦到如此辉煌的景象！

如果展开一张我国的地图，将“运-10”以华东的上海为基地所飞过的那些航线在地图上画出来，就可以看到，“运-10”飞过的航迹像一张大网，覆盖了我国版图内的众多大山和大江、高原和平地、荒漠和沃土、湖泊和海洋。

（摘自《读者》2018 年第 13 期）

我们在证明

钱文忠

2008年的5月12日，川有巨灾，国有大殇。

新中国成立以来危害程度最大、伤害范围最广的汶川特大地震，自从发生的那一刻起，牵住了普天下中华儿女的心，而且也成了全世界所有善良人们的关注焦点。

地震发生至今已经有将近一周的时间了。这是怎样的一周啊？时间只能以小时、以分、以秒计算，人们再也不能以平常的长短节奏来感觉昼夜和生活。时间过得太快吗？可是，每一秒都悠长得仿佛是几个世纪。时间走得太慢吗？可是，每一天又都短暂得仿佛是朝露闪电。

一切都改变了，一切都聚合了。每个中国人，从地震撼动了大半个中国起，就已经不再仅仅是一个单独的个体了。每个中国人的心中，都装进了成千上万的别人；每个中国人的身上，都背负起了成千上万的他者。此刻，除了那些不配被称做“人”的以外，没有哪个中国人是只为自己活着的。

汶川地震震塌了无数的房屋，甚至使河流改道、山岭合移。然而，地震的巨大力量同时也在刹那之间将十几亿的人口夯实成一个伟大的存在，那就是“中国人”！

灾难并没有过去，救援仍在继续。死亡与生存的数字，在地震的那一刻都被归零，而如今都在交替上升。

如此多的生命在瞬间消失了。人们在哀悼和震惊之余，首先体认到的就是“生命”的可贵。生命，只有生命，才是最高的价值。灾区军民每一个挽救生命的努力，都在揭示着这条真理。灾区每一位活下来的人，都是当之无愧的英雄！

在这漫长而短暂的一段时间里，我相信，在中国人耳边回荡的最强音就是“生命”二字！我们的党和国家领导人一再地强调，救人是第一位的，救人是重中之重。其着眼点都只有一个，那就是拯救人的生命；关键词都只有一个，那就是“生命”！正是为了“生命”，我们决不轻言放弃；正是为了“生命”，我们拼命坚持。在人的生命面前，其他的都只能是身外之物；只要生命在，就能够创造出失去了的财产。生命在，希望就在。

为了生命，我们不惜代价。即便我们知道，随着时间的推移，找到幸存者的概率越来越小；即便我们知道，被埋时间越长的人，抢救出来后的生存概率也越小，但是，我们依然不放弃，我们依然拼命努力。也正因如此，汶川地震中出现了很多生命的奇迹。医学理论上关于被埋人员的生存极限不断地受到挑战，不断地被突破。假如不是以“生命”为最高价值，会有那么多的“奇迹”出现吗？

在“生命”的旗帜下，中华民族的精神焕然彰显。地震发生的那一刻，我正在日本参加一项重要的活动。但是，通过网络，我即刻就了解到及时而详细的灾情。信息发布的及时、公开和透明，是这次抗震救灾的又一个亮点，国际社会对此也给予了高度的评价。这不仅实实在在地保障了人民的知情权，最大限度地杜绝了不必要的猜测和慌乱，以最快速度将人民凝聚起来，更重要的是，由此政府和人民之间在第一时间就建立起了牢固的信任纽带。面对突如其来的巨大灾难，中国向国际社会明确无误地表达了足够的自信心：中国人民在灾难面前绝不会退缩，中国人民有能力应对一切困难。在全球化进程日益加快的今天，地球已经成了一个“村”，我们都是生活在这个村庄里的地球人。及时、公开和透明的信息也大大有助于国际社会判断灾情，最快最好地向中国伸出援助之手。奋斗在灾区第一线的外国救援队充分证明了这一点，他们的奉献是每一个中国人都不会忘记的。

从社会文化学的角度看，中国人似乎存在着集体行动迟缓、纪律涣散、勇于言而怯于行等等这样或那样的“毛病”。然而，“奇迹”再次出现。汶川地震的消息一传开，中国人仿佛在顷刻之间改变了，那些所谓的“毛病”顿时消失了。在党和政府坚强有力、明确及时的指挥下，中国展示了巨大的社会动员力量，中国人以令国际社会惊叹的速度迅速集结起来了，举止坚决快速，行动果断有力。有钱的出钱，有力的出力，有物资的出物资，一切为了灾区。

不少人甚至自己行动起来，直接奔赴灾区，深入到最危险的第一线。那些背着沉重的背包、在道路尽毁的受灾山区日夜兼程前行的人，令全世界敬佩。这是个人行为，但和“个人主义”无关。这是一种巨大的渴望，渴望在民族和国家遇到困难的时候，将自己的力量汇聚到全民的努力之中。这才是至高至大的“个人”，由这样的“个人”所组成的民族，才能昂然屹立于世界民族之林。

“个人”的觉醒和升华，能够为观察国家意识提供特别的角度。在捐献爱心的人群中，我们所看见的正是这个意义上的“个人”。有一幕场景，我想，每一个看见过的人都永难忘记：一位不幸的乞讨者，也捐献出了一百多元钱。也许，对于他，这是好几天的饭钱；也许，为了积攒下这一百多元钱，他更要忍受我们无法想象的艰辛，甚至是白眼和屈辱。然而，在这一刻，谁还能够把他看成是被抛弃的或者自我抛弃的边缘人和失败者呢？他和我们一样，是一个中国人，是共和国的公民；他和我们一样，拥有足够的尊严！我们难道不应该为他祈祷，希望他也能够尽快走出困境吗？他对我们的爱，难道不应该使我们对他也有所付出吗？

较之于有组织的集体行动，这些个人的行为，格外能够令我们想起“多难兴邦”这四个字。“多难兴邦”典出《左传·昭公四年》：“或多难以固其国，启其疆土；或无难以丧其国，失其守宇。”虽然我们绝对没有“启其疆土”的打算，也似乎并没有“丧其国，失其守宇”的危险，但是，难道我们不应该“固其国”吗？灾难终究是不幸的，没有谁会希望遇见灾难。可是，如何转化灾难所带来的伤害和损失，如何升华抗击灾难过程中激发出来的善行和价值，却是我们必须认真思考的一个问题。

当然，最主要的抗震救灾工作毕竟还是由被组织起来的集体行动来承担的。每一次灾难都会令我们看到，总有那么两种职业的人冲在最前面，做出巨大的牺牲和贡献。毫无疑问，这次还是军人和医生。

我们都看见，一个孩子从废墟中被抢救出来，稚气未褪、刚刚脱险的他躺在担架上，举起右手，向抬着他的战士敬礼。看见这幕场景的一瞬间，我的眼泪夺眶而出。是啊，也许我们习惯了，每逢危急灾难时刻，总有我们的军队最早出现在身边。这种奇怪的习惯阻塞了我们的思考。请大家看一看，在抗震救灾的第一线，特别是最早的一两天，除了他们身上满是灰尘甚至血迹的统一的军装外，他们的工作环境和条件，包括他们嘴边的燎泡、嘴上的胡子茬，哪里还能够使我们想起这是一支威武的正规军呢？请大家想一想，在人类的军事史上，还能不能找到另外一支军队，像中国人民解放军那样，随时准备承担远远超出一支正规军在理论上所应承担的任务呢？而这，正是我们听惯了的“子弟兵”的真正含义。套用一句第二次世界大战期间，丘吉尔赞颂为了保卫英伦三岛的英国空军将士的话：“从来没有那么少的人，为那么多的人做出了那么大的贡献。”我想，这句话用在我们的子弟兵身上，无疑也是合适的。

抗震救灾还没有结束，但是，已经有太多太多值得我们感念和深思的事迹。它们的深层意义，是我们从这场不幸的巨大灾难中剥离出来的巨大的精神财富。我们理当用发自内心、融入血液的深沉的大爱，来对待同胞、山河、民族和国家。通过这场抗震救灾，中国已经向全世界证明，她的人民的生命安全是她的最高价值。让我们共同用大爱把我们的国家建设得更加美好。

汶川地震的灾难终会过去。但是，我相信，抗击汶川地震过程中彰显出来的精神能够融入我们民族的血脉，永不淡忘，从而让我们以最大的悲悯应对现实，以最大的理性走向未来。

（摘自《读者》2008 年第 13 期）

墓 柳

王宗仁

青藏高原上的许多地域被人称为无人区。其实这已经是一页揭过去的旧皇历了，早些年的无人区如今已经有了人。不说在那里落脚常驻的牧民和军人，仅每年进出西藏的旅游观光者就千千万万。科考队在 20 世纪 90 年代初进入海拔 5200 米的长江源头格拉丹冬时，只能看到个别的牧户。到了 2006 年 11 月，科考队再次来到这里时，仅格拉丹冬东边的一条山谷里，就住着 10 多户牧民。但有一点是不争的事实：到目前为止，不少无人区仍然没有树，一棵树也不生长。

青藏公路通车 50 多年了，世世代代的高原人怀里抱着春天和梦想，以柔情万种的爱心绿化戈壁，滋润雪原。即使在那些四季冰冷的石滩里，也会有绿色的生命尽情地穿行在春天的阳光里，丰满动人。高原人的思想长成了树，他们的双手开出了花。荒滩绿了，他们的脸颊却老了。

在昆仑山下的格尔木，一个美丽的故事流传了几十年……

那一年，“青藏公路之父”慕生忠将军从日月山下湟源县买了100棵杨柳树，栽在了当时还没有一棵树的格尔木。两大片，杨柳分栽。第二年，这些小苗大都落地生根，一场春风吹过，枝头的嫩芽就探头探脑地拱了出来。戈壁滩变得翠翠地绿，好像画家涂抹出一幅生动的水彩画。风吹的原野，回声寂静。树苗一天一个样地狂长着，给它喝一盆水它蹿一节个头，给它喂一把肥它也添一片幼叶。荒芜了千百年的土地一旦逮住苗儿就得巴不得让它一夜长成材！

望着这些可心的树苗，将军乐得咧着嘴爽笑，他当下就给两片树林分别命名为“望柳庄”和“成荫树”。

有人问：首长，这名字有啥讲究？

他开怀一笑：望柳成荫嘛！

嗬，好有雄心壮志，他要把整个戈壁滩都染绿！

将军的笑声揉进了杨柳的躯体里，树又蹿高了一节。

小苗，北风迎面吹来，是一种痛苦；迎着北风走去，是一种幸福。

毕竟它们是正在成长中的柔弱苗，很难与高原恶劣的自然环境对峙。有时残雪睡在枝上，有时暴风睡在枝上。常年不息的飞沙把它们浸染得与沙地成为一色，人站在远处就难以瞅见其真面目。这样的事也难免不发生：它们索性就被那来势汹汹的飞沙盖住，淹没了。

好在，它们有一股不服输的倔劲，顶破沙土，又伸起了腰杆。

瀚海孤树，高原一木。

有几棵柳树只绿了短暂的生命，像走累了的人，卧在了戈壁滩。

它们死了，卷起的风叶还噙着太阳唇边的乌云。

这似乎是预料中的事。但是人们还是难以接受，它们走时没有来得及留下遗言。

有个不谙世事的小伙子从死去的枝上拧下柳笛，吹出了流行在军营里那首歌《真是乐死人》。慕生忠发现了，狠批那小子一顿：你他娘的乐什么呀乐？都死人了，你还高兴得屁眼都颠出来了。人要过分辉煌就会烧毁自己。不管你怎么乐，老子我是要哭的。

他说的死人，是指那些死去的树。在戈壁滩，人和树的生命同样宝贵。

之后，将军把 3 棵死去的柳树掂在手中，深情无限地看了好久，说："它总是为咱们格尔木人绿了一回，让我们这些饥渴的眼睛和心得到了安慰。它是有功之臣，现在它死了，我们怎能不难受？不要把它随便扔在什么地方，应该埋在沙滩上，还要举行个葬礼。"

于是，沙滩上就出现了一个土丘，埋葬着三棵柳树。人们称之为柳树墓。

给柳树举行葬礼完全是大家的自发行为。有 10 多个人围着土丘默默站立，一个个低着脑袋，空气像凝固了一样严肃。将军没有来，据说他站在窗口悄然地望着外面……

戈壁滩上第一个醒来的人是寂寞的人；第一棵死去的树呢，高原人却没有遗忘它。

人们仿佛不觉得这三棵柳树已经离开高原到了另一个世界。它还活着，蓬勃地给格尔木新城增添着春色。有人不断地在那土丘上浇水。这些树也像人一样，躺在戈壁滩上会口干舌燥。浇点水，让它们滋润滋润。也有人把上好的肥料递给它们。水，温暖它受伤的心。肥，烤热它冻僵的脉搏。

谁是浇水施肥人？慕生忠。

谁也没有想到的事发生了。有心人唤醒了死去的柳树。这年夏天，土丘上冒出了一瓣嫩芽。那芽儿一天一个样，由小变大，由少变多，由低变高。

啊，柳树！

这是从埋葬着三棵树的坟墓上长出的柳，是一棵死而复生的柳，是将军用怜悯的心唤来的柳！

后来，大家就把这棵柳树称为墓柳。

经过了一次死亡的墓柳，活得更坚强也更潇洒了。铁青的叶子泛着刚气，粗糙的枝杆储存着力量。大风刮来它不断腰，飞沙扑面它不后退，寒风猎猎它依然站立。死里逃生的战士最珍惜生命，也最显本色。它在用双倍的翠绿，减去荒原的痛苦。

墓柳也像个战士。

墓柳接受过无数路人投来的目光，这些目光多是赞许，也有不以为然的嘲讽。嘲讽什么？嘲它孤独？讽它清高？它对不以为然者亦不以为然。它继续着它的生命轨迹活着，藐视一切懦弱者地活着。

时间年年月月地流逝着。格尔木的树种得越来越多，成行，成片，成林。它们和墓柳连在了一起，浑然一体。现在人们早已经分不清哪棵是墓柳了。但是，许多人都记得这里曾经有一个坟丘，坟丘上长着一棵柳树，柳树是一位将军用坚忍的爱心换来的……

（摘自《焦点》2015 年第 7 期）

“长征五号”发射前的 163 分钟

胡旭东

我来自中国文昌航天发射场。我是 2016 年“长征五号”运载火箭首次发射的 01 指挥员，火箭发射前倒数“3、2、1，点火！”的那个人就是我。我们发射场有 21 个系统，分布在火箭测试、加注、发射的过程中，协调这 21 个系统有条不紊地运转，就是我的工作。

2016 年 11 月 3 日上午 10 点，“长征五号”运载火箭已经完成液氧的加注工作，但是我们得到一个不好的消息：助推器的排气管出现泄漏。当时我马上想到了 2016 年 9 月美国太空探索技术公司的“猎鹰 9 号”火箭，当时它也完成了液氧加注，但在做相关测试的时候发生爆炸。我很紧张，我们面临的情况比较类似，很可能发生相同的危险事故。

我们安排了岗务人员去检查，他们冒着非常大的风险进入火箭，查看火箭到底出了什么问题。所幸，现场检查的结果出来之后，我们认定火箭是安全的。我们的发射窗口是当天下午 6 点，为了处理这个故障，消耗了一点儿时间。

我们把发射窗口往后调整了 1 个小时，瞄准了晚上 7 点 01 分。刚才发生的这件事只能算是一个小小的插曲，真正“精彩”的还在后面，时间来到发射前负 3 小时。

“长征五号”运载火箭被很多人称为“冰箭”。为什么这样说？因为它使用的是液氢、液氧这类低温推进剂，特别是液氧，可以达到零下 200 多摄氏度。如果想让火箭正常点火起飞，就必须提前把火箭发动机的温度降下来。

但不幸的是，在我们给火箭“退烧”的过程中，温度一直降下不来。如果在晚上 7 点 30 分之前没有办法解决这个问题，那发射就只能终止，数千人两个多月的辛勤劳动就会付诸东流。晚上 7 点 28 分，我们的岗务人员冒着生命危险，返回加注完毕的火箭周围，调整好火箭的参数之后，火箭终于“退烧”了。

处理这个故障耗费了我们很多时间，发射窗口不得不瞄准晚上 8 点 40 分。平日我们给汽车加油时要用到油枪，火箭也有类似的装置，叫作连接器。在发射前负 3 分钟，连接器脱落口令已经发出去了，但是有一个连接器未反馈脱落完成信号。

时间不等人，怎么办？我们临时决定再试一次，不幸的是，仍旧没有任何反应。这种状态是不能发射的，就像油枪挂在汽车上，车肯定不能开动。当时我看了一眼旁边的同事，他也一脸无奈地看着我。我给了他一个坚定的表情，示意他再试一次。非常幸运，随着一阵冰碴喷射，连接器晃晃悠悠地从火箭上掉下来了！我们离发射成功又近了一步。晚上 8 点 40 分是我们发射窗口的最后时刻，刚才处理这件事情又耽误了 1 分钟，那么后面的时间就不够了，最早也要到晚上 8 点 41 分才能发射，怎么办？这时，卫星设计方站出来，他们又给我们提供了 20 分钟的时间，也就是说，当天晚上 9 点之前点火发射都是可以的。这都是为了满足发射窗口的要求，为的是让卫星准确地入轨。好了，至此一切问题都解决了。

时间来到发射前负1分钟。在这之前，在判断最后一个重要的参数合格之后，我跟我的老师异口同声地说了一句："这下没问题了。"但是万万没想到，刚进入发射前负1分钟，控制系统就来了消息："请求中止发射！"这应该是中国航天史上第一次在程序进入发射前负1分钟的时候中止程序。经过十几秒的故障排查与分析，我们的程序正常了。我开始倒数："10、9、8、7……"数到7的时候我的嗓音破了，当时感觉空气都凝固了，脑子里一片空白。这一次倒数没有人再打断我，我终于松了一口气。我们再一次向成功前进了一步。

火箭起飞之后，现场的欢呼声、掌声、哭声连成一片。真是太不容易了。"长征五号"运载火箭，从测试到发射，每一步都特别艰难。据统计，像"长征五号"这种大型运载火箭，首飞的成功率只有51%，但是我们成功了，我们中国文昌航天发射场人做到了。这次首飞之前，我们进行了两次合练，为这次首飞打下了坚实的基础。

在2015年进行"长征五号"运载火箭合练的时候，液氢加注完毕后曾发生了一件非常危险的事情。当时，火箭氢箱的相关管路出现泄漏。液氢非常危险，一不小心就会被引燃并发生爆炸，一根针从一米高的地方下落产生的能量就足以引燃液氢。当时泄漏的地方浓烟滚滚，氢气夹杂着白雾，从泄漏的地方喷射而出。我们的岗务人员冒着生命危险徒手将凝结在泄漏处的冰碴除去，然后把泄漏的地方封堵住，火箭才转为安全状态。可以说，我们中国文昌航天发射场的人用"九死一生"诠释了什么是使命和担当，这些都是"85后""90后"航天人的英雄事迹。

"干惊天动地事，做隐姓埋名人"是我们航天人的真实写照。

（摘自《读者》2018年第13期）

致 谢

刚刚过去的2020年,必将成为人类历史上非比寻常的一年——一场新冠肺炎疫情在全球蔓延,截至2021年2月底,已造成约1.14亿人感染,252万多人死亡。艰难方显勇毅,磨砺始得玉成。在如此艰难的情况下,中国依然取得了举世瞩目的成就:快速遏制了疫情在国内的蔓延,全面打赢了脱贫攻坚战,“天问一号”“嫦娥五号”“奋斗者”号等科学探测实现重大突破,55颗北斗卫星组网成功,新冠疫苗研发成功,国民经济逆势增长……

时序更替,华章日新。2021年对于全国人民而言无疑是不平凡的一年,这一年我们将迎来中国共产党百年华诞,这一年也是实施“十四五”规划、开启全面建设社会主义现代化国家新征程的第一年。我们坚信,在中国共产党的正确领导下,国家将更加强大,民族将更加团结,人民生活将更加美好,第二个一百年的华丽篇章也将拉开大幕。

这一年,“读者人” 也将迎来两件喜事：一是读者出版集团创建 70 周年——1951 年,读者出版集团的前身甘肃人民出版社成立,经过 70 年的蓬勃发展,现已成为国内知名的文化企业集团;二是《读者》杂志创刊 40 周年,《读者》自创刊之日起就始终以弘扬人类优秀文化为己任,坚持“博采中外、荟萃精华、启迪思想、开阔眼界”的办刊宗旨和“清新隽永”的办刊风格并将挖掘人性中的真善美作为自己的办刊理念,春风化雨、以文化人,潜移默化地影响了几代人的成长。2019 年 8 月 21 日,习近平总书记亲临读者出版集团考察调研时对“读者人”殷殷嘱托:“要提倡多读书,建设书香社会,不断提升人民思想境界、增强人民精神力量,中华民族的精神世界就能更加深邃厚重。”如今十几个月过去,总书记的嘱托言犹在耳,“读者人”深感责任重大,深知唯有勠力同心、团结奋进,才能不辜负总书记的厚望和重托。

时值三月,莺飞草长,春意盎然,到处充满了希望和期盼的味道。与往年一样,新一辑“读者丛书”如约而至。时光荏苒,岁月如梭,不知不觉中 “读者丛书”已出版了 5 辑。我们将第 5 辑“读者丛书”命名为“百年辉煌读本”,意在表达“共庆百年华诞、共创历史伟业”的美好愿望。丛书通过“文化、民生、生态文明、法治、经济、强军建设、国家统一”等 10 个方面充分展示了中国共产党领导人民进行革命、建设、改革的光辉历程,特别是党的十八大以来党和国家事业取得的伟大成就。我们从《读者》杂志、各类优秀图书及网站精选了 600 多篇记录和反映中国共产党领导人民取得的辉煌成就, 以及与广大人民群众生活密切相关的点点滴滴的改变和进步的美文汇编成 10 册,试图以《读者》独特的视角,讲好中国共产党的故事。

蒙广大读者厚爱,“读者丛书”已出版 5 辑,逐渐形成了一定的品牌效应和规模效应,我们将继续秉承“三精(精挑细选、精耕细作、精雕细琢)”理念,为广大读者奉献一道滋养心灵的精神盛宴。

与往年一样,《读者丛书·百年辉煌读本》的策划和编辑出版得到了中共甘肃省委宣传部、甘肃省新闻出版局以及读者出版集团、读者杂志社等各方的指导和帮助,在此深表谢意!与此同时,丛书的编选也得到了绝大多数作者的理解和支持,他们对作品的授权选编和对丛书的一致认可消除了我们的后顾之忧,对此我们表示诚挚的谢意!虽然我们尽力想把工作做得更细致、更扎实,但因为种种原因依然未能联系到部分作者,对此我们深表歉意,也请这些作者见到图书后与我们联系。我们的联系方式是:甘肃人民出版社(甘肃省兰州市读者大道 568 号,730030,联系人:马元晖,15609381110)。

"雄关漫道真如铁,而今迈步从头越。"处在两个一百年奋斗目标的历史交汇点上,甘肃人民出版社编辑出版《读者丛书·百年辉煌读本》,也是冀望与广大读者一道牢记使命、砥砺前行,为全面建设社会主义现代化国家、实现第二个百年奋斗目标而披坚执锐、勇立新功。

读者丛书编辑组

2021 年 3 月